LA HABITACIÓN OLVIDADA

LINCOLN CHILD

LA HABITACIÓN OLVIDADA

Traducción de
Raúl García Campos

PLAZA JANÉS

Título original: *The Forgotten Room*
Primera edición: febrero, 2016

© 2015, Lincoln Child
Publicado por acuerdo con Doubleday,
un sello de The Knopf Doubleday Publishing Group,
una división de Random House, Inc.
© 2016, Penguin Random House Grupo Editorial, S. A. U.
Travessera de Gràcia, 47-49. 08021 Barcelona
© 2016, Raúl García Campos, por la traducción
El fragmento de la página 332 pertenece a la obra *Comedias* de William Shakespeare, traducida por
Federico Patán y cedida por la Universidad Nacional de México, Penguin Clásicos, 2016.

Printed in Spain – Impreso en España

ISBN: 978-84-01-01674-5
Depósito legal: B-25.918-2015

Compuesto en Comptex & Ass., S.L.

Impreso en Liberdúplex
Sant Llorenç d'Hortons (Barcelona)

L016745

Penguin
Random House
Grupo Editorial

Para Veronica

1

Se trataba, tal vez, del escenario más inusual jamás visto en los terrenos augustos y suntuosos del Instituto de las Ciencias de Glasgow, fundado en 1761 gracias a una concesión aprobada por Jorge III. Un amplio estrado, repleto de micrófonos, que se había levantado en la Gran Explanada, justo frente al edificio de administración. Ante la tarima se hallaban alineadas tres decenas de sillas plegables, ocupadas por reporteros de varios periódicos locales, el *Times* londinense, *Nature*, *Oceanography*, la revista *Time* y una multitud de medios más. A la derecha del estrado había dos cámaras de televisión, una de la BBC y otra de la CNN. A la izquierda se erigía un elevado andamio de madera, sobre el cual descansaba una voluminosa máquina de aspecto misterioso fabricada en un metal oscuro: un cruce entre el cilindro de un puro y un acerico, de unos diez metros de longitud y provisto de un aditamento abultado que sobresalía del borde superior.

La mirada impaciente de los periodistas desapareció en el momento en que la puerta principal del edificio de administración se abrió y dos hombres se dejaron bañar por la luz vespertina de septiembre. Uno de ellos era bajo y rollizo, presumía de una tupida mata de cabello cano y vestía un grueso abrigo de *tweed*. El otro era alto y bastante delgado, de rasgos un tanto severos, tenía el pelo de color castaño claro y unos avispados ojos grises. A diferencia del primero, llevaba un traje oscuro más clásico.

Cuando llegaron al atril, el mayor de ellos se aclaró la garganta.

—Señoras y señores de la prensa —comenzó—, gracias por venir. Me llamo Colin Reed, soy el rector del Instituto de las Ciencias de Glasgow, y a mi derecha está Jeremy Logan.

Reed tomó un sorbo del vaso de agua que tenía en un extremo del atril y carraspeó de nuevo.

—Estoy seguro de que conocen el trabajo del doctor Logan. Es quizá el único, si bien con toda certeza preeminente, enigmatólogo en activo del mundo. Su trabajo consiste en investigar, interpretar y explicar lo... a falta de una palabra más precisa... inexplicable. Arroja luz sobre los misterios de la historia; discierne entre el mito y la verdad, entre lo natural y lo sobrenatural.

Jeremy Logan frunció el ceño levemente, como si el panegírico lo incomodara.

—Hace un par de meses visitamos al doctor Logan en su despacho de la Universidad de Yale y le encargamos un trabajo. Este encargo puede resumirse del siguiente modo: demostrar o desmentir de manera definitiva la existencia de la criatura conocida como «el monstruo del lago Ness». El doctor Logan ha pasado las últimas seis semanas en Inverness, entregado a esta tarea. Ahora le pido que comparta sus conclusiones con ustedes.

Reed se apartó de los micrófonos para cedérselos a Logan. Este escudriñó por un momento la multitud de periodistas antes de iniciar su discurso. Su voz sonaba bastante contenida y afable, con un acento americano que contrastaba con el escocés de Reed.

—El monstruo del lago Ness —empezó— es el más conocido de todos los que se cree que habitan en los lagos escoceses, tal vez el más enigmático. El propósito que llevó al Instituto a contratarme para este cometido en particular no era socavar la industria del turismo local ni dejar sin trabajo a los vendedores de iconografía del lago Ness. Más bien, se trataba de acabar con los intentos de muchos aficionados desinformados de dar con la criatura, búsqueda que no ha parado de aumentar desde hace algún tiempo y que, en al menos dos ocasiones el año pasado, derivó en muerte por ahogamiento.

Dio un sorbo a su vaso de agua.

—No tardé en comprender que para demostrar la existencia de la criatura tan solo requería una cosa: observarla en su elemento. Demostrar que el ser no existe, empero, requeriría muchísimo más trabajo. La tecnología sería mi mejor aliado. Así que convencí a la Marina de Estados Unidos, de la que en su día formé parte, para que me prestara este sumergible monoplaza de investigación. —Logan señaló la máquina de aspecto misterioso que descansaba sobre el andamio de madera a su derecha—. El sumergible está equipado con un radar de onda continua, un sónar de apertura sintética, diversos dispositivos de ecolocalización por compresión de pulso y múltiples tecnologías adicionales concebidas para la cartografía submarina y la localización de objetivos.

»Había dos factores fundamentales que había que tener en cuenta. Primero, el lago es bastante largo y tiene una profundidad inusual: más de doscientos metros en algunas zonas. Y segundo, los supuestos avistamientos de la criatura sugieren que su morfología se asemeja a la de los plesiosauros, por lo que su longitud oscilaría entre los seis y los doce metros. También había algunas variables desconocidas que había que considerar, por supuesto, como el alcance del desplazamiento de la criatura y sus preferencias ambientales, aunque estas no podían determinarse hasta dar con ella.

»Empecé a familiarizarme con las características del sumergible y el contorno del lago, tanto por encima como por debajo de la superficie. Después de haber servido en la Marina, lo primero no me llevó demasiado tiempo. Dediqué una semana a esta fase de pruebas, tiempo durante el cual no hallé rastro alguno de la criatura.

»Después le pedí al Instituto que me proporcionase una red, una red bastante extensa, de hecho. Entrelazando varios cilindros de malla de nailon de uso militar, tejimos una red de tres mil metros de largo por doscientos cincuenta de ancho.

Este dato levantó un murmullo de sorpresa.

—La siguiente fase fue un tanto tediosa pero, después de las primeras pasadas, bastante sencilla. Por suerte, el lago, a pesar de sus treinta kilómetros de longitud, no es particularmente ancho, tiene algo menos de dos kilómetros en su punto más amplio. Comenzamos por la zona más septentrional y avanzamos hacia el sur. Para este trabajo conté con la ayuda de los dos auxiliares de investigación que aportó el Instituto y con dos lanchas motoras que contraté en Inverness. Todos los días peinaba un área del lago con el sumergible, desplazándome un kilómetro y medio hacia el sur. Una porción de kilómetro y medio del lago, por así decirlo, a lo largo de los ejes X, Y y Z. Para cada una de estas porciones, realizaba tres pasadas a distintas profundidades, empleando las tecnologías de movimiento y localización de objetivos del sumergible con el fin de detectar cualquier objeto que tuviera las dimensiones de la criatura. El equipo tiene un alcance y una precisión considerables; de haber habido en esa área un cuerpo del tamaño especificado, habría dado con él. Al término de cada jornada, con la ayuda de los auxiliares de investigación, situados cada uno en una orilla del Ness, y de las dos lanchas, que trabajaban en el lago en sí, desplazaba la red un kilómetro y medio hacia delante, hacia el punto donde finalizaba la búsqueda de ese día. Esta inmensa malla cubría la totalidad del lago lateralmente, como si de una red antisubmarinos se tratara. Los huecos de la malla eran lo bastante anchos para que los peces de un tamaño estándar los atravesaran sin problema, pero lo bastante estrechos como para impedir el paso de cualquier cosa que midiera más de cuarenta centímetros de ancho. En el caso de las embarcaciones, había que permitirles el paso de manera independiente.

»A diario exploraba una nueva superficie de kilómetro y medio, en busca de la criatura. Al término de cada jornada, como decía, adelantábamos la red otro kilómetro y medio. Veinte días después alcanzamos el extremo sur del lago, sin ningún resultado. Y así, damas y caballeros, pueden creer sin ningún género de duda las tres palabras que estoy a punto de decirles, aunque las pronuncie con cierta decepción, puesto que las leyendas criptozoológicas me apasionan como al que más: Nessie no existe.

La conclusión fue recibida con aplausos y algunas risas.

A lo lejos empezó a oírse un ruido grave, un golpeteo monótono y repetitivo. Cuando la razón del estruendo se hubo acercado un poco más, no hubo duda de que se trataba de unas aspas que batían el aire. Instantes después un helicóptero con distintivos militares apareció sobre una colina cercana cubierta de casas adosadas de ladrillos rojos. El aparato, perteneciente a la Marina estadounidense, se aproximó a gran velocidad y se detuvo justo sobre la Gran Explanada y el sumergible de color gris oscuro. La hierba se aplanó en dirección circular, y los periodistas se vieron obligados a sujetar sombreros y papeles para que no salieran volando. Un técnico ataviado con un mono salió de una de las puertas laterales del edificio de administración a paso ligero, trepó por el andamio de madera y acopló los dos enormes ganchos que pendían de sendas cuerdas desenrolladas desde la base del helicóptero hasta los asideros de la cara superior del sumergible. Cuando bajó de nuevo y levantó el pulgar, el helicóptero empezó a recuperar altura poco a poco, con la máquina colgada de él. Continuó ascendiendo y ascendiendo, hasta que dio media vuelta con cuidado y se alejó rumbo este, seguido de su peculiar carga colgada de las dos cuerdas de salvamento. En sesenta segundos desapareció. En total, la operación se había realizado en menos de cinco minutos.

Logan observó el lejano horizonte por un momento, luego volvió a centrar su atención en la prensa.

—Y ahora —dijo— será un placer responder a sus preguntas en la medida en que me sea posible.

Tres horas después, en el pequeño salón del bar de estilo eduardiano del hotel más opulento de Glasgow, esos dos hombres, Colin Reed y Jeremy Logan, brindaban con una copa de whisky de malta.

—Una actuación excelente —decía Reed—. Y no hablo solo de la rueda de prensa de hoy; ha sido una actuación excelente de principio a fin.

—La interpretación es un terreno nuevo para mí —admitió Logan—. Pero es bueno saberlo; si algún día se acaba el negocio de la caza de fantasmas, siempre puedo complementar mi salario de Yale saltando al escenario.

—«Será un placer responder a sus preguntas en la medida en que me sea posible» —repitió Reed articulando una risita al recordar el momento—. Mira que eres teatrero. —Tomó un trago de whisky—. En fin, creo que podemos dar por hecho que, con el anuncio de hoy, junto con la nueva normativa que regula el uso de embarcaciones en el lago, la caza del monstruo ha terminado.

—Ese era el plan.

Reed se sobresaltó, como si acabara de acordarse de algo.

—Ah, sí. —Se llevó la mano al bolsillo y extrajo un sobre delgado—. Aquí tienes tu dinero.

—Me siento mal por aceptar el dinero del Instituto —se

lamentó Logan mientras guardaba el sobre—. Pero me consuela la idea de que se trata de una recompensa por el daño que sufriría mi reputación si alguna vez se descubriera la verdad.

—Te estamos agradecidos y, lo que es más importante, estoy seguro de que Nessie también te da las gracias. —El rector guardó silencio—. ¿Has traído... los datos?

Logan asintió.

—¿Sigues pensando que lo mejor es destruirlos?

—Es la única opción. Supón que las imágenes salieran a la luz o, Dios no lo quiera, que se viralizaran en internet. Todos nuestros logros habrían sido en vano. Las quemaré en cuanto llegue a mi habitación.

—Tienes razón, desde luego. —Reed titubeó—. ¿Me permites...? ¿Me permites verlas una última vez?

—Claro.

Logan miró a su alrededor, desbloqueó el maletín de Zero Halliburton que descansaba sobre el banco que tenía junto a él, sacó una carpeta y se la tendió a Reed. El rector la cogió, la abrió y hojeó las páginas que había dentro con ojos brillantes de insaciable fascinación.

Los papeles contenían imágenes obtenidas por medio de distintas tecnologías: retrodispersión acústica, pulso de apertura sintética y sónar activo de formación de haces. Todas las imágenes mostraban lo mismo, en distintas posturas y desde diferentes ángulos: una criatura de cuerpo voluminoso y ovoide, dotada de aletas costales y un cuello largo y esbelto. Reed se regaló los ojos por un momento con las capturas. Por último, dando un suspiro triste, cerró la carpeta y se la devolvió a Logan.

Cuando la estaba introduciendo de nuevo en el maletín, un hombre vestido con el uniforme del hotel se acercó a la mesa.

—¿Doctor Logan? —preguntó.

Logan asintió con la cabeza.

—Tiene una llamada. En el teléfono de recepción.

Logan frunció el ceño.

—Estoy en mitad de una reunión. ¿No pueden esperar?

El empleado negó con la cabeza.

—No, señor. Me temo que la persona que lo llama ha dicho que es un asunto urgente. Muy urgente.

2

Cuando se accedía desde el oeste por la carretera 138 de Rhode Island, el puente de Jamestown Verrazzano parecía un leviatán de hormigón de cuatro carriles; a pesar de su pronunciada pendiente, su diseño resultaba agradable. Era un mediodía de temporada baja; el tráfico avanzaba bastante fluido y el doctor Jeremy Logan decidió pisar un poco el acelerador de su Lotus Elan del 68. El cupé obedeció y ascendió sin esfuerzo por la pasarela. El estrecho tramo fue quedando atrás hasta que un segundo puente apareció más adelante: el Claiborne Pell. Este era mucho más largo y elevado. Logan sabía lo suficiente sobre ingeniería estructural como para que los puentes colgantes le provocasen cierto rechazo, de modo que optó por seguir pisando el acelerador. El coche inició la subida y, cuando alcanzó la cima, el paisaje que se extendía a sus pies hizo que dejara de pensar en las frecuencias de resonancia.

Newport, Rhode Island, se desplegó ante él, engalanado y rutilante bajo el sol temprano del otoño, como Oz al final del camino de baldosas amarillas. Las calas, puertos deportivos, muelles, embarcaderos y edificios relucientes revestidos de piedra o de madera pintada de blanco —apenas distinguibles a esta distancia— se repartían a izquierda y derecha. No muy lejos, unos cuantos laúdes y balandras surcaban las aguas y zozobraban a merced del viento con las velas blancas izadas y tensas. Esa era una escena que nunca pasaba de moda, y Logan se deleitó con ella.

Casi le sirvió para olvidarse de la persistente duda de por qué, exactamente, estaba allí.

Al final del puente giró a la derecha para continuar por Farewell Street y avanzó por los angostos carriles saturados de tráfico que atravesaban el antiguo centro hasta llegar a Memorial Boulevard. Igual que los turistas, viró hacia la izquierda y después hacia la derecha, en dirección a Bellevue. Pero, en lugar de ir hacia el este, donde quedaban el Cliff Walk y algunas «cabañas» de impecable arquitectura, como la Marble House o la Breakers, siguió hacia el sur y el oeste hasta Ocean Avenue. Dejó atrás una serie de playas pequeñas, un club de campo y las inevitables mansiones de verano. Después, unos tres kilómetros más adelante, aminoró la marcha frente a un camino adoquinado que llevaba hacia el sur desde la vía principal y tenía un letrero en la entrada que indicaba PRIVADO. Giró hacia allí. Tras recorrer cien metros llegó a un muro alto de ladrillo erosionado que se expandía hacia ambos lados hasta perderse de vista. Delante de él había una verja y una pintoresca estructura con tejado de pizarra que servía de puesto de seguridad. Logan se detuvo para mostrar unos documentos; el guardia los miró por encima, asintió y se los devolvió; la verja que cortaba el camino se levantó y, mientras se despedía con la mano, reanudó la marcha.

La estrecha senda sinuosa atravesó una arboleda, en una suave loma, y después otra. A continuación, tras doblar un recodo, Logan se detuvo para ver el Lux por primera vez después de diez años.

El edificio era todavía más grande de lo que recordaba. Inspirada en la Casa Knebworth de Inglaterra, solo que a mayor escala, la construcción de color arena se extendía a izquierda y derecha como si pretendiera perderse en ambos horizontes hasta terminar en las alas Este y Oeste. Con una extraña combinación de ventanas de cristal emplomado de estilo jacobino, paladiano y gótico clásico que destellaban bajo el sol, la mansión se parecía más a Oz que la primera impresión que Logan se había llevado de Newport (salvo por la apariencia un poco siniestra que le conferían la oscura hiedra que cubría la fachada; los gabletes y torreones, cubiertos de forma inusual y de aspecto vigilante; y las almenas bajas que bordeaban el tejado como si estuvieran listas para entrar en combate). No, esa era una definición exagerada. «Inquietante» fue el término con el que Logan la calificó al contemplarla por primera vez, y ahora decidió aferrarse de nuevo a él. El muro alto de ladrillo por el que había entrado podía verse a lo lejos a ambos lados, ascendiendo y descendiendo por la caprichosa pradera, hasta que terminaba a izquierda y derecha en los abruptos acantilados rocosos que se erigían sobre el Atlántico. Diseminadas alrededor de los flancos del edificio principal se levantaban una docena de estructuras anexas de distintos tamaños y formas: una central eléctrica, un invernadero, unos almacenes y una serie de edificios sin ventanas que Logan sabía que albergaban varios laboratorios; el conjunto conformaba un campus de casi cincuenta hectáreas.

Redujo la marcha y avanzó por el camino hasta llegar a un aparcamiento cercano al ala este (la entrada principal, con las cuatro inmensas columnas salomónicas que sostenían un frontón de mármol, era demasiado imponente para tener otra utilidad que la decorativa), bajó del coche y caminó por una pequeña acera bordeada de árboles hasta llegar a una doble puerta. Solo ahí, sobre un panel de bronce atornillado a la fachada y ennegrecido por la intemperie, el lugar se permitía mostrar su nombre: LUX.

A un lado de la puerta había varios dispositivos: un teclado numérico, un interfono con timbre y otro aparato que Logan no logró identificar. Un letrero colocado por encima de todos ellos anunciaba: RESIDENTES E INVITADOS: USEN EL TECLADO FUERA DE HORARIO. Logan no era ni lo uno ni lo otro, así que, como era mediodía, pulsó el timbre.

Al cabo de un momento se oyó una voz femenina hablando con aspereza por el altavoz.

—¿Sí?

—Doctor Jeremy Logan —anunció Logan inclinándose hacia el micrófono.

Se hizo un breve silencio.

—Pase, por favor.

Sonó un pitido; la puerta se abrió de par en par y Logan entró. No había olvidado el largo y amplio pasillo que apareció ante él. Era una muestra del doble uso que se le daba a la enorme mansión. Aunque las paredes y los techos estuvieran ribeteados con molduras elegantes de inspiración rococó (al estilo de las opulentas residencias de los magnates desaprensivos de siglos pasados), las mesas estuvieran cubiertas de libros y las alfombras se extendieran de una pared a otra, los indicadores de las puertas y los llamativos letreros rojos de salida revelaban una segunda y muy distinta finalidad.

Avanzó unos diez metros por el corredor y entró por una puerta en la que había un letrero de RECEPCIÓN. Los teléfonos sonaban, los dedos brincaban con apremio sobre los teclados numéricos. Aun así, se respiraba un ambiente de extraño sosiego del que Logan se percató al instante: algo que cortaba como un cuchillo la atmósfera cotidiana y profesional de una oficina ajetreada.

Una mujer sentada detrás de un mostrador lo miró al entrar.

—¿Doctor Logan? —le preguntó.

—Sí.

—He avisado al director. Bajará en un momento.

Logan asintió.

—Gracias.

Miró las butacas de orejas y los sofás tapizados de cuero que vestían la sala de espera, escogió uno y, cuando estaba a punto de sentarse, la familiar silueta de Gregory Olafson apareció en la entrada de la recepción. Naturalmente, había envejecido (su denso cabello moreno era ahora blanco, y alrededor de sus ojos se apreciaban unas arrugas que antes eran simples líneas de expresión), pero algo más que la edad pesaba sobre su rostro. Sonrió al ver a Logan, aunque fue un gesto breve, que se extinguió al instante.

—Jeremy —dijo mientras se acercaba a Logan para estrecharle la mano—. Me alegro de verte de nuevo.

—Gregory —respondió Logan.

—Imagino que te estarás preguntando de qué trata todo esto. Acompáñame, por favor, te lo explicaré en mi despacho. —Salió de la recepción y regresó al pasillo principal, seguido de Logan.

3

El despacho de Olafson era más o menos como Logan lo recordaba. Paneles de madera oscura de la época eduardiana, elementos fijos de latón pulido y cuadros ininteligibles y anacrónicos colgados en las paredes (Olafson tenía debilidad por el expresionismo abstracto). A lo largo de una pared, varios ventanales de marco grueso permitían contemplar el cuidado paisaje: un verdor que descendía hacia el sur, hasta los acantilados rocosos que se alzaban sobre el iracundo mar. Los bastidores inferiores de los ventanales emplomados estaban levantados por la mitad, lo que permitía a Logan percibir el bramido lejano de las olas y el olor salado del mar.

El director lo invitó a tomar asiento en un sillón y después se sentó a su lado.

—Te agradezco que hayas venido tan rápido.

—Dijiste que se trataba de un asunto urgente.

—En efecto, creo que lo es. Aunque no me va a resultar nada sencillo decirte por qué. Ahí es... —Olafson titubeó por un instante—. Ahí es donde entras tú. Quería asegurarme de contratarte antes de que te llegara algún otro encargo.

Un largo silencio se hizo en la habitación mientras los dos hombres se estudiaban el uno al otro.

—Antes de contarte nada más —prosiguió Olafson—, necesito saber que estás en disposición de dejar a un lado los prejuicios y la animosidad que puedas sentir por... er... nuestras diferencias en el pasado.

Esto provocó un nuevo silencio. Desde su sillón, Logan escrutó al director de Lux. Ocupaba el mismo asiento que la última vez que había hablado con él, hacía una década. Era también la misma época del año. Y tenía una expresión similar en el rostro: una mezcla de angustia y ansiedad. Logan recordó algunos fragmentos del breve discurso de Olafson, tamizados por el tiempo y la memoria: «Algunos miembros están muy preocupados...», «Se percibe una falta de rigor académico...», «El bien del Instituto de Política más antiguo y prestigioso del país es prioritario...».

Logan cambió de postura.

—Eso no será un problema.

El director asintió.

—¿Y puedo estar seguro de que tratarás el asunto con la más absoluta discreción? Buena parte de lo que te voy a contar es confidencial, incluso para la facultad, los colegas y los empleados.

—Es parte de mi trabajo. No hace falta ni que me lo preguntes.

—Ya, pero debo hacerlo, compréndelo. Gracias. —Olafson miró hacia el mar un momento antes de volver a centrar su atención en Logan—. ¿Recuerdas al doctor Strachey?

Logan hizo memoria.

—¿Willard Strachey?

Olafson asintió.

—Un informático científico, ¿no es así?

—Correcto. Hace unos días Strachey protagonizó un... incidente muy trágico que tuvo lugar aquí, en Lux.

Logan recordó el ambiente que percibió durante su corta espera en la recepción.

—Háblame de ello.

El director volvió a mirar el mar antes de proseguir.

—Hacía una o dos semanas que Strachey no era el mismo.

—¿Puedes ser más específico? —le solicitó Logan.

—Se le notaba inquieto. Al parecer, no dormía bien, o descansaba muy poco. Estaba muy irritable, algo que, si lo recuerdas, sabrás que no era nada propio de él. Además... —Olafson titubeó de nuevo—. Había empezado a hablar consigo mismo.

—¿En serio?

—Eso tengo entendido. Entre dientes, aunque con cierta frecuencia, a veces incluso de una forma bastante animada. Después, hace tan solo tres días, sufrió una crisis repentina.

—Continúa —lo instó Logan.

—Se volvió violento, agredió a su auxiliar. —Olafson tragó saliva—. Como sabes, contamos con una plantilla de seguridad mínima. En realidad, no estamos preparados para impedir que se produzcan..., en fin, escenas de ese tipo. Lo contuvimos, no sin gran esfuerzo, y lo encerramos en la biblioteca de los visitantes, en la tercera planta. Y, por último, llamamos a Urgencias.

Logan aguardó a que el director continuase. En lugar de eso, Olafson se levantó, se acercó a una pared, descorrió una cortina y dejó a la vista una pantalla de proyección. Abrió un cajón que había en la misma pared, sacó un proyector digital y lo enchufó después de orientarlo hacia la pantalla.

—Será mejor para ti, y desde luego para mí, que lo veas con tus propios ojos —dijo. Se dirigió hacia la puerta, apagó las luces y encendió el proyector.

Al principio la pantalla permaneció en negro. Segundos después una serie de números se sucedieron rápidamente por su superficie. Por último, apareció una imagen, en blanco y negro, un tanto pixelada por la ampliación: la grabación de una cámara de vigilancia. Los rótulos de la fecha y la hora se mantenían fijos en el borde inferior del encuadre. Logan reconoció la habitación. Era, como Olafson había dicho, la biblioteca de los visitantes de Lux: una sala ornamentada, provista de refinados candelabros de pared y con el techo artesonado. Tres de las paredes estaban cubiertas de libros desde el suelo hasta el techo; en la cuarta había varios ventanales de gran altura con un pesado bastidor deslizante, iguales que los del despacho de Olafson. Unos sillones, divanes y bancos estaban distribuidos ordenadamente por el elegante espacio. No era una biblioteca de trabajo —esa pieza, mucho mejor abastecida, se encontraba en otra parte de la mansión—, su función era impresionar a los invitados y a los posibles clientes.

Gracias a la vista de pájaro de la cámara de vigilancia, Logan distinguió a un hombre que iba de un lado a otro de la lujosa alfombra, presa a todas luces de una perturbación extrema. Se tiraba de la ropa y del pelo. Logan reconoció a un doctor Strachey diez años mayor, tendría unos sesenta o sesenta y cinco. Cada pocos pasos el científico se detenía, se inclinaba hacia delante y se tapaba los oídos con las manos, como si pretendiera aislarse de algún ruido insoportable.

—Lo dejamos allí —explicó Olafson— para que no se autolesionase ni le hiciera daño a nadie hasta que vinieran a ayudarnos.

Sin apartar la vista de la pantalla, Logan vio cómo Strachey se dirigía a la puerta y tiraba de ella con violencia dando fuertes gritos.

—¿Qué dice? —preguntó Logan.

—No lo sé —admitió Olafson—. Supongo que deliraba. La calidad del audio es bastante pobre; de hecho, muy pocas de nuestras cámaras de vigilancia cuentan con un micrófono incorporado.

Cada vez más nervioso, Strachey aporreaba las paredes y cogía los libros de las estanterías para lanzarlos hacia el otro lado de la biblioteca. Una y otra vez se detenía para taparse los oídos y sacudía la cabeza como un perro zarandeando a una rata. Se dirigió a los ventanales y los golpeó con los puños, pero el cristal emplomado era demasiado grueso para romperse con tanta facilidad. Empezó a tambalearse y a azotar el aire con los brazos, como si estuviera ciego, chocaba con las paredes, se caía sobre las mesas. Fue dando traspiés hacia la cámara y, por un instante, su voz se tornó más clara. Después dio media vuelta de nuevo, jadeando con sequedad, mirando a su alrededor. Entonces se tranquilizó de repente.

De soslayo Logan reparó en que Olafson apartaba la vista.

—Debo advertírtelo, Jeremy... Me temo que esta parte es terriblemente perturbadora.

La cámara mostraba a Strachey dirigiéndose hacia el muro de los ventanales. Al principio caminaba despacio, pero enseguida ganó velocidad y confianza. Fue hacia la ventana que le quedaba más cerca e intentó abrirla. El bastidor pesado y antiguo tan solo se desplazó unos centímetros.

Strachey se dirigió a la siguiente y empezó a tirar de ella firme y violentamente. Esta tampoco cedió más de un par de dedos. Los vetustos bastidores de estructura metálica pesaban muchísimo, cómo bien sabía Logan, además de que haría décadas que nadie los limpiaba ni lubricaba.

Strachey avanzó hasta una tercera ventana; volvió a tirar. Esta subió con más facilidad. Logan lo observó empujar el bastidor, primero con las dos manos y después ayudándose con el hombro. Podía oírlo gruñir a causa del esfuerzo. Por fin consiguió subir el bastidor hasta el final: casi un metro y medio sobre el alféizar.

No había ningún tipo de enrejado; la biblioteca se encontraba en la primera planta del edificio; el hueco de la ventana permitía escapar con facilidad. En menos de un minuto, habría podido saltar y desaparecer. ¿Qué tendría de trágica —se preguntó Logan— la desaparición de un científico?

Sin embargo, no escapó por la ventana, sino que se inclinó ante ella y llevó la mano hasta el borde derecho para manipular alguna pieza acoplada al surco del marco. Se trataba, comprobó Logan, de la cadena del bastidor. Entornó los ojos para observar con más atención, desconcertado. Ahora Strachey sostenía la cadena con una mano; con la otra parecía estar rotando un objeto que tapaba con el cuerpo.

Un momento después retiró la mano. Con ella sostenía el contrapeso de hierro del bastidor, de unos treinta centímetros de longitud y obviamente pesado. Strachey había extraído el contrapeso del bastidor que estaba unido a la cadena de la ventana. Lo tiró al suelo. Con la otra mano seguía sosteniendo firmemente la cadena, y solo esto impedía que la ventana se desplomara.

De pronto un escalofrío sobrecogió a Logan.

Sin dejar de agarrar la cadena con fuerza, Strachey se arrodilló y apoyó el cuello sobre el alféizar. El silencio que se hizo a continuación permitió que Logan, paralizado en su asiento, oyera cómo el científico tomaba aire varias veces de forma entrecortada.

Entonces Strachey soltó la cadena.

Con un chirrido afilado similar al pitido de un tren, el pesado bastidor de metal se descolgó por el marco. El espantoso crujido de huesos se oyó incluso por encima del estruendo de la ventana; el cuerpo de Strachey se sacudió como si hubiera recibido una descarga eléctrica. Logan apartó la mirada al instante, pero no antes de ver cómo la cabeza caía a los arriates que bordeaban la fachada de la biblioteca y el denso río de sangre corría negro y opaco bajo el ojo despiadado de la cámara de vigilancia.

4

Durante al menos un minuto ninguno de los dos se movió. Después, en silencio, el director encendió las luces, guardó el proyector, volvió a correr la cortina sobre la pantalla y regresó a su asiento.

—Dios mío —murmuró Logan.

—No hemos podido ocultar el hecho de que Strachey se suicidó —indicó Olafson—. Pero por motivos obvios hemos procurado no dar demasiados detalles. No obstante, han empezado a correr algunos rumores. —Miró a Logan—. Necesito preguntártelo, ¿se te ocurre alguna hipótesis?

—Dios mío —repitió Logan. Estaba conmocionado. Se esforzó por recordar al Willard Strachey que conoció durante su época en Lux, pero tan solo le vino a la memoria un hombre callado y un poco tímido de cabello escaso y pajizo. Llegaron a intercambiar alguna sonrisa y a saludarse con la cabeza, pero jamás mantuvieron una conversación.

Se obligó a reaccionar y responder a la pregunta de Olafson.

—Creo —comenzó poco a poco— que suicidarse de esa manera... solo puede indicar que ya no soportaba seguir vivo ni un segundo más. No podía esperar a conseguir unas pastillas, una pistola, un coche, o a saltar desde una azotea... Tenía que morir. De inmediato.

El director asintió y se inclinó hacia delante.

—No me ocupo personalmente de las operaciones cotidianas de Lux; eso se lo dejo a Perry Maynard. Pero Will Strachey y yo nos conocíamos desde hacía treinta años. No había nadie más equilibrado, más amable ni más sensato. Además, era uno de mis mejores amigos. Asistió a mi boda como caballero de honor. Bajo ningún concepto atacaría a nadie. Y nunca, jamás, se suicidaría, y menos de esa forma. Will aborrecía las monstruosidades y los espectáculos. Un acto de este tipo no encaja en absoluto con su personalidad.

Olafson se echó un poco más hacia delante.

—Las autoridades, por supuesto, lo consideraron un suicidio y se olvidaron del asunto. De hecho, parece que no ven con buenos ojos la actividad de los Institutos de Política ni a sus residentes. Y el psiquiatra de la policía se limitó a calificarlo, si mal no recuerdo, como una «breve psicosis reactiva producto de un estado de fuga». —El director articuló una risa despectiva—. Pero yo sé que ese no es el caso. Y también estoy seguro de otra cosa: el hombre de la grabación no es el que yo conocía. Así de sencillo, y de desconcertante. Y esa es la razón por la que te hemos llamado.

—No es el tipo de trabajo que acostumbro a realizar —señaló Logan—. No soy detective privado; soy enigmatólogo.

—¿Y esto no es un enigma? —preguntó Olafson con la voz un tanto trémula por la pasión—. Como te decía, el del vídeo no puede ser Strachey. Él jamás habría hecho nada semejante. Aunque no puede negarse que fue un suicidio. Le has visto hacerlo. Yo vi el cadáver. —Se interrumpió por un momento para pasarse la mano por la frente—. Necesitamos averiguar qué le sucedió. No por mí, sino por el bien de Lux.

—Dices que eras uno de sus mejores amigos —indicó Logan—. ¿Había algo que le preocupara, bien en su vida personal o en la profesional?

—Hacía un año o dos que no nos veíamos tanto como me habría gustado. —Olafson señaló el escritorio como aduciendo una excesiva carga de trabajo—. Nunca se casó, nunca le importó estar soltero. Vivía de forma acaudalada y sin depender de nadie. No tenía problemas de salud; los reconocimientos médicos anuales son una de las ventajas de trabajar aquí, y cuando se realizó el último examen, hace dos meses, no se le encontró nada; yo mismo lo comprobé. Creo que estaba en las últimas fases de su trabajo; su auxiliar, Kim, o el doctor Maynard podrán contarte más detalles que yo al respecto. Pero te aseguro que la idea de jubilarse no le preocupaba; Will Strachey había sido un colega muy entregado; ya había realizado un aporte fundamental en el área de investigación por la que se decantó. Tenía muchas razones para sentirse orgulloso, y por las que desear vivir. La última vez que almorzamos juntos, conversamos acerca de las cosas que le gustaría hacer cuando se jubilase. Visitar las catedrales de Europa; le apasionaban la arquitectura y el diseño arquitectónico, era un erudito en ese campo. Retomar el piano; ¿sabías que era un pianista con talento, de formación clásica? Tuvo que dejar de estudiar música hace años, cuando sus avances en las bases de datos empezaron a exigirle todo su tiempo. Navegar por el Mediterráneo; llevaba un auténtico marinero dentro. Tenía todos los motivos del mundo para querer vivir. Todos.

Un silencio invadió el despacho durante casi un minuto. Al rato, Logan asintió.

—Con una condición. Tener acceso libre a las oficinas, los laboratorios y los registros de Lux.

El director lo consideró durante unos segundos.

—Muy bien.

—¿Necesitaré alguna autorización, un motivo por el que estar aquí, fisgoneando y haciendo preguntas? Al fin y al cabo, hay que tener en cuenta mi, por decirlo de alguna manera, pasado en Lux.

Un gesto de aflicción apagó el rostro de Olafson.

—Ya había pensado en eso. Muchas de las personas que conociste hace diez años siguen aquí. Y, qué duda cabe, desde entonces te has convertido en alguien muy popular. Pero si has de moverte sin limitaciones, no veo qué necesidad hay de andarse con reticencias y disimulos. Estás aquí a petición del Consejo para profundizar en las circunstancias del fallecimiento del doctor Strachey. Así de sencillo, y yo no entraría en los pormenores.

—Muy bien. ¿Hay algo más que deba saber antes de empezar?

—Sí. —El director hizo una pausa—. Es de justicia avisarte de que no todo el mundo va a alegrarse de verte. No me refiero solo al «pasado» del que hablabas. Desde que estuviste aquí ha entrado sangre nueva, pero en el fondo sigue siendo un lugar muy conservador. Habrá quienes cuestionen tus motivos; quienes desconfíen de ti. Debes saber también que en el Consejo hubo un empate, tres a tres, al debatir tu intervención. Fue mi voto el que rompió las tablas.

Logan sonrió con cansancio.

—Estoy acostumbrado a esas cosas. Por desgracia, son gajes del oficio.

—Todavía formas parte de la facultad de Yale, ¿estoy en lo cierto?

—Así es.

—Bien, eso nos será de mucha ayuda. —Olafson se levantó—. Acompáñame, tramitaremos tu registro.

5

A las cuatro y media de aquella tarde, Logan se encontraba en su despacho, ubicado en la tercera planta de la grandiosa mansión, mirando con aire pensativo por la ventana. Tenía una estructura metálica pesada y el cristal emplomado; era igual que la que había utilizado Strachey. Logan sabía que nunca volvería a mirar ese tipo de ventanas del mismo modo. Estaba cerrada, pero aun así podía oír el rugido lejano de las rompientes del Atlántico que azotaban y brincaban sobre las rocas.

Levantó una mano y deslizó los dedos por el bastidor. Lux comenzó siendo un club privado, fundado a principios del siglo XIX por seis profesores de Harvard, donde se debatía sobre arte y filosofía. Con el paso de los años su alcance y ambición fueron aumentando al mismo tiempo que su misión. Hasta que en 1892 se constituyó como Lux por medio de una carta formal y una dotación impresionante. Esto lo convirtió en el Instituto de Política —«laboratorio de ideas», para los profanos— más antiguo del país, adelantándose más de dos décadas a la Institución Brookings. Disfrutó de un éxito sin precedentes durante sus primeros años, de manera que las instalaciones del campus no tardaron en resultar pequeñas, y se trasladó a Boston y más adelante —a principios de los años veinte— se instaló de forma definitiva allí en Newport, donde compró la mansión Dark Gables a los herederos de un millonario excéntrico. Con los años, siguió prosperando en sus áreas de especialización: economía, política, matemáticas aplicadas, física y, más recientemente, informática. El único campo que su carta prohibía de forma expresa era la aplicación militar, y esto lo distinguía de otros laboratorios de ideas, muchos de los cuales llevaban a cabo ese tipo de investigaciones lucrativas con gran entusiasmo.

Logan se apartó de la ventana y observó la estancia. En consonancia con el resto de la mansión, era un despacho ornamentado, opulento y espacioso. Además de la oficina, había un pequeño salón, un dormitorio y un cuarto de baño. Logan posó la mirada en el escritorio. Ya había colocado sobre él parte de sus herramientas de trabajo: un portátil, una videocámara, una grabadora digital, un medidor de actividad electromagnética, un termómetro de infrarrojos y una decena de libros, muchos de ellos encuadernados en cuero, y casi todos de varios siglos de antigüedad.

Alguien llamó discretamente a la puerta e interrumpió su inspección. Se acercó y al abrirla se encontró a un joven vestido con un anodino traje de oficina.

—Disculpe —dijo al tiempo que le tendía una carpeta precintada donde podía leerse: PRIVADO Y CONFIDENCIAL—. El doctor Olafson me ha pedido que le entregue esto en persona.

—Gracias —respondió Logan mientras asentía.

El joven se alejó por el pasillo opulentamente alfombrado y Logan cerró la puerta con el hombro al mismo tiempo que abría la carpeta. Dentro había un DVD sin ningún rótulo.

Después de acercarse al escritorio y sentarse, encendió el portátil, esperó a que se pusiera en marcha e insertó el disco. Unos segundos después apareció en la pantalla la ventana de un reproductor de medios, donde se empezó a reproducir un vídeo. Logan reconoció al instante la grabación de la cámara de vigilancia que había visionado en el despacho de Olafson: la imagen pixelada en blanco y negro de un hombre en medio de una elegante biblioteca amueblada dando vueltas de un lugar a otro mientras se tiraba del pelo.

Logan hizo clic en el botón de pausa. No quería ver la secuencia otra vez. Se quedó mirando pensativo la imagen de Strachey, ahora congelada. Recordó lo que Olafson le había dicho: «Will Strachey y yo nos conocíamos desde hacía treinta años.» «No había nadie más equilibrado, más amable ni más sensato.» «Tenía todos los motivos del mundo para querer vivir.» «El hombre de la grabación no es el que yo conocía.»

Cerró la ventana del vídeo e inició una aplicación para extraer la pista de audio del DVD. Abrió el archivo con un programa de edición forense de sonido y lo reprodujo entero. Tan solo duraba cuatro minutos y veinte segundos. Después de escucharlo una vez, Logan borró los últimos treinta segundos: el chirrido del bastidor de la ventana al deslizarse, el crujido espeluznante y los dos golpes sordos que los siguieron resultaban casi tan pavorosos de oír como de ver.

Logan escuchó el archivo de audio una vez más. Los primeros cuarenta y cinco segundos consistían en una serie de pasos contundentes y jadeos agónicos, de modo que también los eliminó. Al final obtuvo un archivo de audio de unos tres minutos de duración, de calidad pobre, saturado de zumbidos, siseos y parásitos digitales.

En la ventana principal del editor el audio se representaba en forma de trazo ondulante, una línea rechoncha e irregular que viajaba de izquierda a derecha, repleta de quiebros puntiagudos. Logan abrió una ventana más reducida y le ordenó al programa que ejecutase un análisis espectral del archivo de audio. Observó el visor resultante mientras examinaba y ajustaba los valores de la amplitud y la frecuencia. A continuación, ejecutó una macro de detección de fallos sobre el audio, moviendo el mando del umbral a una posición agresiva.

Corrigió el archivo para eliminar la desviación de la corriente continua, incrementó la ganancia y lo sometió a un ecualizador paramétrico vinculado a un filtro de paso alto.

Ahora sonaba más alto y más claro, sin apenas rastro de zumbidos. La voz de Strachey se oía mejor, aunque seguía siendo difícil de entender, en parte por la pobreza del sonido y en parte porque el científico no dejaba de jadear y mascullar. A pesar de todo, Logan realizó la mejor transcripción que pudo, reproduciendo una y otra vez los pasajes más complicados y poniendo los cinco sentidos en la escucha. En la medida de lo posible, procuró ponerse en la piel de Strachey, tratando de imaginar qué se le estaría pasando por la cabeza para después sacar conclusiones.

«No... No. No puedo. No puedo.»

Después de esto venía un pasaje donde respiraba de forma acelerada, como si estuviera hiperventilando.

«Ayuda, por favor. Me sigue a todas partes. A todas partes. No puedo, ¡no puedo escapar!»

Logan oyó sacudirse el pomo de la puerta, salir volando los libros de los estantes.

«Viene de [indescifrable]. Estoy seguro.»

Varios ruidos de impactos; el golpe de una mesa al volcarse. Por un instante, la voz se volvió más nítida:

«Las voces... Se acercan. Saben a veneno. Tengo que escapar.»

Después la voz empezó a sonar cada vez más lejana, a medida que Strachey se apartaba tambaleándose de la cámara de vigilancia.

«Está conmigo. Están conmigo. En la penumbra. No, Dios, no...»

Eso era todo. De pronto, el temblor de la voz desaparecía. La respiración se ralentizaba hasta volverse casi tranquila. Logan detuvo la reproducción; sabía lo que sucedía a continuación.

Después de guardar la transcripción en un archivo de texto, cerró el portátil, se levantó y se acercó a la ventana para seguir contemplando el oscuro Atlántico. Con la intención de descifrar el audio, había intentado ponerse en el lugar del informático. Ahora deseaba no haberlo hecho. No halló en su actitud más que una inexplicable y repentina demencia; demencia y muerte.

«Están conmigo. En la penumbra.»

El sol caía sobre el césped que se extendía hasta el mar. El despacho revestido de roble era cálido. Sin embargo, sintió que un escalofrío le atravesaba el cuerpo.

6

Eran las siete y media cuando Logan salió de su habitación, bajó la amplia escalera central y entró en el comedor principal. Dark Gables, el edificio de Lux, fue el fruto de la febril imaginación de Edward Delaveaux. Durante su construcción, el solitario y excéntrico millonario compró un antiguo monasterio francés y lo desarmó piedra a piedra para llevarlo a Rhode Island e incorporarlo a su mansión. El comedor fue en su día el refectorio del convento. Era una pieza espaciosa de estilo gótico, tenía unas gruesas vigas de madera que formaban un techo abovedado y unas arcadas decorativas que bordeaban las paredes tapizadas. Los únicos elementos que rompían el estilo eran las dos columnas salomónicas, o de azúcar cande, cuyas bandas taraceadas que descendían en espiral de arriba abajo se asemejaban a las de la entrada principal de la mansión. Estos pilares eran los soportes maestros del edificio, y podían encontrarse, con distintas dimensiones, distribuidos por todo Lux.

Logan se detuvo un momento en la entrada para observar las mesas, a los comensales y a los solícitos camareros vestidos de esmoquin que iban de aquí para allá. Vio varios rostros que recordaba vagamente, y muchos que no reconoció. Todas las mesas eran idénticas: redondas, con espacio para seis personas y cubiertas con impecables manteles de lino blanco.

Una de las que tenía más cerca estaba casi vacía. Solo había dos personas sentadas, un hombre y una mujer, además de un tercer cubierto que indicaba que alguien había abandonado su asiento de manera momentánea. Logan reconoció al hombre. Era Jonathan King, especialista en teoría de juegos. Durante su época en Lux Logan no había tenido mucho contacto con King, pero este siempre fue amable con él. Se encaminó hacia la mesa. A medida que avanzaba, era consciente de que los ocupantes del comedor volvían la cabeza para mirarlo con incredulidad. Su cara había ocupado tantas portadas de revistas que ya estaba acostumbrado a estas situaciones.

King levantó la vista al darse cuenta de que Logan se aproximaba. Palideció por un instante, pero enseguida sonrió.

—¡Jeremy! —exclamó, levantándose para estrecharle la mano—. Qué sorpresa. Además de un placer.

—Hola, Jonathan —respondió Logan—. ¿Puedo sentarme con vosotros?

—Por supuesto. —King se volvió hacia la mujer que estaba sentada a su lado. Tenía unos treinta años, el cabello moreno y unos ojos brillantes e inquisitivos—. Esta es Zoe Dempster —dijo King—. Se incorporó a Lux hace seis meses como colega principiante. Es especialista en límites y cálculo multivariable.

Entonces Logan recordó que en el laboratorio de ideas a los miembros no se les presentaba tan solo con su nombre, sino también con su especialidad.

—Hola —dijo con una sonrisa.

—Hola. —Dempster frunció el ceño—. ¿Nos conocemos?

—Es Jeremy Logan —le indicó King.

La principiante mantuvo esa mueca hasta que de repente cayó en la cuenta.

—Ah. Usted es... —Se interrumpió de súbito.

—Así es —afirmó Logan—. El detective de fantasmas.

Dempster rió un tanto aliviada.

—Lo ha dicho usted, no yo.

Logan reparó en la presencia de Olafson. Estaba sentado a una mesa al fondo del comedor, junto con el subdirector Perry Maynard y otros comensales. Al levantar la vista, el director captó la mirada de Logan y asintió.

—Jeremy residió aquí durante una temporada —explicó King de manera diplomática—. Fue... ¿Cuánto hace de aquello, Jeremy?

—Casi diez años.

—Diez años. Cuesta creerlo. —King movió la cabeza—. ¿Estás aquí para iniciar alguna nueva investigación?

Logan se percató del modo en que ambos lo miraban. Sabía que sentían curiosidad por su presencia y estaba sopesando la respuesta cuando alguien ocupó el tercer asiento: un hombre de casi sesenta años, con el cabello moreno y plateado cortado al rape y una barba arreglada a la perfección que habría sido el orgullo de Sigmund Freud. Posó una taza de café solo junto a su plato y escrutó a Logan con una afectada expresión de sorpresa.

—Vaya, vaya —dijo—. Me estaba preguntando si no nos harías una visita uno de estos días.

—Hola, Roger —lo saludó Logan.

—Hola. —Roger Carbon hablaba con un melifluo acento inglés que imprimía cierto tono despectivo a cuanto decía. Miró a los otros—. Jonathan, sin duda tú te acuerdas de Jeremy Logan. Zoe, tú no creo. Aunque seguro que lo has visto en la televisión. La otra noche te vi por casualidad en la CNN. «Nessie no existe.» Qué gracia.

Logan se limitó a asentir. Roger Carbon, especialista en psicología evolutiva, había sido el antagonista de Logan durante su estancia en Lux. Consideraba que el estudio de los enigmas y la clasificación de fenómenos sobrenaturales era algo sensacionalista e indigno de la institución. Formaba parte de un reducido grupo que desempeñó un papel fundamental para que Logan fuera invitado a marcharse.

Un camarero se detuvo junto a Logan con un pequeño menú impreso; Logan le echó un vistazo, pidió y se lo devolvió al camarero, que se alejó al instante.

—Debo decir que el modus operandi que describiste parecía extraordinariamente científico —prosiguió Carbon con despreocupación—. Y ya tienes un nombre para tu... disciplina, ¿verdad?

—Enigmalogía —le confirmó Logan.

—Eso es. Enigmalogía. Por lo que recuerdo, no llegaste a ponerle nombre durante tu época en Lux.

—Es increíble todo lo que puede ocurrir en una década —respondió Logan, que optó por tolerar el tono sarcástico de Carbon.

—Sí que lo es. ¿Puedo dar por hecho, entonces, que has codificado este nuevo campo en el que trabajas? ¿Que lo has sistematizado y que has establecido unos principios? ¿Veremos publicado pronto un libro de texto? *¿Iniciación a la caza de fantasmas*, tal vez? O, no... *¿Sustos para los incautos?*

—Roger —le frenó Jonathan King.

—En la actualidad también soy experto en maldiciones milenarias —aseguró Logan con un tono desenfadado—. De hecho, hoy te voy a hacer una oferta especial: embrujaré a dos personas de tu elección por el precio de una.

Zoe Dempster soltó una risita y se tapó la boca con la mano. King sonrió. Carbon tomó un sorbo de café e ignoró el comentario.

—Pero has venido por lo de Strachey, ¿verdad? —preguntó, cambiando de tema.

—Más o menos —contestó Logan.

—¡Bien, pues conozcamos los detalles!

—En otro momento. Baste decir que el Consejo me ha

pedido que realice algunas averiguaciones para determinar la naturaleza de su muerte.

—«La naturaleza de su muerte.» Nadie habla mucho de ello, pero se rumorea que fue algo horrendo. —Carbon lo miró con ojos penetrantes—. ¿Es cierto que la cabeza de Strachey apareció entre unos rosales?

—No podría afirmarlo —respondió Logan con ironía.

—Bien, al menos cuéntanos cómo piensas empezar.

—Ya he empezado.

Carbon dedicó un momento a digerir el comentario. Saltaba a la vista que no le había hecho ninguna gracia.

El primer plato de Logan llegó a la mesa: ensalada *frisée* con tiras de beicon y un huevo escalfado.

—En realidad, tenía pensado ir a ver a Perry Maynard.

—Ah. Bien, cuando hables con él, no dejes de preguntarle por los otros.

Logan se detuvo cuando estaba levantando el tenedor.

—¿«Los otros»?

—Los otros. —Carbon apuró su café, se dio un toquecito remilgado en la boca con una servilleta de lino, sonrió a King, le guiñó el ojo a Zoe Dempster, se levantó y se alejó de la mesa sin añadir nada más.

7

El despacho del subdirector Perry Maynard era el doble de grande que el del director. Y a pesar de que, por supuesto, tenía el mismo estilo eduardiano, era bastante distinto del de Olafson. Se encontraba en la cuarta planta de la mansión, en uno de los gabletes que había bajo el inmenso tejado alto; y estaba orientado hacia el norte, con vistas a los extensos terrenos, en lugar de hacia la orilla rocosa y el mar furibundo. El escritorio imponente, casi sin papeles; el juego de palos de golf apoyados en un rincón con estudiada naturalidad y las fotos de deportes que adornaban las paredes hacían que el lugar pareciese la guarida del presidente de una multinacional. En realidad, esto no era ninguna sorpresa: Maynard era especialista en macroeconomía antes de que lo ascendieran a subdirector. En Lux, según comprobó Logan, había dos tipos de miembros. Por un lado estaban los académicos, que solían vestir una bata blanca o un bléiser arrugado, y siempre estaban absortos en la investigación de turno que estuvieran llevando a cabo. Después estaban los gerentes, por lo general especializados en psicología industrial o en administración de empresas. Vestían trajes oscuros a medida y a menudo se manejaban con aires de suficiencia y se las daban de ultracompetentes.

Solo eran las diez en punto de la mañana siguiente cuando

Logan fue invitado a cruzar el despacho exterior para pasar al sanctasanctórum de Maynard.

—Ah, Jeremy —lo saludó el subdirector, que rodeó el escritorio para estrecharle la mano con una trituradora efusividad—. Te estaba esperando. Toma asiento.

Después de señalar con la mano una pareja de sillas de cuero, Maynard se retiró a su mesa. A Logan le llamó la atención que no se sentara a su lado, como había hecho Olafson.

—Enhorabuena por tu ascenso a la subdirección —lo felicitó Logan.

Maynard volvió a sacudir la mano, esta vez para quitarle importancia al asunto. Entre el cabello de color dorado y el cuerpo atlético parecía más joven de los cincuenta años que tenía.

—Prefiero considerarme responsable de operaciones —declaró—. ¿Sabes? Aquí la mayor parte de los colegas son sus propios jefes. Conocen su área de investigación, su feudo, mejor que nadie. Yo solo soy el administrador.

Ese alarde de modestia no engañó a Logan. Tal vez Maynard fuese un mero administrador, pero no por ello dejaba de gozar de un poder inmenso que utilizaría siempre que necesitase o desease. Si bien era cierto que Lux constituía un laboratorio de ideas, también era una compañía privada que perseguía la obtención de beneficios. Naturalmente, concedía generosas subvenciones, otorgaba multitud de becas anuales y financiaba cátedras en diversas áreas de interés académico, pero todo ello era posible gracias al flujo constante de ingresos. Pese a que no solía hablarse de ello, todos los colegas de Lux sabían que las investigaciones más eficaces eran, a fin de cuentas, aquellas a las que se les podía dar una orientación práctica. Logan se preguntó si Maynard era uno de los tres miembros del Consejo que estuvo a favor de contratarlo o si fue uno de los que se mostraron en desacuerdo.

Maynard se arrellanó en la silla.

—Me imagino que querrás hablar de Willard Strachey.

Logan asintió.

—Un asunto terrible. Terrible. —Maynard negó con la cabeza.

—Gregory me dijo que tú podrías darme más detalles sobre los proyectos que Strachey estaba llevando a cabo.

—Mmm. Sí. —Maynard se reclinó en la silla y cruzó los brazos—. Bien, recordarás que Willard era especialista en SABD.

—¿SABD?

—Sistemas de Administración de Bases de Datos. Hizo unos progresos revolucionarios a partir del modelo de base de datos relacional desarrollado por Codd y compañía. La base de datos de Strachey, Parallax, fue una de las aplicaciones fundamentales de principios de los ochenta.

—Continúa, por favor —le pidió Logan.

—Consistía en un administrador de bases de datos que incorporaba un lenguaje de programación concebido por el propio Strachey. Era famoso por su velocidad, su escalabilidad y su ligereza, al contrario que otros colosos como, por ejemplo, el DB2. Solía integrarse en los miniordenadores VAX, muy populares en muchos campus universitarios de la época. Época que, claro está, queda treinta años atrás. —Maynard se encogió de hombros—. Los lenguajes de programación han evolucionado muchísimo desde entonces.

—¿Quieres decir que Strachey creía que ya no tenía mucho más que aportar?

—No creo que pensase así en absoluto. Sentía un inmenso orgullo por lo que había conseguido. Y además era un académico nato; para él, la investigación era el medio y el fin. —Maynard titubeó—. Era Lux, si de verdad quieres saberlo, quien no lo tenía tan claro.

Logan frunció el ceño.

—No entiendo.

—Como te decía, la programación ha cambiado mucho. Hoy en día todo se basa en objetos, herencia de clases, lenguajes de secuencias de comandos... Lo que hizo de Parallax algo tan rompedor en el momento de su lanzamiento fue también lo que obstaculizó su reestructuración. Y, siendo realistas, a Willard le gustaba Parallax tal como era. Siguió puliéndolo. Pero muchos clientes importantes empezaron a buscar otras soluciones.

—Y a llevarse su dinero a otra parte.

Maynard hizo una mueca de abatimiento, pero afirmó con la cabeza, admitiendo la deducción.

—En cualquier caso, Strachey disfrutaba de todos los privilegios de Lux. Era uno de los colegas veteranos. Alcanzó el éxito e hizo que nos sintiéramos muy orgullosos. Pese a que podría haberse jubilado con una buena pensión, estábamos encantados de que continuara trabajando en las bases de datos relacionales. No obstante, se decidió hacer de ese esfuerzo algo... secundario.

—Un pasatiempo, en otras palabras, en lugar de algo por lo que pagarle.

—Bueno, seguía recibiendo una remuneración. Pero hace algunos meses decidimos hacer con Willard lo que hacemos con muchos de los colegas que empiezan a desligarse de su investigación principal. Le asignamos, también, unas tareas «administrativas», unas tareas que podrían beneficiar a Lux de forma directa.

—Como un profesor numerario que se convierte en decano adjunto para seguir siendo de utilidad comercial.

—Algo por el estilo.

—¿Podrías hablarme de esas tareas administrativas? —le solicitó Logan.

—Fue idea de Roger Carbon, en realidad. Se asignó a Willard la responsabilidad de la restauración del ala oeste, que, como tal vez sepas, lleva siglos sin remodelarse. De hecho,

45

hace años que se prohibió el acceso a esa zona. No entraña ningún peligro, por supuesto, pero es muy antigua y es preciso renovarla para traerla al siglo XXI. Basta decir que la pérdida de todos esos metros cuadrados está constriñendo mucho nuestras operaciones, incluso a pesar de la ampliación de los edificios anexos. De manera que reformarla era una tarea crucial.

—¿Willard Strachey pensaba lo mismo?

Esta pregunta hizo que Maynard lo escrutase.

—Si sospechas que Will estaba descontento con esta tarea, o que se sentía degradado por hacerla, estás muy equivocado. Will sabía cómo funciona el Lux. Y le apasionaba la arquitectura. Se le brindó la oportunidad de transformar una hermosa muestra del diseño de finales del siglo XIX en un espacio moderno y útil. No iba a tener que mancharse las manos ni que empuñar ningún taladro, su cometido era idear la funcionalidad, equilibrar lo práctico con lo estético. Como cuando el propietario de una casa le indica al constructor qué es lo que quiere hacer, solo que a una escala muy distinta. Por supuesto, habría una arquitecta trabajando con él que revisaría los diseños y verificaría los requisitos técnicos, pero sería él quien concebiría la totalidad del proyecto. Y a decir de todos, estaba encantado con la tarea. Pero, claro está, yo no lo veía a diario. Para eso tendrías que hablar con la señorita Mykolos.

—¿Con quién?

—Kim Mykolos. Su auxiliar de investigación.

—¿La mujer a la que agredió?

Se hizo un breve silencio.

—Sí.

—¿Estabas al tanto del comportamiento que Strachey tenía desde hacía semanas?

—Había oído los informes de distintas personas, sí. De hecho, quería haber hablado con él. —Maynard hundió los hombros y bajó la vista hasta el escritorio—. Ahora es demasiado tarde. Nunca sabré si podría haber hecho algo, si podría haberlo ayudado.

—Dices que trabajaba con una arquitecta —señaló Logan.

—Casualmente, la bisnieta del arquitecto que levantó el Dark Gables. Pamela Flood. Ha continuado con el estudio de arquitectura de la familia. Tuvimos mucha suerte de poder contratarla.

Logan tomó nota del dato mientras Maynard consultaba su reloj.

—Lo siento mucho, Jeremy. Tengo una reunión a la que no puedo faltar. Será un placer responderte a todas las preguntas que quieras hacerme en otro momento. —Se levantó del escritorio.

—Solo una cosa más, si no te importa.

Maynard se detuvo.

—Claro.

—Anoche, durante la cena, el doctor Carbon me sugirió que te preguntara por «los otros».

Maynard frunció el ceño.

—¿Eso te dijo?

—Sí. Dijo que tú podrías hablarme de eso.

Maynard negó con la cabeza despacio.

—Nunca he entendido el sentido del humor de Roger. Te estaría gastando una broma... Ya sabes que nunca se tomó muy en serio tu campo de estudio.

—Lo sé. Pero ¿a qué se refería con... «los otros»?

Maynard miró su reloj de nuevo.

—Lo siento, Jeremy, pero no puedo llegar tarde a la reunión. Por favor, tennos informados a Gregory y a mí de tus progresos. Y, hagas lo que hagas, sé discreto con tus indagaciones. Las instituciones tan antiguas y rectas como Lux pueden perder su reputación con demasiada facilidad. —Y, con una sonrisa, hizo un movimiento con la mano para invitar a Logan a abandonar el despacho delante de él.

8

Una hora más tarde Logan avanzaba por el pasillo principal de la tercera planta de Lux con una cartera de lona en el hombro. El corredor, conocido en los círculos internos como el Paseo de la Dama, conservaba casi el mismo aspecto que cuando la mansión era una residencia particular. Estaba ornamentado de forma soberbia, con un suelo de tablas de roble pulidas, revestimientos minuciosos, techo artesonado, candelabros bruñidos y unos enormes retratos al óleo con el marco dorado. Se trataba además del pasillo más largo de toda la mansión: recorría la totalidad del edificio principal, de manera que abarcaba el equivalente a casi tres manzanas desde el ala este hasta el ala oeste. Sin embargo, a pesar de su magnificencia, pocos visitantes llegaban a verlo. Esto se debía, en parte, a que en la tercera planta estaban los despachos y apartamentos privados de los colegas del laboratorio de ideas. Otra de las razones, teorizó Logan, tal vez estuviera relacionada con el nombre del pasillo, que podría dar pie a algunas preguntas incómodas.

La dama en cuestión se llamaba Ernestine Delaveaux y era la esposa del primer propietario de Dark Gables. A decir de todos, era una mujer hermosa y culta, educada en el seno de una de las familias más refinadas de Boston y en las mejores escuelas para señoritas de Europa. Pero también era de carácter inquieto y de constitución débil. Cuando el hijo único del matrimonio falleció de viruela, la señora Delaveaux fue incapaz de superarlo. El llanto descontrolado, la falta de apetito y el insomnio hicieron mella en ella. Los doctores a los que llamó su marido, Edward, un personaje excéntrico, no pudieron hacer nada, salvo recetarle remedios para lo que creían que era neurastenia. Más adelante, una noche de 1898, Ernestine Delaveaux vio, o creyó ver, a su difunto hijo, parado en medio de ese pasillo y extendiendo las manos hacia ella. Después de aquello, Ernestine empezó a recorrer el pasillo todas las noches, llamando incansable a su pequeño. No volvió a verlo nunca más. Dos años después, una tarde tormentosa de diciembre, la señora Delaveaux salió de la mansión, bajó hasta el mar y se arrojó al Atlántico.

Edward Delaveaux nunca se recuperó de la doble pérdida de su hijo y su esposa. Pasó el resto de su vida y gastó su fortuna aislado, intentando por todos los medios imaginables ponerse en contacto con su familia en el más allá. Finalmente, también él falleció, casi arruinado, en 1912. Dark Gables permaneció cerrada y deshabitada hasta que Lux se trasladó de Boston a Newport y la compró. Desde entonces, ha sido el único propietario de la mansión; no obstante, con el tiempo se empezó a rumorear que algunas noches de tormenta el fantasma de Ernestine Delaveaux salía a recorrer el largo y opulento pasillo llamando a su hijo con un pañuelo de lino en la mano.

Logan no la vio nunca. Ni llegó a hablar con nadie que la hubiera visto. No obstante, la leyenda pervivió a pesar de los años.

Se detuvo frente a una amplia puerta de madera, sin cristalera y de superficie brillante, que había en la pared de su izquierda. Tenía un letrero breve:

Logan se quedó quieto un momento antes de llamar. Una mujer respondió enseguida desde el otro lado.

—Adelante.

Logan entró. La pieza era bastante pequeña, sin duda se trataba de un despacho externo, a juzgar por la habitación más espaciosa que había tras la puerta abierta de la pared del fondo. Aun así, las estanterías estaban repletas de publicaciones técnicas, libros de texto y manuscritos guardados en cajas etiquetadas; el solitario escritorio se encontraba cubierto de papeles con anotaciones y monografías. Pese a ello, el abarrotado despacho transmitía más sensación de orden que de caos. La habitación carecía de ventanas y no había cuadros ni fotos en las paredes, aunque sí media decena de cajas de cristal llenas de mariposas: grandes y pequeñas, algunas de un solo color y otras iridiscentes como la cola de un pavo real.

Una mujer de unos veinticinco años ocupaba el escritorio con los dedos acomodados sobre el teclado. Tenía el cabello corto y azabache, la nariz respingona y, pese a su complexión esbelta, una barbilla redonda con un hoyuelo que le daba un aire a Betty Boop. Recordaba haberla visto de pasada la noche anterior, durante la cena, charlando animadamente en una mesa con otros jóvenes. Ahora lo miraba con gesto de expectación.

—¿Usted es Kimberly Mykolos? —le preguntó.

—Sí —respondió la auxiliar—. Pero resulta un poco largo, ¿verdad? Por favor, llámeme Kim.

—Pues que sea Kim.

La joven sonrió.

—Y mucho me temo que sé quién es usted.

Logan lanzó un suspiro melodramático.

—En ese caso, ¿le importa si tomo asiento?

—Por favor.

Cuando iba a sentarse, Logan se fijó en una cita en latín enmarcada con un sencillo marco negro en la pared que había junto a la mesa: «*Forsan et haec olim meminisse iuvabit*». Se quedó petrificado.

—¿Qué ocurre? —preguntó ella—. Parece que haya visto un fantasma.

—Un riesgo muy posible en mi ámbito profesional —respondió Logan—. Pero no se trata de eso. —Se sentó y señaló la cita enmarcada—. Virgilio, *La Eneida*. Libro Uno, verso 203.

—Tiene que ser un erudito para conocer esa obra de memoria.

—No lo soy. Es solo que tengo el mismo verso enmarcado sobre mi escritorio. —A continuación, citó—: «Acaso incluso esto recordaremos algún día con placer».

Mykolos enarcó las cejas.

—Supongo que eso significa que vamos a ser muy buenos amigos.

—Puede que sí. Además, me gustan las mariposas.

—A mí no solo me gustan. Me apasionan. Desde que era una niña. Cuando no estoy trabajando, salgo a cazar más. Fíjese en esta. —Señaló una mariposa relativamente pequeña que había en la caja más cercana: parda con ocelos negros y ribetes anaranjados en las alas—. Una Sátiro de Mitchell. Muy infrecuente. La atrapé con trece años, antes de que la clasificaran como variedad en peligro de extinción.

—Hermosa. —Logan apartó la vista de la mariposa para mirar a Mykolos—. ¿Dice que sabe quién soy?

—Recuerdo haberlo visto en un documental de la PBS. Iba sobre las excavaciones que se estaban llevando a cabo en la tumba de un faraón antiquísimo, el primero, si mal no recuerdo. Me llamó la atención su oficio. —Frunció el ceño—. Empleaban un nombre muy inusual. Cómo era...

—Enigmatólogo —la ayudó Logan. Decidió que no era justo compararla con Betty Boop. La barbilla de esa joven se asemejaba más a la de Claudette Colbert.

—Exacto, enigmatólogo.

—Bien, me alegro de que viera el documental. Me ahorra mucho tiempo a la hora de presentarme.

La muchacha lo miró con curiosidad.

—¿Ha venido para estudiar el Paseo de la Dama?

—Por desgracia, no. El Consejo me ha pedido que investigue el fallecimiento de Willard Strachey.

La mirada de Mykolos se desvió poco a poco hacia su escritorio.

—Me lo temía —admitió con un tono muy distinto.

—Señorita Mykolos, sé que esto debe de ser muy difícil para usted. Procuraré formularle las preguntas de forma concisa. Pero usted era quien más se relacionaba con el doctor Strachey. Espero que comprenda por qué es necesario que tengamos una charla.

Mykolos asintió.

—En primer lugar, hábleme de usted. ¿Cómo llegó a Lux? ¿Por qué empezó a trabajar para Strachey?

Mykolos hizo una pausa para tomar un sorbo de la taza de té que descansaba sobre el escritorio.

—No sé hasta qué punto conoce los procesos de contratación de Lux. Son bastante selectivos.

—Supongo que esa es una forma amable de decirlo.

—Se asemeja al modo en que los británicos reclutan a los futuros espías del IM6. Lux cuenta con cazatalentos en varias de las mejores universidades. Si encuentran a alguien con algún tipo de talento, además del carácter adecuado y cierta curiosidad intelectual (Lux tiene unos perfiles muy definidos), se inicia el contacto con la institución. Se organiza una evaluación y, si los resultados son positivos y hay una vacante apropiada, se realiza una oferta. En mi caso, de esto hará unos cuatro años, finalicé el máster en ingeniería de software en el Instituto Tecnológico de Massachusetts. Mi intención era ir directamente a por el doctorado. Sin embargo, gané el Premio de Software Ofuscado de la Sociedad de Informática Avanzada. Y entonces recibí la visita de un agente de reclutamiento de Lux. —Se encogió de hombros—. Y aquí estoy.

—¿Cuál era su especialidad en el Instituto Tecnológico de Massachusetts? —le preguntó Logan.

—Diseño de software estratégico.

—No conozco ese campo.

—Es bastante nuevo. Se centra en proteger los programas de las amenazas que existen en el entorno digital actual: gusanos, programas túnel, ingeniería inversa, intrusiones de corporaciones y gobiernos hostiles. Por supuesto, una también aprende a escribir sus propios algoritmos de ingeniería inversa. —Sonrió de forma pícara.

—¿Y la contrataron expresamente para que trabajase como auxiliar del doctor Strachey?

Mykolos asintió.

—La auxiliar anterior dejó el puesto porque quería dedicarse a criar a su hijo. —Hizo una pausa—. Es curioso que las mujeres casadas se queden embarazadas de vez en cuando, ¿verdad?

—A menudo me pregunto por qué será. —Logan se reclinó en la silla—. Pero ¿encajaba usted en el puesto? Me refiero a Strachey. Al fin y al cabo, su especialidad eran las bases de datos relacionales.

Mykolos titubeó.

—No sé hasta qué punto está usted familiarizado con ellas. Son muchísimo más potentes y versátiles que los archivos planos o las bases de datos jerárquicas. Y el sistema de administración de bases de datos que desarrolló Strachey, Parallax, supuso una revelación cuando apareció. Era un programador extraordinario. Verdaderamente extraordinario. El lenguaje que empleó para escribirlo, C, puede parecer complicado al principio, pero Strachey consiguió triplicar la utilidad de cada una de las líneas. Pese a todo, Parallax fue... En fin, un producto de su época. Lux estaba buscando el modo de introducirlo en un mercado más amplio y menos exigente.

—Lo cual implicaba incorporar sangre nueva.

—En la actualidad no hay por qué dejar de lado esos programas por los que en su día las grandes multinacionales pagaban cientos de miles de dólares en concepto de licencias de sitio. Se pueden reorientar para que los aprovechen otras empresas más pequeñas que pagarán mucho menos por sede pero cuyas necesidades son más limitadas. No obstante, eso también requiere, en efecto, abandonar los programas a su suerte, por lo que es preciso protegerlos con una tecnología que impida su manipulación. Ahí es donde entro yo.

—¿Y el resultado?

La auxiliar lo miró.

—¿Perdón?

—No sé, alguien como Strachey, a quien ya no le quedaba mucho para jubilarse, podría albergar cierto resentimiento... al pensar que ese trabajo que le había llevado toda una vida estaba siendo «reorientado» por alguien joven y ambicioso.

Siguió un silencio durante el cual se fue operando un cambio en Mykolos. La joven antes amigable, abierta e incluso jovial parecía consternada. Se apartó del escritorio. Logan notó que también se distanciaba de él.

—¿Me permitiría tomar su mano un momento? —le preguntó.

Mykolos frunció el ceño, sorprendida.

—Si no le importa. Me ayuda a conocer mejor a la persona con la que estoy hablando. En ocasiones me sirve para entender algunas cosas mejor que a través de las palabras.

La auxiliar tardó unos segundos en extender la mano. Logan la tomó con delicadeza.

—Sé —dijo un momento después—. Sé que está intentando superar una experiencia terrible como buenamente puede. Una forma de hacerlo es fingir, actuar y hablar con desenfado, para evitar el tema. Es un mecanismo de defensa válido, al menos durante un tiempo.

Los ojos de Mykolos se llenaron de lágrimas. Logan retiró la mano. La joven se dio la vuelta, cogió una caja de pañuelos y se dio unos toquecitos en los ojos. Debió de transcurrir un minuto. Después, respiró hondo, estremecida, y se giró de nuevo hacia él.

—Me encuentro bien —aseguró—. Lo siento.

—No tiene por qué disculparse. Ha pasado por una experiencia horrible.

—Es solo que... —Hizo una pausa y por un instante Logan creyó que rompería a llorar. Sin embargo, recobró la calma—. Es solo que Willard era un hombre muy bueno, muy gentil. Amaba su trabajo. Amaba Lux. Y me amaba a mí también, creo... Al menos en cierto modo.

—Así pues, no estaba resentido con usted... No la veía como una amenaza.

—No, no, nada de eso. En parte, yo temía que lo estuviera, al principio; lo habría entendido. —Mykolos sorbió por la nariz y se dio unos toquecitos con un pañuelo limpio—. Pero estaba realmente decidido a reorganizar Parallax para un mercado más amplio. Y creo que pensaba que..., en fin, que ya había hecho bastante. Había hecho varios avances decisivos en la teoría de bases de datos relacionales y concebido un exitoso sistema de gestión de bases de datos relacionales... Logros más que suficientes para cualquiera. Por tanto, aunque seguía interesado en el trabajo, y nunca dejó de mejorar Parallax, ya no estaba tan implicado en él.

—¿Y en qué consistía el trabajo?

Mykolos hizo otra pausa.

—Es algo muy técnico. La ofuscación, por ejemplo.

—Antes ha mencionado ese término. ¿En qué consiste?

—Es un subcampo de la ingeniería inversa. Se trata de complicar el software para evitar que la competencia lo descompile y desentrañe. A Lux le gusta que le paguen por Parallax, no quiere regalarlo. Pero en realidad al final me dedicaba casi en exclusiva a revisar códigos. A eso y a ayudarlo a documentar sus teorías a medida que las desarrollaba y maduraba.

—Dicho de otro modo, usted era la Boswell de Johnson.

Mykolos dejó escapar una risita a pesar de los ojos enrojecidos.

—Los dos hacíamos de Boswell. Willard estaba orgulloso de su trabajo, muy orgulloso. Por tanto, quería escribir la historia de su trabajo, no solo para sí mismo, sino para la posteridad. O al menos para lo que se entiende por posteridad en Lux.

—Comprendo. —Logan meditó un momento—. ¿Y qué hay de ese otro proyecto en el que se embarcó hace unos meses? La supervisión de la reforma del ala oeste.

Una nube pareció posarse momentáneamente en el rostro de Mykolos.

—Al principio no hablaba mucho de ese asunto. Al menos, no decía nada malo. Por otro lado, tampoco era su estilo; nunca hablaba mal de nada ni de nadie. Aun así, me di cuenta de que la tarea no le entusiasmaba demasiado. En ese sentido, lo único que pretendía era concluir el trabajo, tal vez reducir un poco el número de horas semanales para dedicarle más tiempo a la navegación. Pero con el tiempo fue mostrando cada vez más interés. El proyecto implicaba realizar un intenso trabajo de planificación y diseño estructurales, algo con lo que disfrutaba de verdad.

—Entiendo que colaboraba estrechamente con la empresa que construyó este edificio.

—Sí. Flood Associates.

Logan respiró hondo. Ahora venía la parte complicada.

—Solo una pregunta más. ¿Podría hablarme de los acontecimientos que llevaron al doctor Strachey a agredirla?

Mykolos guardó silencio.

—Tómese su tiempo. Cuénteme su versión de los hechos.

La auxiliar extrajo otro pañuelo de la caja.

—Sucedió de un modo tan paulatino que al principio no me di cuenta. Supongo que todo empezó cuando comenzó a irritarse por las cosas... Nunca se enfadaba, jamás; era la persona más amable que pueda imaginar. Nunca le oí levantar la voz en los más de dos años que trabajé para él. Pero un día comenzó a alterarse con la gente: con las secretarias, con los celadores..., incluso conmigo, en una ocasión. Y empezó a adoptar comportamientos muy extraños.

—Extraños ¿en qué sentido?

—Sacudía las manos delante de su cara como si quisiera apartar algo. Tarareaba como tararean los niños cuando no quieren seguir oyendo a alguien que no les gusta. Y después... Después comenzó a murmurar.

—Tengo entendido que hablaba consigo mismo. ¿Llegó a oír lo que decía?

—Hasta los dos últimos días, solo mascullaba. Creo que en realidad no era consciente. Y lo que yo llegué a escuchar eran desvaríos, sobre todo.

—Póngame un ejemplo.

Mykolos hizo memoria.

—Cosas como «Basta. Basta, no quiero. Dejadme. No lo haré, no podéis obligarme».

—¿Y después? —la alentó Logan con delicadeza.

Mykolos se pasó la lengua por los labios.

—Los dos últimos días, las cosas empeoraron de pronto. Se encerró en su despacho y se puso a gritar y a tirar las cosas. Se negó a hablarme. Iba de un sitio a otro, y de repente se tapó los oídos con las manos. Después, el jueves pasado... le vi tan nervioso, tan angustiado, que me acerqué a él, le puse una mano en el hombro y le pregunté si podía ayudarlo de alguna manera. Se enfureció conmigo... —Se interrumpió por un momento—. Oh, Dios mío, su cara... No era la suya, amoratada, con una expresión furibunda, los ojos como platos, fijos... Pero no solo había rabia en su gesto, también había desesperación, quizá impotencia... Me apartó lo mano, me cogió por los hombros, me tiró sobre la mesa... Me agarró por el cuello y empezó a estrangularme... Cogí el teclado y se lo estampé en la cara...

Se puso de pie.

—Me soltó. Corrí a refugiarme tras el escritorio, descolgué el teléfono, llamé a recepción y al despacho del doctor Olafson. Un minuto después tres auxiliares del laboratorio entraron a toda prisa y se lo llevaron a rastras. No dejaba de gritar y de dar patadas con todas sus fuerzas... Y esa fue la última vez que lo vi.

Se acercó de nuevo al escritorio y volvió a sentarse con la respiración acelerada.

—Gracias —dijo Logan.

La auxiliar asintió. Un silencio breve se apoderó del despacho.

—Por favor, dígame una cosa —le pidió Mykolos—. Se rumorea que se suicidó. Pero yo no me lo creo.

Logan se mantuvo callado.

—Por favor, dígamelo. ¿Cómo murió?

Logan sopesó la respuesta. Sabía que ese asunto se estaba llevando con la máxima discreción. No obstante, esa joven lo había ayudado pese al mal trago que había supuesto para ella.

—Es algo que no se debe difundir.

—No se lo contaré a nadie.

Logan la examinó detenidamente.

—Se decapitó con uno de los ventanales de la biblioteca de los visitantes.

—Se decapit... —Mykolos se tapó la boca con la mano—. Qué espanto. —Cerro los puños—. No —dijo—. No, ese no era Willard.

—¿Qué quiere decir?

—No cabe duda de que le ocurría algo. Quizá estuviera enfermo, no lo sé. Pero nunca, jamás, se habría suicidado. Tenía demasiadas razones para vivir. Era la persona más sensata que he conocido. Y... la dignidad era algo muy importante para él. Nunca se habría suicidado, y menos de esa forma.

Su breve discurso se asemejaba llamativamente al de Olafson, incluso en el tono vehemente con el que lo había recitado.

—Por eso he vuelto —le explicó Logan—. Para intentar averiguar qué sucedió.

Mykolos asintió con aire ausente. Después lo miró.

—¿Qué quiere decir con que ha «vuelto»?

—Hará unos diez años residí durante seis meses en Lux para llevar a cabo una investigación propia.

—¿De verdad? Un período de seis meses parece un poco raro. Por lo general las investigaciones se extienden a lo largo de varios años.

Logan la escrutó de nuevo. Había algo en aquella joven que le inspiraba confianza, y que le hizo convencerse de que podría ayudarlo de alguna manera que todavía no podía definir.

—Me pidieron que me marchara —confesó.

—¿Por qué?

—Ya sabe que Lux tiene el récord de ser el laboratorio de ideas más antiguo del país. Es muy respetado.

—Quiere decir que somos una panda de estirados.

—Algo por el estilo. Se decidió que mi trabajo no era el adecuado. Que no estaba respaldado por ninguna verdadera ciencia. Que carecía del rigor intelectual exigido. Para algunos no era más que simple superchería, vulgares artificios.

Un grupo de colegas, liderado por el doctor Carbon, me obligó a interrumpir mi estancia.

Mykolos hizo una mueca.

—Carbon. Menudo capullo.

—En fin, ahora he vuelto. Esta vez como investigador en lugar de como colega.

—Doctor Logan, quiero..., necesito saber qué ocurrió. Si puedo ayudarlo de alguna manera, dígamelo.

—Gracias. Puede empezar permitiéndome echar un vistazo al despacho del doctor Strachey, si no le importa. —Logan señaló la sala del fondo.

—Por supuesto. Aunque está hecha un desastre. Deje que entre yo primero para poner un poco de orden. No quisiera que sufriera un Alkan.

—¿Un qué?

—Charles-Valentin Alkan. Un compositor francés. Escribió algunas de las obras musicales más extrañas que pueda imaginar. Al parecer murió aplastado por una estantería repleta de libros que se le cayó encima.

—Nunca había oído hablar de él. Es usted un pozo de sabiduría.

—Supongo que el cazatalentos de Lux pensó lo mismo. —Mykolos se levantó de la mesa con una sonrisa lánguida—. Venga, sígame.

9

El apartamento privado de Willard Strachey (sus «dependencias», en la jerga de Lux) estaba ubicado en la tercera planta de la mansión, en el Paseo de la Dama, a tan solo unas diez puertas de su oficina. Logan entró con la llave que le había proporcionado el doctor Olafson, cerró la puerta, dejó caer su bolsa al suelo y se detuvo un momento para imbuirse en la atmósfera de la vivienda. Acababan de dar las nueve de la noche y el apartamento estaba a oscuras, los muebles reducidos a meras siluetas. Cuando hubo transcurrido alrededor de un minuto, Logan encendió las luces.

Pese a que no sabía qué se iba a encontrar, la habitación donde estaba (al parecer una mezcla de salón y biblioteca) le sorprendió agradablemente. Los muebles estaban tapizados con cuero de color caoba, bastante usados pero bien cuidados. Una de las paredes tenía varias estanterías empotradas que, según observó Logan, albergaban un amplio abanico de materias: novelas inglesas del siglo XIX; clásicos latinos en proceso de traducción; algunos títulos policíacos recientes; biografías, y una multitud de libros de navegación, arquitectura, diseño, y sobre la historia de la informática. Los volúmenes no eran un mero elemento decorativo; Logan sacó varios de ellos de los estantes y observó que su propietario los había leído con toda la atención del mundo. En algunos encontró diversas notas redactadas con la letra menuda y meticulosa de Strachey. Los adornos eduardianos de la mansión destacaban elegantemente en ese apartamento gracias a los múltiples accesorios: candelabros de época, alfombras de astracán, óleos de la escuela romántica inglesa. Había una antigua muñeca mecánica, una vetusta radio de madera, un sextante deteriorado; según parecía, Strachey era aficionado a coleccionar aparatos tecnológicos de tiempos pasados. En un rincón había un buró de persiana con varias plumas estilográficas antiguas alineadas a un lado. En otro rincón el protagonista era un piano Model B de Steinway, cuyo pulido acabado en negro destellaba bajo la luz suave. La estancia rezumaba el ambiente cálido y acogedor de un club de caballeros londinense de finales del siglo XIX. Crear esta atmósfera debía de haberle costado muy caro. Aunque Olafson había dicho que el dinero no suponía ningún problema para Strachey, aquello implicaba un coste adicional: tiempo, paciencia y cariño. Era sutil, era refinado, era encantador. A Logan no le habría importado vivir en un apartamento como aquel.

Recorrió el resto de la vivienda. No era demasiado grande (un comedor, una cocina pequeña pero completamente equipada, un cuarto de baño, un dormitorio), pero en todas las estancias se observaba el mismo cuidado y mimo que en la biblioteca. En ninguna parte halló Logan prueba alguna del trabajo de Strachey; eso quedaba en su despacho, pasillo adelante. Prefería dedicar el apartamento a relajarse y disfrutar de sus múltiples aficiones: navegación, arte, diseño industrial.

Logan había pasado casi toda la tarde en la oficina de Strachey, revisando sus documentos, notas y manuscritos, unas veces él solo y otras con la ayuda de Kim Mykolos. El registro transcurrió como se esperaba: había indicios claros de que Strachey cada vez dedicaba menos tiempo a la investigación.

Como la auxiliar le había dicho, el científico solo pretendía poner la guinda al pastel a una larga carrera, y este proceso le estaba reportando grandes satisfacciones. No descubrió entre la infinidad de notas y escritos del informático nada que sugiriese desilusión, sino más bien la plácida satisfacción de haber alcanzado varios logros decisivos en su campo. Ahora Logan estaba convencido de que, fuera lo que fuese lo que lo llevó a suicidarse, no guardaba ninguna relación con el otoño de su carrera.

En el despacho también había varias carpetas grandes relacionadas con las reformas del ala oeste. Logan se sintió abrumado y optó por empaquetarlas y enviarlas a sus dependencias para examinarlas más tarde. Después fue a ver al médico de Lux. Dedicaron veinte minutos a repasar la historia física y psicológica de Strachey. Como había indicado Olafson, todos los exámenes y pruebas demostraban que el informático tenía una salud excelente para alguien de su edad y era emocionalmente estable, nada revelaba enfermedades previas ni complicaciones futuras.

Regresó a la sala. Albergaba la frágil esperanza de que Strachey tuviera un diario o una agenda privada, pero no encontró nada de eso. De manera que introdujo la mano en la cartera, sacó la videocámara y dio otra vuelta por el apartamento mientras filmaba todas las habitaciones. Al guardar la cámara, sacó un cuaderno pequeño y un dispositivo rectangular del tamaño de una radio de la policía, con un mando de control situado en el centro de la parte inferior y un amplio indicador analógico que abarcaba la mitad superior: era un medidor de electromagnetismo natural de TriField. Volvió a recorrer el apartamento, esta vez observando con atención la aguja del medidor y tomando notas ocasionales en el cuaderno. Por último, extrajo de la cartera otro dispositivo de mano, dotado de mandos, conmutadores de palanca y un visor digital: un indicador de la carga iónica del ambiente. Realizó varias lecturas, pero observó que la ionización del aire era la misma que en otras zonas de la mansión donde ya había tomado muestras.

Examinó la estancia hasta que se detuvo en la radio antigua. Era un modelo de mesa de diseño catedralicio fabricado en madera rosada. Con aire distraído, llevó el mando de activación a la posición de encendido. No ocurrió nada. Espoleado por la curiosidad, levantó el aparato, le dio la vuelta y abrió la parte trasera. Encontró un batiburrillo de viejos cables marrones y amarillos y mecanismos diversos, pero las válvulas de vacío habían sido reemplazadas por lo que a simple vista parecían ser piezas más modernas. Se encogió de hombros, dejó la radio en su sitio y dio media vuelta.

Guardó los instrumentos y el cuaderno en la cartera, volvió a mirar a su alrededor, eligió el sillón que parecía más cómodo (a juzgar por el soporte para libros contiguo y el desgastado escabel, también era el asiento preferido de Strachey), se sentó, cerró los ojos y esperó.

Logan había descubierto a una edad bastante temprana que era empático, poseedor de la capacidad única y sobrenatural de percibir los sentimientos y emociones de los demás. En ocasiones, cuando tales sentimientos eran muy intensos o si la persona había vivido en un lugar determinado durante el tiempo suficiente, Logan podía captarlos incluso después de que el ocupante se hubiera marchado.

Permaneció sentado en el sillón, bajo la tenue luz ambarina, mientras se vaciaba de sus sentimientos y preocupaciones y aguardaba a que la estancia le hablase. Al principio no experimentó nada, salvo una sensación vaga y disociada de seguridad y comodidad. No le extrañó: estaba claro que no había pruebas irrefutables, ni esqueletos escondidos ni flujos emocionales que pudieran haber empujado a Strachey a...

Y en ese momento sucedió algo inusual. Sentado en el sillón, con los ojos cerrados y relajado, empezó a oír una melodía. Al principio sonaba lejana, tanto que apenas lograba oírla. Pero poco a poco, con toda la atención puesta, empezó a percibirla con más claridad: era exuberante y profundamente romántica.

Nunca le había ocurrido eso con anterioridad. Estaba acostumbrado a recibir impresiones emocionales, sentimientos intensos y, en ocasiones, fragmentos y trazas de recuerdos. Pero nunca había captado estímulos sensoriales en forma de melodía. Se incorporó en el sillón con los ojos abiertos y miró a su alrededor para comprobar si la música procedía de alguna habitación contigua.

La melodía se interrumpió de golpe.

Logan se levantó, apagó las luces y regresó a la silla. De nuevo, al principio no notó nada. La sensación de comodidad se había extinguido, al igual que la música. Poco a poco empezó a darse cuenta de que, en lugar del bienestar que había captado antes, ahora le llegaba una leve, levísima, sensación de incertidumbre, confusión e incomodidad.

Transcurridos unos instantes, volvió a escuchar el piano: una vez más, de forma sutil al principio y más intensamente después. La música exuberante y romántica seguía ahí, pero poco a poco empezó a cambiar. Se tornó inusitada, evocadora, con una complejidad demencial: unos prolongados embates de arpegios crecientes en clave menor, tocados cada vez más rápido. Tenía algo inquietante e inefable, algo que llegaba entretejido en los pasajes complejos, casi por debajo del umbral de lo comprensible, y que a juicio de Logan rayaba en lo diabólico.

A continuación, además de la melodía comenzó a percibir un aroma, que de alguna manera formaba parte de la música; un hedor, cada vez más intenso y nauseabundo, que era como el que desprendía la carne quemada. De pronto le vino un recuerdo o, acaso, una precognición: una casa antigua, de cuyas ventanas escapaban unas feroces lenguas de fuego...

De súbito, se levantó de un brinco. La boca se le había quedado seca y el corazón le aporreaba el pecho. Avanzó tambaleándose a través de la penumbra hasta el interruptor de la luz, lo pulsó y se apoyó contra la pared, respirando entre jadeos entrecortados y sacudiendo la cabeza para desprenderse de aquella música espeluznante.

Pasaron unos minutos hasta que empezó a respirar con normalidad. Recogió la cartera, se la echó al hombro y cruzó la puerta para regresar al pasillo, desde donde alargó el brazo para volver a apagar las luces; por último, tras cerrar la puerta, se guardó la llave en el bolsillo y cruzó el elegante corredor de regreso a sus dependencias procurando no pensar en nada.

10

El Centro de Mantenimiento de Terrenos e Infraestructuras era un edificio anexo con aspecto de hangar ubicado a la sombra este de la mansión; se encontraba en medio de las otras construcciones más pequeñas que conformaban el minicampus. Si bien su fachada estaba diseñada de forma estudiada para que se asemejara a la de Dark Gables, las inmensas puertas deslizantes y el tejado plano revelaban su verdadera naturaleza.

Jeremy Logan accedió por la entrada de los empleados y apareció en una sala cavernosa. A la derecha, hacia el fondo, había todo un batallón de maquinaria para remover la tierra y adecentar el paisaje: cortacéspedes, tractores Kubota, zanjadoras Ditch Witch y media decena de los aparatos más esotéricos aguardaban en orden, relucientes y listos para ser utilizados. Tras ellos había dos plataformas de reparación dotadas de una amplia sección para accesorios. En las plataformas Logan vio a varios mecánicos ataviados con monos de trabajo llevando a cabo diversas operaciones en las máquinas desmontadas. En medio del centro de mantenimiento había una serie de alargadas e inmensas estanterías industriales que iban desde el suelo de hormigón hasta el techo y contenían palés repletos de todos los objetos imaginables que pudieran necesitarse para el mantenimiento del complejo, desde interruptores de la luz hasta tuberías de PVC, pasando por tarjetas de circuitos, piezas de fontanería o artículos de escritorio, todo ello etiquetado de forma minuciosa. A continuación había una completísima tienda de maquinaria. Por último, a lo largo de la pared de la izquierda, un pequeño racimo de cubículos, ocupados por empleados que tecleaban frente a sus estaciones de trabajo o que hablaban por teléfono. Logan se dirigió hacia el empleado que estaba más cerca y le preguntó por el despacho de Ian Albright. Le señalaron un tramo de escalones metálicos acoplados a la pared más próxima.

La oficina de Ian Albright era pequeña y funcional. Una de las paredes era un muro de cristal con vistas a su dominio de trabajo. Albright era un hombre orondo de mediana edad, con la típica nariz de bebedor y de carácter alegre.

—Bien, siéntese —lo invitó con una risa al tiempo que él se acomodaba sobre el borde de un escritorio cubierto de órdenes de trabajo, facturas y notas—. El doctor Olafson me dijo que vendría. —Albright hablaba con un acento de obrero londinense en el que Logan halló cierto alivio después de la agobiante atmósfera académica que se respiraba dentro del edificio principal.

—Gracias —dijo al tomar asiento—. Debo confesarle, señor Albright...

—Ian, si no le importa.

—Debo confesarle, Ian, que no estoy muy seguro de cómo describir su trabajo. Unos me dicen que es el «encargado de infraestructuras». Otros que es el «capataz de terrenos».

Albright echó la cabeza hacia atrás y se rió.

—Todo eso son memeces. Soy un vulgar capataz, solo que con un enorme edificio que supervisar. —Sacudió la mano hacia el oeste para señalar la sede de Lux y volvió a carcajearse.

Tenía una risa contagiosa que hizo sonreír a Logan. De pronto decidió aferrarse a ese estado de ánimo.

—En realidad, he venido para hablar con usted sobre un antiguo residente de ese particular edificio.

—¿Ah? ¿Y de quién se trata?

—De Willard Strachey.

La sonrisa de Albright desapareció de su rostro al instante.

—Ah —repitió con un tono de voz mucho más apagado—. Un asunto espantoso.

—Sí, lo fue.

—Era un buen tipo. No como otros, perdone que le diga, que nos tratan a mis compañeros y a mí como a vulgares cortadores de césped y no nos dan ni los buenos días. El doctor Strachey se dirigía a ti con educación. Siempre tenía una palabra amable.

—El Consejo me ha pedido que indague en las circunstancias de su muerte.

—Claro. Un asunto espantoso —repitió Albright, que se inclinó hacia delante en actitud cómplice—. ¿Qué es lo que sabe?

—¿Acerca de qué?

—Acerca del modo en que murió.

Logan sopesó la respuesta.

—Casi todo.

Albright asintió. Después susurró:

—Fui yo quien encontró... —Se interrumpió y señaló su cabeza—. Estaba allí, por donde el ala este, apilando la tierra y echando abono a las plantas. —Hizo una mueca al revivir el momento—. Me dijeron que mantuviera la boca cerrada.

—Creo que esa es una muy buena idea. Los ánimos están ya bastante bajos. —Logan hizo una pausa—. Hasta las últimas semanas, ¿cómo definiría usted el estado anímico del doctor Strachey?

—¿Disculpe?

—¿Cómo era? ¿Retraído, contemplativo, amigable, temperamental...?

Albright meditó un momento.

—¿Conoce la expresión «como pez en el agua»?

—Por supuesto.

—Bien, pues así se sentía el doctor Strachey. Creo que no he conocido a nadie más apropiado para el trabajo que realizaba, ni con mejor carácter.

Eso encajaba tan bien con las declaraciones de los otros entrevistados que Logan decidió dejar de hacer esa pregunta.

—Me gustaría que me hablase sobre el ala oeste, si no tiene inconveniente.

Albright lo escrutó con curiosidad.

—¿El ala oeste? ¿Qué pasa con ella?

—Bien, ¿podría contarme su historia? ¿Por qué lleva tanto tiempo cerrada? —Durante su anterior estancia en Lux, rara vez había salido el tema del ala oeste; era casi como si no hubiera existido nunca.

—No sabría decirle con certeza. Durante los sesenta y los setenta no pararon de usarla. Fue en aquella época cuando yo entré en plantilla, en 1978. Pero por aquel entonces los colegas ya empezaban a quejarse.

—¿De qué?

—Pues, en fin, con el tiempo empezó a quedar todo... manga por hombro. Las oficinas y los laboratorios eran pequeños y estaban atestados, por no hablar de que era muy complicado ir de un lado a otro, sin un pasillo principal que lo conectase todo. Por eso, cuando en 1976 concluyeron las reformas del ala este y se vio que esas instalaciones eran mucho mejores, todo el mundo empezó a solicitar el traslado. Entonces la plantilla era más reducida, de modo que entre el edificio principal y el ala este había sitio prácticamente para todos. Así que el ala oeste cayó en desuso. La clausuraron del todo en 1984.

—¿Por qué?

—No parecía que tuviera mucho sentido dejar solo a cuatro gatos trabajando allí. Demasiado gasto de luz. Además, la sección estaba pidiendo a gritos un montón de reparaciones. La calefacción y la fontanería se habían quedado anticuadas. Así que la cerraron y punto.

—Hasta hace poco —apostilló Logan.

Albright asintió.

—Entre los nuevos colegas y los asociados de investigación, supongo que se necesitaba más espacio.

—Y le solicitaron al doctor Strachey que supervisara la reforma.

—Sí. Junto a la señorita Flood.

—La arquitecta. —La noche anterior Logan había dedicado varias horas a repasar las notas, los diagramas y los cianotipos con los que Strachey estaba preparando la reforma, proceso durante el cual se topó numerosas veces con el nombre de Flood Associates—. ¿Y eran sus hombres quienes iban a llevar a cabo la reconstrucción?

—Oh, no. Ellos se encargarían de los toques finales, la fontanería, la pintura y la climatización. Pero iba a ser una obra de envergadura, de mucha categoría. Para ese tipo de trabajo se necesitan obreros cualificados, además de especialistas.

—¿Especialistas?

—Para los trabajos de cantería y demás. El doctor Strachey había hecho unos diseños fabulosos.

—Pero entiendo que usted también estaba implicado en el proyecto.

—Más que nada para organizar el calendario de construcción con el contratista general.

—¿Strachey parecía disfrutar con la tarea?

—Es curioso que me lo pregunte —señaló Albright—. Yo daba por hecho que para él sería un fastidio que lo separaran de sus amadas ecuaciones y todo eso. Y al principio parecía un tanto indeciso. Pero, por lo que llegué a ver, cada día estaba más emocionado con el trabajo. Con el trabajo de diseño, ojo, tampoco es que le apasionase derribar paredes ni levantar planchas de cartón yeso. Pero el aspecto del sitio, amigo, eso era otra cosa. Verá, el ala oeste es un poco como un viejo transatlántico de lujo. Hay belleza bajo la herrumbre, solo hay que saber mirar. Y el doctor Strachey sabía hacerlo muy bien. Tenía cierto don para la arquitectura, ya lo creo.

—¿Estaba todo listo para la construcción?

—¿Que si estaba todo listo? —Albright se rió—. Llevaban más de un mes con las demoliciones.

—¿Contrató a los obreros él mismo?

—Sí que lo hizo.

—Entiendo. —Logan meditó un momento—. Parece que ahora está todo muy tranquilo. Supongo que las obras se habrán interrumpido de forma temporal a causa de la tragedia. Y, claro, me imagino que necesitarán encontrar a alguien que sustituya a Strachey.

—Oh, se han parado, qué duda cabe. Pero no por la muerte del doctor Strachey.

Logan miró con atención al capataz.

—¿Disculpe?

—Unos días antes de fallecer, el mismo doctor Strachey ordenó pararlas.

—¿En serio?

—Y tanto. Mandó a todos los obreros a paseo.

—¿Les dio alguna explicación?

—Dijo algo sobre unos problemas con la estructura.

Logan frunció el ceño.

—Creía que el ala oeste se conservaba en buen estado.

—Yo no soy ingeniero. Pero apostaría a que no le pasa nada.

Una pausa.

—¿Podría hablar con alguno de los obreros?

—Dudo que los encuentre. Saldaron cuentas y se marcharon cada uno por su lado.

—¿De verdad? ¿Quiere decir que, después de todo el trabajo de reunirlos, los despidieron sin más?

—Sí.

«Qué extraño.»

—¿Tenía Strachey la intención de contratar a algún ingeniero de estructuras para que inspeccionara el ala?

—No sabría decirle. Supongo que sí.

Logan hizo un repaso mental del papeleo de la noche anterior. No había visto nada que guardara relación con ese hecho inesperado.

—El contratista del que hablaba. ¿Cómo podría comunicarme con él?

Albright pensó un momento.

—Tenía la oficina en Westerly. Déjeme pensar... Rideout. Bill Rideout. Seguramente él tenga toda la documentación relativa a las obras.

—Me pondré en contacto con él. —Logan guardó silencio, pensativo—. Gracias por su tiempo, señor Albright —dijo—. Me ha ayudado mucho.

—Lo acompaño.

Albright se levantó del borde del escritorio, abrió la puerta y lo guió por la escalera metálica.

11

Eran las once en punto de su tercera noche en el laboratorio de ideas cuando Logan (con la cartera al hombro, los anteproyectos y planos enrollados y los calendarios impresos bajo el brazo) recorrió el pasillo principal de la primera planta de Lux. Era una noche entre semana, hacía más de una hora que el comedor había cerrado sus puertas y no había ninguna conferencia programada en el Auditorio Delaveaux, de butacas afelpadas y mobiliario aterciopelado. De manera que los asociados y los Colegas, como manda la costumbre, se habían retirado a descansar a sus respectivas dependencias. Salvo por las pocas doncellas y los escasos miembros del personal de limpieza con los que se cruzó, Logan tenía solo para él todas las áreas comunes de Lux.

A última hora de la tarde había explorado minuciosamente el ala este fijándose en los grandes cambios que se hicieron durante la reforma de mediados de los setenta. Aunque conservaba la majestuosidad de la zona principal de Dark Gables, no cabía duda de que se había concebido como un espacio práctico: los candelabros de pared habían sido sustituidos por fluorescentes y, en los despachos y los laboratorios, el artesonado gótico y demás elementos ornamentales se había eliminado por completo. Se había conseguido un aspecto más limpio y funcional a costa de sacrificar el atractivo estético. Vista desde fuera, era similar en forma y tamaño al ala oeste. Contaba con tres plantas y un sótano, mientras que el edificio principal tenía cuatro plantas y varios pisos subterráneos.

Según los planos que Logan había examinado, Willard Strachey y su socio arquitecto tenían ideas muy distintas sobre la remodelación del ala oeste. En el momento de su construcción, esta reunía las ideas más excéntricas de Edward Delaveaux. Logan había estudiado una serie de antiguas fotografías en blanco y negro del ala oeste, tomadas unos meses antes y después de que Lux comprara la mansión; de modo que podía visualizarla con claridad en su cabeza. Cuando accedía por la imponente entrada, el visitante se encontraba con una inmensa galería ovalada un poco austera con una altura de tres plantas. En este espacio las protagonistas eran unas rocas verticales (dos gigantescos menhires situados en uno de los extremos, rodeados por un crómlech). Se conservaban íntegramente; Delaveaux las había comprado en un misterioso y antiquísimo emplazamiento de Ambion Hill, cerca de Market Bosworth, en Leicestershire. Dado que se desconocía el propósito original de estas rocas (se pensaba que conformaban un recinto destinado a celebrar ceremonias de enterramiento prehistóricas), la compra de Delaveaux y la subsiguiente retirada de la totalidad de los megalitos desató tal furor en Inglaterra que, según la leyenda, propició la creación de la Fundación Nacional para los Lugares de Interés Histórico. Delaveaux no tardó en organizar las primeras fiestas de disfraces en esta sección, cuyo perímetro había amueblado con divanes, otomanos y tumbonas. Años después, tras la muerte de su esposa e hijo, se decía que la utilizó para celebrar sesiones de espiritismo. Había varias galerías que bordeaban los cuatro lados del segundo y el tercer nivel de este espacio diáfano.

El anillo de rocas verticales abarcaba tal vez un cuarto del ala oeste. Más allá se concentraba una confusa serie de secciones: tres plantas con galerías, talleres, estudios de arte, salones de baile, bibliotecas especializadas..., en suma, docenas de estancias interconectadas, todas ellas destinadas a ser el escenario de los innumerables pasatiempos, aficiones y juegos de Delaveaux. Según los rumores, fue al construir y equipar esta ala cuando el antiguo millonario terminó por arruinarse.

Cuando Lux se instaló en Dark Gables, una de las primeras cosas que se hizo fue ocupar como mejor supieron la segunda y la tercera plantas, reorganizando el (para ellos) espacio desperdiciado en oficinas y laboratorios. No obstante, sus opciones eran limitadas, ya que los enormes monolitos habían sido integrados en los cimientos de la mansión. En cuanto a la laberíntica serie de cámaras que se extendía más allá, Lux optó por la solución más sencilla: sacar los detritos de Delaveaux y asignar a los distintos colegas las estancias vacías para que las emplearan como espacios de trabajo. Aun así, esto no era más que un recurso provisional: para llegar a una oficina determinada, a menudo era preciso atravesar los despachos de otros miembros de la plantilla y la facultad, un inconveniente para todos. «Era muy complicado ir de un lado a otro», había dicho Albright. No era de extrañar que todo el mundo quisiera trasladarse una vez que se finalizó la reforma del ala este.

El plan que Willard Strachey concibió para despejar la vasta madriguera de habitaciones consistía en derribar las paredes y suprimir los elementos que no formaban parte de la estructura, con el propósito de abrir dos pasillos paralelos que se extendieran de norte a sur. A partir de estos pasillos se levantarían despachos y laboratorios modernos. Los elementos decorativos originales, las ventanas y los paneles de madera se conservarían y se reutilizarían allí donde fuera posible.

Logan se dio cuenta de que había llegado al final del pasillo principal de la primera planta. Dos puertas de madera le bloqueaban el paso. Ante ellas había un cordón de terciopelo, colgado de una serie de puntales de latón, del que pendía un letrero grande que mostraba el símbolo de un casco y las palabras: ZONA DE OBRAS. SOLO PERSONAL AUTORIZADO.

Logan había firmado un grueso montón de documentos que le había dado el doctor Olafson en los que eximía a Lux de toda obligación y responsabilidad en el caso de sufrir algún daño. Aunque tenía carta blanca para moverse por todo el campus, volvió la cabeza por encima de su hombro y comprobó que no hubiera nadie en el amplio pasillo antes de sortear el cordón de terciopelo, sacar una llave del bolsillo, abrir las puertas y pasar al otro lado. Estaba muy oscuro y olía a serrín y a masilla para las juntas. Cerró las puertas, rebuscó en la cartera y sacó una linterna que encendió y movió en todas direcciones. Cuando dio con un cuadro de luces, pulsó los interruptores uno tras otro.

Descubrió que se hallaba en un pequeño vestíbulo, era como una especie de recepción que daba paso al ala oeste. El mobiliario estaba cubierto con telas y el suelo de madera por varias capas de tejidos que lo protegían de las salpicaduras. Esto confería a la sala un aspecto extraño, aséptico. Solo había una salida, un amplio arco sin puerta que estaba orientado hacia el sur y que Logan atravesó una vez que dio por concluida su exploración.

Se detuvo un momento para dejar la cartera en el suelo y revisar los anteproyectos e informes que había llevado consigo. Según el calendario de construcción, la primera fase sería, naturalmente, la demolición. A un equipo de obreros se le había asignado el derribo de las instalaciones fijas a fin de preparar los espacios para una reconstrucción a gran escala. Un segundo equipo de obreros tenía una tarea un poco más delicada, que consistía en derrumbar algunos de los muros de la segunda planta con el propósito de hacer sitio para construir lo que en los documentos técnicos recibía el nombre de «pasadizo lateral A» y «pasadizo lateral B», los dos nuevos pasillos a partir de los cuales se levantarían los despachos y laboratorios rediseñados. Lo demás vendría más tarde.

Al dejar atrás el vestíbulo, Logan volvió a quedarse a oscuras; la única luz de la que disponía era la que se filtraba desde la recepción. Miró a su alrededor, encontró otro cuadro de luces y pulsó los interruptores. Nada. Habían cortado la corriente antes de proceder a la demolición. Cuando de nuevo encendió la linterna, vio que se encontraba en una zona aparentemente sin techo. Allí las telas que protegían el suelo estaban pisoteadas y descolocadas por el tránsito de las botas de los obreros, de modo que Logan podía ver la gruesa capa de polvo que se había asentado en las tablas de debajo. Una serie de rocas antiguas se erigían en torno a él: era el crómlech de Delaveaux. Rodeados por las paredes, los monolitos parecían aún más grandes de lo que eran en realidad. Logan los enfocó con la linterna, orientándola hacia el alto techo. Las rocas, labradas con tosquedad y de color oscuro, se estrechaban un poco por la parte superior. ¿Qué acontecimientos, buenos o malos, habrían presenciado? ¿Habrían visto perecer a Ricardo III en la batalla que supuso la caída de los Plantagenet? ¿Habrían sido testigos de antiguas ceremonias, celebradas de forma profana y secreta? Con la sensación de que esos centinelas mudos tenían algo perturbador, Logan procuró no rozarlos mientras avanzaba.

Más allá de las ancestrales rocas había un pasillo que se adentraba en el ala. Logan lo recorrió hasta que llegó a una escalera, por la que decidió subir. La segunda planta era un revoltijo de oficinas semiderruidas. Las bombillas colgaban desnudas de los cables. Allí había una capa de polvo más gruesa, fundamentalmente de yeso, de cuando se derribaron las paredes y demás elementos para construir los dos pasillos paralelos que diseñó Strachey. Desde donde estaba, Logan podía ver el trazado básico de lo que debía de ser el pasadizo lateral A. Era posible distinguirlo no tanto por la parte construida sino por la derribada: una larga oquedad a la que se le habían extirpado las oficinas, los almacenes y los pasillos, y que se extendía hacia el sur sumiéndose en la oscuridad.

Con la ayuda de la linterna y una brújula, Logan consultó las órdenes de trabajo de la construcción. Primero se llevarían a cabo las operaciones de demolición del pasadizo lateral A y posteriormente las del pasadizo B.

Caminó despacio por el corredor en obras, moviendo el haz de luz de izquierda a derecha. Le incomodaba saberse en medio de un espacio en construcción; algunas de las paredes estaban semiderruidas y las vigas inclinadas que sujetaban el techo daban la sensación de estar a punto de caerse. Estaba explorando un área cuyo armazón acababa de ser declarado inseguro y no llevaba casco.

Avanzó unos veinte metros más hacia el sur mientras enfocaba la linterna en todas las direcciones cuando dos lonas impermeables que colgaban del techo y llegaban al suelo le cortaron el paso, una le bloqueaba el camino que tenía de frente y la otra el que tenía a su derecha. Estaban sujetas por unos clavos y de la más cercana colgaba un cartel garabateado a toda prisa con un mensaje de alerta: ZONA PELIGROSA. PROHIBIDO EL PASO.

Logan se detuvo en la oscuridad impregnada de polvo y reflexionó. Sacó una navaja del bolsillo, abrió un pequeño agujero en la lona que tenía delante, introdujo la linterna por él y se asomó al otro lado.

No cabía duda, allí era donde los trabajos de demolición se habían interrumpido. Más allá había unas habitaciones que, pese a su apariencia polvorienta y a llevar mucho tiempo abandonadas, permanecían intactas. ¿Qué habría sucedido en ese lugar para que Strachey se convenciera de que el ala no era segura?

Olvidado en el suelo, frente a la pared de lona, había todo

79

un tesoro compuesto por un variado equipo: pistolas de clavos, almádenas, compresores y un generador portátil. Daba la impresión de que los obreros hubieran abandonado las herramientas para salir corriendo.

Titubeó un instante. Luego se volvió y posó la luz en la lona que cortaba el camino por la derecha. Como había hecho con la otra, la rasgó con la navaja y miró por la abertura. Para su sorpresa, al otro lado no había ninguna entrada ni ningún pasillo, tan solo una pared desnuda.

Qué extraño. Logan entendía que Strachey prohibiera el acceso a una zona peligrosa. Pero ¿por qué cubrir una pared?

Con mucha cautela, soltó la lona de los clavos que la mantenían asegurada y la plegó para dejar la pared a la vista. Era muy antigua; de hecho, se remontaba a la construcción original del ala oeste. Los obreros habían retirado parte del papel pintado y del enlucido, y habían dejado a la vista unos listones vetustos.

En medio de la pared, aproximadamente a la altura del pecho, un círculo irregular de yeso, del tamaño de un puño (o de la cabeza de un mazo), se sostenía sobre las molduras, como el tapón de un dique. Logan lo examinó con la linterna y lo rascó con la uña. El yeso era fresco, se había puesto recientemente. No podía llevar ahí más de unos pocos días.

Con la punta de la navaja, Logan escarbó los bordes del parche de yeso, y lo desprendió poco a poco de la matriz de tablas que lo rodeaba, hasta que cayó y aterrizó a sus pies. En su lugar apareció un agujero en medio de la pared, negro sobre negro.

Con el cuerpo inclinado hacia delante, Logan orientó la linterna hacia el orificio y observó la cavidad del otro lado. Casi al instante se quedó rígido.

—¿Qué demonios? —murmuró.

Retiró la linterna de golpe, como si se hubiera quemado. Después retrocedió, paso a paso.

Permaneció inmóvil un buen rato, con la vista en el círculo negro. A continuación, tras dejar la linterna en el suelo para iluminar la pared, tomó un mazo del montón de herramientas. Lo alzó y lo empleó para dar pequeños golpecitos en la pared. En un momento dado, con el mango asido ahora con más fuerza, descargó la cabeza del mazo contra los listones que rodeaban el agujero.

Una telaraña de grietas apareció al instante y una lluvia de esquirlas de yeso cayó al suelo.

Una y otra vez, Logan golpeó la pared, midiendo con cautela su fuerza para retirar el material antiguo y abrir una brecha lo bastante grande como para poder colarse a través de ella.

Después de unos diez minutos de trabajo, el agujero llegaba hasta el suelo: unas fauces negras de un poco más de un metro de altura y medio metro de ancho. Dejó la almádena a un lado y se enjugó las manos en las mangas. Permaneció un momento inmóvil en medio de la oscuridad, aguzando el oído. Había intentado ser lo más cuidadoso posible, pero un mazo no era una herramienta demasiado delicada. Aun así, no oía nada, nadie parecía gritar ni llamarlo; a esa distancia de las habitaciones ocupadas de Lux, ningún residente habría podido escuchar los golpes.

Recogió la linterna, se dirigió hacia la brecha que acababa de abrir, se agachó y se lanzó a sus fauces.

12

Al otro lado encontró una habitación. Movió la linterna de un rincón a otro y comprobó que se trataba de algún tipo de laboratorio. Tan solo había una mesa de trabajo sobre la que descansaban algunos instrumentos antiguos, y en torno a ella varias sillas de respaldo recto. En mitad de la sala había un aparato mucho más voluminoso e intrigante, que le llegaba a la cintura.

La estancia no era grande (de unos seis metros cuadrados) pero estaba decorada con el mismo buen gusto que el resto de Lux. Una elegante chimenea ocupaba una de las paredes. Colgadas aquí y allá había algunas imágenes con marcos antiguos, pero no se parecían a las que había visto en otras estancias de la mansión: una de ellas era una mancha de tinta de Rorschach; otra, un cuadro de Goya. Una cafetera de filtro pasada de moda era la protagonista de una mesa rinconera. En una de las esquinas, sobre un soporte, había un antiguo fonógrafo con una ancha bocina amplificadora de latón fijada a la parte superior y una manivela a un costado. Justo debajo, en el suelo, había arrinconada una pila de discos de setenta y ocho revoluciones guardados en fundas de papel. Al otro lado de la mesa de trabajo había un carrito de acero inoxidable que contenía una hilera de lo que parecían ser instrumentos médicos: fórceps y legras.

Gracias al haz de la linterna, Logan pudo distinguir una barra de metal fijada a una de las paredes, de ella colgaban unos voluminosos trajes hechos con algún tipo de metal pesado (tal vez plomo), con fuelles en la parte de los codos, las muñecas y las rodillas. Los cascos tenían una máscara protectora que incorporaba unas finas rejillas. Los estrafalarias vestimentas parecían armaduras de otro mundo.

Sobre un artesonado que se encontraba cerca de sus pies vio una antigua toma de corriente. Sin pensárselo dos veces, sacó un comprobador de circuitos de la cartera y lo conectó a la toma. Se encendió una luz verde. Le pareció extraño que la corriente llegase a aquella habitación y no a las zonas por las que acababa de pasar; quizá los obreros solo hubieran cortado la corriente de las estancias que pensaban demoler de forma inmediata.

Salvo por el montón de esquirlas de yeso y los fragmentos de madera que Logan había desprendido para entrar, la cámara se encontraba en un estado impecable. No había ni rastro de polvo sobre las superficies. Parecía una cápsula del tiempo, sellada herméticamente.

Hasta ese momento no había reparado en el todavía más incomprensible hecho de que la habitación no parecía tener ninguna entrada. Deslizó el haz de luz poco a poco por todas las paredes, pero no distinguió ninguna hendidura en la madera pulida que pudiera revelar la existencia de una puerta.

«¿Qué clase de estancia es esta? ¿Y para qué demonios se utilizaba?»

Logan dio un paso adelante y después se paró en seco. Algo, un sexto sentido o quizá el instinto de supervivencia, le avisó de que estaba corriendo un riesgo, de que la cámara entrañaba un grave peligro. Por un momento permaneció completamente inmóvil. Acto seguido empezó a retroceder, con calma, sin hacer ruido, como si allí hubiera algo dormido y no quisiera despertarlo. Se inclinó ligeramente y salió a tientas por la brecha que había abierto. Por último, después de volver a colocar la lona sobre la pared con mucho cuidado, emprendió el regreso sigilosamente a través de las ruinas del ala oeste, deslizando sobre las superficies derruidas el haz de su linterna a medida que avanzaba.

13

—Dios mío —dijo Olafson. Miró a su alrededor con un gesto de sorpresa que rompía los rasgos patricios de su rostro.

Era la mañana siguiente. En cuanto hubo desayunado, Logan buscó al director y lo llevó hasta allí, abriéndose paso a duras penas por las obras interrumpidas del ala oeste, a lo largo del pasillo lateral A, por debajo de la lona y a través de la tosca entrada que había abierto en la habitación secreta.

—Entonces no tenías ni idea de que esta cámara existía —dijo Logan.

—No.

—Ni de qué uso se le daba. Ni de por qué se mantenía oculta.

Olafson meneó la cabeza.

—Si no fuera porque parece una especie de laboratorio, diría que es de antes de que llegara Lux. El antiguo dueño, ya sabes, era famoso por sus excentricidades.

Logan asintió despacio. Pese a lo mucho que le costase creerlo, daba la impresión de que los académicos y los científicos de Lux habían pasado décadas trabajando, estudiando y experimentando en el ala oeste sin saber que estaban desarrollando su actividad alrededor de una habitación secreta.

—Madre de Dios —exclamó Olafson al detener Logan el haz de luz sobre los pesados trajes metálicos con aspecto de armadura que colgaban de una barra en uno de los rincones—. ¿Qué diantres se hacía aquí?

—Tú eres el director —le recordó Logan—. Sé que es difícil, pero ¿algo de lo que ves te recuerda a alguno de los proyectos que se emprendieron durante los primeros años de Lux en Dark Gables?

Olafson intentó recordar, pero después de unos segundos negó con la cabeza.

—No. —Titubeó—. No veo ninguna puerta. ¿Cómo diste con esta habitación?

—La lona estaba colocada con precisión sobre los listones, junto a esto. —Logan sacó el brazo por el agujero y cogió el letrero en el que aparecía garabateado ZONA PELIGROSA. PROHIBIDO EL PASO—. Vi un agujero del tamaño de un puño en los listones, que había sido tapado con yeso recientemente. Me llamó la atención. Así que decidí investigar.

—¿Y dices que Strachey había despedido a los obreros? —murmuró Olafson mientras miraba alrededor—. ¿Crees que fue él quien abrió el orificio, quien descubrió esta habitación?

—Parece lo más probable. Pero, de ser así, ¿por qué sellarla otra vez y poner una excusa para quitar a los obreros de en medio? —Logan señaló el letrero—. ¿Reconoces su letra?

—No sabría decirte, está en mayúsculas.

—¿Quieres saber algo interesante? Intenté ponerme en contacto con el contratista. William Rideout, que tiene la oficina en Westerly. Tan solo conseguí hablar con una centralita. Según parece, el señor Rideout se ha jubilado de repente y está de viaje en paradero desconocido.

Olafson asimiló la información. Parecía que iba a decir algo, pero al final se limitó a negar con la cabeza.

Logan dejó caer el cartel.

—¿Quién podría hablarme más sobre el ala oeste?

—Por irónico que parezca, Strachey habría sido la persona indicada. Había pasado los seis últimos meses en este lugar. —Olafson guardó silencio un instante, como reflexionando—. Escucha. Será mejor que no le hablamos a nadie sobre este sitio, al menos hasta que sepamos mejor para qué servía y por qué lo sellaron.

—Mientras tanto examinaré los cianotipos originales que Strachey guardaba en su oficina. Me gustaría ver qué papel tenía esta habitación en el entorno de entonces, y averiguar si el ala oeste alberga más secretos que debamos conocer. —Logan miró al director—. Hay algo más. La otra noche, durante la cena, Roger Carbon me dijo que debería preguntar por «los otros».

—«Los otros» —repitió Olafson despacio.

—Se lo comenté a Perry Maynard, pero me contestó con evasivas.

El semblante de Olafson se ensombreció.

—Carbon es un psicólogo brillante, aunque puede generar algunas controversias. —Vaciló—. Antes de la muerte de Strachey, aparecieron unos informes sobre... eh... ciertos incidentes un tanto extraños relacionados con algunos residentes de Lux.

—Extraños ¿en qué sentido?

—Nada alarmante. Desde luego, nada comparable a lo que le ocurrió a Will. Decían escuchar voces y ver cosas que no estaban allí.

«Nada alarmante.»

—¿Cuándo ocurrió eso?

Olafson hizo memoria.

—Hará un mes, más o menos. Seis semanas, a lo sumo.

—¿Y cuánto tiempo duraron esos sucesos?

—Una o dos semanas.

—¿Cuántas personas se vieron afectadas?

—No muchas. Nunca pensamos que los casos guardasen ninguna relación. Y no queríamos que empezaras siguiendo un rastro equivocado.

—¿Podrías facilitarme una lista con los nombres de los trabajadores afectados?

Olafson frunció el ceño.

—Verás, Jeremy, en realidad no creo que...

—No puedo permitirme ignorar ningún indicio. Y diría que aquí tenemos una pista.

—Pero... En fin, dudo que los afectados quieran que nadie lo sepa.

—Carbon lo sabía.

Olafson dudó de nuevo.

—Aun así, estoy seguro de que preferirían no hablar de esa cuestión. Es... Imagino que les resultará un tanto embarazoso.

—Estoy más que acostumbrado a afrontar hechos embarazosos. Les haré saber que trataré el asunto con la más absoluta discreción. —Al ver que Olafson guardaba silencio, Logan prosiguió—: Escucha, Gregory. Tú me llamaste. No puedes pedirme que inicie una investigación y después atarme de manos.

Olafson suspiró.

—Muy bien. Pero necesito que actúes con todo el tacto del mundo. La reputación de Lux como institución seria y conservadora es su principal activo.

—Algo había oído.

—De acuerdo, entonces. Me ocuparé de conseguirte una lista. —Olafson volvió a mirar a su alrededor aprovechando la luz de la linterna con el rostro constreñido por la incredulidad. Luego dio media vuelta y, sin decir una palabra más, permitió que Logan saliera primero de la cámara sombría para emprender el regreso a la zona habitada de Lux.

14

A última hora de la tarde, Logan volvió a la sala. Esperó a que la actividad de Lux cesara y no se percibiese más que el silencio de la noche; por supuesto, era muy improbable que hubiese nadie más en el ala oeste, pero no quería correr ningún riesgo.

Soltó la lona, la plegó a un lado y se agachó para colarse por la brecha que había abierto. En una mano llevaba una linterna; en la otra, un voluminoso foco de visera con una lámpara de tungsteno (igual que los que se emplean en los rodajes de cine) que le había pedido prestado a un perplejo Ian Albright. Lo apoyó sobre su pie plegable en una esquina y llevó el cable hasta una toma de corriente que había bajo la mesa de trabajo. Regresó al rincón donde se encontraba el foco y lo encendió. De pronto la cámara se inundó de una intensa luz. Quería, mejor dicho, necesitaba esa potencia lumínica para poder llevar a cabo un examen minucioso.

La sensación de peligro que sintió la primera vez que cruzó el umbral de la habitación secreta persistía. Pero, bajo los ochocientos vatios de luminiscencia del foco de rodaje, parecía guardar las distancias.

Bajo un brazo llevaba varios papeles enrollados. Dejó que la cartera le resbalase del hombro y la dejó sobre la mesa de

trabajo, junto a la linterna; al lado colocó los papeles enrollados y los desplegó. Eran algunos de los cianotipos originales
que había sacado aquella tarde de la oficina de Strachey. Los
hojeó hasta que dio con los planos del ala oeste. Dentro de un
pequeño rectángulo de la parte inferior se indicaba:

RESIDENCIA DE DELAVEAUX

M. FLOOD

ARQUITECTO. 1886.

La enorme lámina azul estaba repleta de líneas, medidas
y minúsculas anotaciones técnicas, pero poco a poco logró
descifrar el esquema. Comparó mentalmente el estado original del ala con la idea que Strachey y sus obreros perseguían. Era obvio que la habitación que había descubierto no
aparecía en los cianotipos. De hecho, parecía que la cámara
donde ahora se hallaba debía servir, al menos en parte, como
alojamiento de una escalera. Eso podía significar dos cosas:
o bien fue rediseñada para integrarla en el ala una vez que
la mansión se terminó de construir, o bien los planos fueron
modificados con la exclusiva finalidad de ocultar su existencia.

Enrolló los cianotipos y los puso a un lado.

Bajo el resplandor implacable del foco, algunas cosas en
las que no había reparado se tornaron evidentes. Se apreciaba
un disco a ras del techo, ornamentado con minuciosos grabados; no cabía duda de que su función era tapar el agujero de
una araña de luces instalada previamente. ¿Formaría parte
esa habitación en otros tiempos de una cámara más amplia y
elegante? Aunque seguía habiendo cinco cuadros enmarcados en las paredes, se observaban tres puntos desnudos que
en su día estuvieron cubiertos por otros objetos, según se
adivinaba gracias a las respectivas manchas amarillentas de la
pintura. Pese a que en un principio le pareció que la cámara

estaba inmaculada, en ese momento vio restos de ceniza en la chimenea.

Se situó en medio de la sala y centró su atención en el voluminoso aparato que había allí. Dio varias vueltas con cautela en torno a él, examinándolo con curiosidad. Tenía una forma irregular, era largo como un ataúd y el doble de alto, y tenía unos apéndices de naturaleza desconocida que le salían de los costados y la parte superior. Las protuberancias se ocultaban bajo unas abultadas protecciones de palisandro encajadas con esmero, todas bien sujetas en su sitio, como las fundas de las antiguas máquinas de coser. El conjunto conformaba una superficie uniforme y monolítica de madera veteada y pulida.

Uno de los extremos del aparato era más ancho que el otro y estaba cubierto en parte por una placa de metal atornillada a su superficie. A poco más de un metro de distancia, Logan vio los números romanos del I al VI grabados en el suelo.

El extremo más estrecho estaba cubierto por otra pieza de madera, sin fisuras, ribeteada de metal y fijada en dos zonas de la caja principal. Logan deslizó los dedos por una de las bocallaves. Al hacerlo, reparó en que había una plaquita de latón atornillada a la madera, justo por debajo de la sección fijada. Estaba deslustrada y oscurecida por el tiempo, aunque todavía se adivinaban dos palabras, una a cada lado: RAYO y CAMPO. Nada indicaba a qué podrían referirse.

Al continuar con su examen encontró otras dos placas, más pequeñas y atornilladas cerca de la base del aparato. En una podía leerse: INDUSTRIAS PESADAS ROSEWELL, PERTH AMBOY, N. J. Y en la otra, colocada en otra parte: ELEKTRO-FABRIKEN KELLE AG. Metódico, Logan sacó una grabadora digital del bolsillo de la chaqueta y anotó toda la información.

Tras guardar la grabadora, examinó la estancia con un medidor de electromagnetismo de TriField y con un indicador de ionización del aire. Apuntó los resultados en una libreta encuadernada en cuero para cotejarlos más tarde con los que había tomado en las dependencias de Strachey y otras zonas de Lux.

Se acercó al foco y lo apagó. Una completa oscuridad se impuso. Regresó a tientas hasta la enorme y misteriosa máquina, se sentó en el suelo de espaldas a ella, cruzó las piernas, cerró los ojos y esperó a ver si la cámara le contaba algo. Sentía mucha curiosidad, aunque también le inquietaba volver a escuchar la siniestra y extraña música que había percibido en el apartamento de Strachey.

Salvo la sutil presencia de un peligro que lo acechaba, al principio no notó nada. Pero poco después la sensación de intranquilidad y preocupación que experimentó en las dependencias del científico volvió a él junto con un sentimiento de confusión. Tras esto, y de una forma bastante repentina, de nuevo estaban allí: los hipnóticos y demenciales pasajes de música, que, contundentes y malévolos, lo envolvían en oleadas de arpegios amenazadores en clave menor, desprovistos ya por completo de cualquier traza de belleza romántica y serena.

Logan se levantó de un brinco y regresó al rincón donde estaba el foco, que casi derriba en su apremio por encenderlo de nuevo. Se mantuvo junto a la luz, respirando profundamente, mientras la música fantasmal resonaba todavía en su cabeza.

Eso era muy extraño. Extremadamente inusitado.

Caminó despacio por la habitación, tratando de no prestar atención a nada, hasta que su pulso se ralentizó y su respiración retomó la cadencia habitual. Cuando consiguió recuperar la calma, continuó con el examen.

Sobre la mesa de trabajo había una serie de estantes, todos vacíos. Junto a ellos, un fichero. Logan abrió todos los cajones, y comprobó que tampoco había nada dentro.

¿Habrían diseñado y construido ese laboratorio para abandonarlo antes de empezar ningún trabajo? De ser así, ¿por qué tanto misterio? Por otro lado, si allí se llegó a comenzar alguna investigación que después quedó interrumpida, ¿por qué no habían retirado y destruido este incomprensible aparato, como habían hecho con los libros y documentos?

Cuando volvió a meter sus instrumentos en la cartera, extrajo otro: un pequeño mazo de goma con forma de triángulo como el que utilizan los médicos para comprobar los reflejos. Con la oreja pegada a la pared, recorrió la habitación despacio y con cuidado, dando golpecitos al muro a cada paso, atento a si oía un eco que revelaría la existencia de una oquedad o de una puerta oculta. Sabía que tenía que haber algún acceso (quien hubiese construido y trabajado en ese sitio no entraría por donde él lo había hecho). Pero no encontró nada. Guardó el mazo y suspiró. ¿Entrarían tal vez por el suelo o por el techo? No, eso no tenía ningún sentido.

Según parecía, la respuesta iba a hacerse esperar.

Tras ajustar un tanto el ángulo del foco, comenzó a examinar los residuos que había visto en la chimenea. No era, como ya se imaginó al principio, ceniza de madera. Más bien parecían los restos de un montón de papeles quemados con meticulosidad. Estiró la mano, cogió un puñado de ceniza y se impregnó los dedos con las partículas minúsculas y retorcidas de papel ennegrecido. Se los acercó a la nariz. El olor a materia carbonizada era leve pero apreciable, aunque eso no significaba nada; podían haber quemado esos papeles el día anterior o hacía cinco décadas.

En el fondo de la chimenea halló algunos restos que no habían sido quemados con tanto cuidado. Había media docena de trozos de papel en los que se apreciaban algunas letras. Eran demasiado pocos para ser de utilidad, meros fragmentos, pero, aun así, cuando se sentó, los apartó. De mayor interés le parecieron los restos de una antigua fotografía: quizá una de las que faltaban en la pared. Aunque se había desintegrado casi por completo, todavía se apreciaba la parte inferior. Logan distinguió parte de un escritorio, al parecer la mesa de trabajo que seguía en la habitación. Se veían unos papeles sobre ella, junto con diarios o revistas, todo demasiado borroso para poder leerlo.

Tras la mesa había tres personas en bata de laboratorio. Solo se les veía el torso; todo lo que quedaba por encima se había calcinado. Logan también puso aparte ese fragmento.

El último trozo recuperable de papel parecía una nota. Había sido redactada con una máquina de escribir hacía, obviamente, muchas décadas. Estaba muy quemada y desgastada, pero, al sentarse ante la mesa de trabajo y estudiarla en detalle, Logan consiguió descifrar un fragmento: «Proyecto Sin».

«Proyecto Sin.» La página había ardido por el borde derecho de tal modo que la segunda palabra estaba incompleta.

¿O no?

En ese preciso instante, Logan se quedó petrificado. Todo su instinto, en el que había aprendido a confiar sin dudar, estalló de súbito, y la adrenalina comenzó a correr por su corriente sanguínea. ¿Qué sucedía?

Entonces lo oyó de nuevo: parecían unos pasos amortiguados, el leve crujido de una de las tablas del suelo. El ruido procedía del otro lado de la pared que quedaba enfrente de aquella por la que había entrado.

Logan se levantó deprisa, demasiado rápido. La silla en que se había sentado cayó hacia atrás y se estampó contra el suelo.

Se quedó paralizado, escuchando con atención. Durante un largo rato, solo hubo silencio. Pero instantes después se oyó algo parecido a un tumulto de pasos que se alejaban con premura.

Recogió la linterna, se coló por la brecha de la pared y

echó a correr por el pasillo, zigzagueando tan rápido como pudo a través del caos de las oficinas derruidas, los equipos abandonados y los pasajes entrelazados, intentando abrirse camino hasta el extremo opuesto del ala. Transcurridos cinco minutos de búsqueda infructuosa, se detuvo resollando. Apagó la linterna y, a oscuras, aguzó el oído. No se oía nada ni se veía ninguna luz que revelase la presencia de nadie. El ala oeste parecía estar completamente desierta.

Encendió la linterna de nuevo y emprendió el regreso, más despacio ahora, a la habitación olvidada.

15

Las puertas del ascensor se abrieron con un susurro al penumbroso pasillo de los sótanos. Jeremy Logan sabía que, al igual que ocurría con algunas otras áreas de la mansión, el acceso al complejo subterráneo de Lux quedaba restringido por completo a los visitantes, a los investigadores externos e incluso a algunos empleados a tiempo parcial. Por lo que allí no era necesario conservar el elegante estilo rococó de las zonas comunes. Las paredes del pasillo donde se encontraba eran de piedra desnuda y el techo ovalado recordaba un poco a las catacumbas romanas. A pesar de eso, se respiraba un aire puro y frío que no olía en absoluto a humedad ni a nitro.

Consultó su reloj: la una y cuarto de la tarde.

El descubrimiento de la habitación olvidada, así como de sus desconcertantes e incomprensibles características, le había afectado más de lo que había pensado en un principio. Aquella mañana se despertó con una indolencia poco habitual en él, no tenía claro qué hacer a continuación ni qué dirección tomar. Como Newport contaba con una biblioteca pública más que nutrida, decidió visitarla después del desayuno (en concreto, las secciones de microfichas y DVD) y esto le ayudó a desprenderse de sus dudas. Y pese a que no sabía con exactitud qué camino tomar, al menos tenía el germen de una idea.

Nunca antes había estado en los sótanos de la mansión, y como tampoco había ningún cartel que le indicara por dónde ir, decidió continuar hacia la izquierda. Pasó frente a la base de la escalera principal de la mansión y en el subsuelo no presentaba el mismo aspecto de mármol pulido. Treinta metros más adelante le cortó el paso una puerta de acero brillante (un llamativo anacronismo en medio de ese escenario propio de un cuento de Poe); tenía una cristalera gruesa de plexiglás tintado y estaba perforada cada pocos centímetros por unas pequeñas aberturas circulares, los únicos elementos que destacaban en su superficie anodina. El letrero de la puerta indicaba LABORATORIOS DE INVESTIGACIÓN. SOLO PERSONAL AUTORIZADO. Al mirar por el cristal, Logan vio un pasillo largo de diseño moderno, dotado de los últimos avances tecnológicos, con una iluminación que procedía de unos paneles fluorescentes. Unas puertas cerradas con distintivos pintados con aerógrafos flanqueaban ambos lados del pasillo. Si no fuera porque estaba completamente vacío, podría parecer el laboratorio de un hospital.

Junto a la puerta había un panel con un teclado y un lector de tarjetas, pero ningún interfono o timbre para solicitar el acceso. Por alguna razón, no parecía apropiado llamar a la puerta con la mano. Logan sabía que los laboratorios más modernos de Lux se encontraban en los sótanos; este aislamiento no solo ayudaba a mantener la atmósfera de época de las plantas superiores, sino que además la condición de edificio histórico de la mansión así lo exigía. Encogió los hombros, le dio la espalda a la puerta pulida y optó por probar suerte en la dirección opuesta.

Esto le reportó mejores resultados. Después de pasar otra vez frente al ascensor y doblar un recodo del pasillo, llegó a una puerta abierta, señalizada con el letrero ARCHIVOS. Al otro lado, las paredes y el techo habían desaparecido, lo que daba lugar a un impresionante espacio bañado por una intensa pero agradable luz dorada. Los innumerables archivadores se extendían en hileras dispuestas en líneas paralelas desde la parte frontal hasta el fondo de la sala, si bien se hallaban lo bastante separadas unas de otras para evitar la sensación de ahogo. En el extremo opuesto, Logan divisó otra puerta, más pequeña, junto a lo que dedujo era un puesto de seguridad. Entró. Unas columnas decorativas de madera, con unas vides talladas en su perímetro, se distribuían en filas apretadas por las paredes de la cámara. En el techo dominaba un minucioso trampantojo que mostraba a Baco tendido en un claro, con un odre de vino en el regazo, permitiendo que lo que parecían ser unas ménades le acariciaran las trenzas y las extremidades.

Justo al otro lado de la puerta se encontró con una mujer mayor sentada tras una mesa de aspecto oficial. Una placa colocada a un lado del escritorio decía: J. RAMANUJAN. Miró a Logan de arriba abajo, con los labios apretados en un gesto que tanto podía expresar aprecio como desaprobación.

—¿Puedo ayudarle? —le preguntó.

—He venido para revisar algunos de los primeros archivos de Lux —respondió Logan.

—Identificación, por favor.

Logan rebuscó en los bolsillos de su chaqueta y sacó la tarjeta que le habían entregado durante su registro inicial. La mujer la miró por encima.

—Esta tarjeta es temporal —indicó—. Lo siento mucho, pero los empleados temporales tienen el acceso restringido a los archivos.

—Sí, lo sé —dijo Logan con cierto tono de disculpa—. Por eso me entregaron esto también. —Extrajo un sobre oficial de Lux que contenía un documento redactado por Olafson que invalidaba la condición de empleado temporal de Logan y le autorizaba el acceso a todas las secciones.

La señora Ramanujan leyó la carta con detenimiento y se la devolvió.

—¿Cómo puedo ayudarle?

Logan se guardó la carta de nuevo en la chaqueta.

—No estoy seguro del todo.

La mujer frunció el ceño, confundida.

—Los investigadores y científicos que utilizan los archivos siempre buscan algo concreto. —Le acercó un sujetapapeles que había sobre el escritorio. Contenía un taco de formularios de solicitud de documentos—. Para poder serle de ayuda, necesito conocer el proyecto o el trabajo sobre el que desea realizar la consulta.

—Me temo que la naturaleza de mi investigación es un tanto... indeterminada. Por desgracia, no voy a poder darle unas indicaciones más concretas antes de examinar los archivos.

Sin duda esa era una situación ante la que la archivera se sentía superada.

—Aunque no pueda darme el nombre de un proyecto ni de una persona, quizá le sea posible estimar unas fechas. ¿El mes, por ejemplo, durante el que se llevó a cabo el trabajo?

Logan asintió despacio.

—Tal vez eso sirva. Podríamos empezar con los treinta.

—¿Los treinta? —repitió la señora Ramanujan.

—Los años treinta del siglo xx, sí.

Por alguna extraña razón, la mujer palideció. Cogió la tarjeta de identificación, que había dejado en el escritorio, la revisó y volvió a dejarla sobre la mesa pulida. Segundos después, la comprobó de nuevo.

—Doctor Logan —dijo—, tenemos clasificados en nuestros registros más de once mil proyectos de investigación. El número total de documentos asociados a esos trabajos se acerca a los dos millones y medio. ¿Espera que le traiga... —realizó un cálculo rápido— unos doscientos mil documentos para que los revise?

—No, no —se apresuró a contestar Logan.

—Entonces ¿qué sugiere?

—Si pudiera... echar un vistazo yo mismo a los ficheros, quizá me haría una mejor idea de lo que estoy buscando, y puede que incluso muy rápido.

Se hizo un silencio.

—Por lo general no se permite que los investigadores accedan a los ficheros —indicó la mujer segundos más tarde—. Y menos los investigadores temporales. Eso es algo muy infrecuente.

En respuesta, Logan dejó que la carta de Olafson asomase otra vez del bolsillo de su chaqueta.

La archivera suspiró.

—Muy bien. Puede usar aquella mesa, si la necesita. Pero no retire más de cinco carpetas de los ficheros a la vez. Y, por favor, tenga cuidado cuando las devuelva a su sitio.

—Lo tendré —aseguró Logan—. Gracias.

Durante las siguientes tres horas, bajo la atenta mirada de la archivera, no dejó de ir y venir de los ficheros a la mesa, cargado siempre con gruesas carpetas. Las abría y las examinaba deprisa mientras anotaba sus observaciones en una libreta con una pluma de oro. Al principio hizo una investigación general de la gran cámara. Pero después se concentró en una zona acotada. A medida que avanzaba leía con más atención, de un modo más detenido. Para terminar, apartó el último grupo de carpetas y, en lugar de continuar con las lecturas, caminó de fichero en fichero, mirando en los distintos cajones y sin dejar de tomar notas en su cuaderno como si estuviera llevando algún tipo de cuentas. Por último, guardó la libreta y regresó a la mesa de la archivera.

—Gracias —dijo.

La señora Ramanujan inclinó la cabeza al devolverle la tarjeta de identificación.

—Tengo una pregunta. Pese a lo completos que son estos ficheros, no parecen contener información sobre proyectos posteriores al año 2000.

—Así es. Estos ficheros solo contienen los archivos de las investigaciones cerradas o que se han interrumpido.

—En ese caso, ¿dónde se guarda la información más reciente?

—Una parte, claro está, la guardan los científicos que llevan a cabo las investigaciones. El resto se encuentra en el archivo dos; es por aquella puerta. —Señaló el fondo de la sala.

—Entiendo. Gracias de nuevo. —Logan se encaminó en la dirección indicada.

—Espere... —lo llamó la archivera, pero Logan se dirigía ya deprisa hacia el fondo de la cámara; el eco de sus pasos resonaba en el suelo de mármol.

En el otro extremo de la inmensa cámara, tal como observó al llegar, había un puesto de seguridad que bloqueaba la puerta. Un hombre ataviado con el uniforme de los guardias de seguridad de Lux estaba sentado detrás de una mesa. Se levantó al ver que Logan se acercaba.

—¿Puedo ayudarlo? —le preguntó.

—Me gustaría consultar los archivos recientes —declaró Logan al tiempo que señalaba la puerta con la cabeza.

—Su identificación, por favor —solicitó el guardia.

Para ahorrar tiempo, Logan le mostró no solo su identificación, sino también la autorización de Olafson.

El guardia comprobó los documentos y se los devolvió.

—Lo siento, señor, pero carece de los permisos necesarios para acceder al archivo dos.

—Pero este permiso del doctor Olafson...

—Lo siento, señor —repitió el guardia con una voz más firme—, pero solo los usuarios con acceso de nivel A o superior pueden entrar en esta sección.

¿Nivel A? Logan nunca había oído hablar de nada parecido. De hecho, durante su permanencia en Lux, nunca se mencionó la existencia de ningún tipo de niveles de acceso.

—Pero... —replicó, dando un paso adelante.

En respuesta, el guardia se interpuso para bloquearle el paso. En ese momento, Logan reparó en la porra y el espray que llevaba sujetos al grueso cinturón del uniforme.

—Entiendo —concedió Logan con calma. Asintió, dio media vuelta y dejó atrás las hileras de ficheros de regreso al pasillo subterráneo.

16

Eran las siete menos cuarto cuando Logan llamó a la puerta del despacho interno del director.

—Adelante —lo invitó una voz desde el otro lado.

Cuando Logan entró, encontró a Olafson de pie ajustándose el nudo de la corbata ante un pequeño espejo.

—Hoy no está tu secretaria —comentó Logan—. Oh, lo siento, ¿ibas a cenar?

—No tengo prisa. —Olafson, con la chaqueta del traje ya puesta, encogió los hombros y se sentó tras el escritorio—. ¿Tienes algo?

—Algo, sí. Aunque también necesito algo... de ti.

Olafson le mostró las palmas de las manos, como diciendo: «Estoy a tu disposición».

Logan apoyó la cartera sobre el reposabrazos de una de las sillas de la mesa y tomó asiento. Abrió la bolsa y sacó algo de ella: un trozo de papel calcinado dentro de un sobre. Se lo tendió a Olafson, y este lo examinó con cuidado.

—Lo encontré entre los papeles quemados que había en la chimenea de la habitación olvidada —dijo.

Olafson siguió mirándolo.

—Parece que son tres hombres en bata detrás de una mesa de trabajo.

—No es una mesa de trabajo cualquiera. Es la que está en la habitación. Se reconoce por la profunda grieta que hay en la esquina izquierda del tablero.

—Sin embargo, es imposible identificar a los hombres. Las imágenes están quemadas del pecho para arriba.

—Cierto —convino Logan—. Pero, aun así, la imagen nos muestra algo.

Introdujo la mano de nuevo en la cartera, sacó un papel, lo dobló por la mitad y levantó la parte inferior para mostrársela a Olafson. Era una colorida caricatura que mostraba a un hombre obeso en la cubierta de un barco, vestido con una chaqueta cruzada azul de balandrista, pantalones cortos blancos y gorro de punto; navegaba en un mar agitado mientras miraba con curiosidad a una mujer que a causa del mareo se había tendido en una hamaca de la cubierta bajo una manta.

Olafson entrecerró los ojos para fijarse bien.

—¿Qué tiene de especial?

Logan desplegó la mitad superior y le mostró todo el papel. El logotipo de una revista, *The New Yorker*, coronaba la hoja con elegancia, junto con una fecha: 16 de julio de 1932.

—La biblioteca de Newport presume de tener una excelente colección de publicaciones periódicas —dijo Logan—. No me permitieron llevarme el ejemplar original, pero me hicieron una fotocopia en color de la portada.

—No entiendo —admitió Olafson.

—Presta atención a la fotografía. ¿Ves las cartas y los periódicos que hay sobre el escritorio? Están demasiado borrosos para distinguirlos, salvo la revista en cuya portada aparece un hombre de rasgos porcinos vestido con un extraño uniforme de balandrista. Fíjate bien; apenas si se distingue. Desde luego no es una portada propia de *Colliers*, de *Life* ni de *Saturday Evening Post*. De hecho, yo la calificaría como la portada perfecta de *The New Yorker*. —Volvió a guardar el papel en la cartera—. Por lo tanto, ya hemos determinado el *terminus post quem* del trabajo que se llevaba a cabo en aquella habitación, la cual se siguió utilizando por lo menos hasta el verano de 1932.

—Entiendo.

—Esto responde a la pregunta de quién la utilizaba. Además, o en lugar del primer propietario de la mansión, Lux la utilizaba. Y hablando del propietario: he revisado los cianotipos originales de Dark Gables que encontré en el despacho de Strachey. La habitación olvidada no se incluyó en ellos. —Logan recogió el fragmento de la fotografía quemada y lo guardó en la cartera—. ¿Te suena de algo el Proyecto Sin?

—¿Proyecto Sin? —Olafson arrugó el entrecejo—. No.

—Por favor, haz memoria. «Sin» podría ser tan solo el principio de alguna palabra. ¿No recuerdas ningún proyecto de Lux que se llamara así?

Al ver que Olafson negaba con la cabeza, Logan sacó otro sobre de papel de seda, que contenía el fragmento de la nota quemada que recuperó de la chimenea, y se lo tendió.

El director lo examinó durante unos segundos antes de devolvérselo.

—No tengo ni la más remota idea de lo que puede ser.

—A decir verdad, no encontré nada que hiciera referencia a ningún proyecto con ese nombre en vuestros archivos, pese a que realicé una búsqueda lo más exhaustiva que pude. No obstante, sí que descubrí algo. Algo muy interesante.

Olafson se sirvió un vaso de agua de una jarra que tenía en el escritorio.

—Oigámoslo.

Logan se inclinó hacia delante.

—Creo que he encontrado un vacío en vuestros registros.

—¿Qué clase de vacío?

—Esta tarde, investigando los archivos, me topé con unos

documentos que hacían referencia a ciertos proyectos que empezaron a cobrar relevancia a finales de los años veinte y principios de los treinta. Proyectos interesantes que en apariencia no guardaban relación entre ellos y que trataban sobre temas como las cualidades exóticas de la radiación electromagnética, la distribución de las sustancias químicas en el cerebro o los intentos de aislar y analizar la fuerza ecténica.

—¿Fuerza ecténica? —repitió Olafson.

—Sí. Ese es un aspecto de especial interés, ¿verdad? La fuerza ecténica, también llamada «ectoplasma», se creía que era la sustancia que emanaban los médiums durante las sesiones de espiritismo para utilizar la telequinesis o comunicarse con los muertos. Se llegó a estudiar con cierta profundidad a finales del siglo XIX, pero más tarde el interés por esos temas terminó por desinflarse. —Guardó silencio unos instantes—. ¿Qué llevaría a los científicos de Lux a reanudar esos estudios?

—No tengo ni idea —dijo Olafson—. Seguro que los archivos te dieron alguna pista.

—Ese es el problema. Aunque en los archivos se indicaba con claridad que se llegaron a realizar bastantes avances en estos proyectos y algunos otros durante el transcurso de varios años, detecté una llamativa ausencia de datos concretos sobre todos ellos: los nombres de los científicos involucrados, los detalles sobre el tipo de trabajo, las descripciones de los experimentos, las pruebas u observaciones. En comparación, otros documentos que encontré en los archivos contenían cantidades ingentes de información.

Se incorporó de nuevo.

—Los registros en cuestión tienen algo más en común. Todos se interrumpen de pronto alrededor de la misma fecha, a principios de 1930.

Olafson se frotó el mentón.

—¿Tienes alguna hipótesis?

—Tengo el germen de una hipótesis. Enseguida hablaremos de eso. Ahora volvamos al vacío de los archivos. Efectué un análisis comparativo de la cantidad de datos contenidos en los archivos de entre 1920 y 1940. Aunque fue un análisis apresurado, me di cuenta de que de 1930 a 1935 se elaboró menos documentación que durante otras épocas. Unas veces un poco menos y otras un poco más.

Olafson lo miró sin intervenir.

—Por lo tanto, he aquí mi teoría: a finales de los años veinte se estaban llevando a cabo en Lux varios proyectos que, alrededor de 1930, se fusionaron en un único trabajo. Este trabajo se prolongó hasta 1935, cuando, por la razón que fuere, se abandonó de súbito.

—Y crees que ese era el llamado Proyecto Sin —dedujo el director.

—Lo evidencia su propia ausencia —asintió Logan—. Porque en 1935 los registros de Lux recuperaron su volumen habitual. Creo que quien eliminó esos archivos fue también quien selló la habitación secreta.

—En la que, supongo, crees que se estaba llevando a cabo la investigación de ese trabajo.

—¿Qué otra conclusión se podría sacar?

Por un momento, una expresión inusual conquistó el rostro de Olafson. Logan la reconoció enseguida: era la cara de un hombre que acababa de encajar las piezas de un puzle.

—¿Qué ocurre? —se apresuró a preguntarle.

Olafson no contestó de inmediato. Tras unos instantes, reaccionó.

—¿Perdón?

—Acabas de darte cuenta de algo. ¿De qué?

Olafson dudó.

—Ah, nada. Solo intento asimilar tus deducciones, nada más, ordenarlas en mi mente.

—Entiendo. Bien, necesitaría pedirte un favor. ¿Podrías

conseguirme una lista de todos los colegas que trabajaron en Lux desde, digamos, 1930 hasta 1935?

—Una lista —repitió Olafson.

—Como te decía, los nombres de los científicos fueron eliminados de los archivos. Si supiera quiénes participaron en aquellos estudios, tal vez podría remontarme hasta aquellos años y descubrir más detalles acerca del proyecto.

—Me temo que algo así me resultaría imposible. No disponemos de ese tipo de listas; nunca las hemos elaborado. Algunos tienen sus razones para no hablar del trabajo que realizaron en Lux ni del tiempo que pasaron aquí. Si alguien desea añadir su estancia en Lux a su currículum vítae, es asunto suyo..., pero nosotros tenemos por norma no difundir esos datos.

Logan lo miró con suspicacia. Le llamaba mucho la atención lo hermético que se había mostrado a lo largo de la conversación.

—En cualquier caso, no veo qué relación guarda nada de esto con la muerte de Strachey —prosiguió Olafson—. Y, a fin de cuentas, esa es la razón por la que te pedí que vinieras.

Logan probó suerte desde un flanco distinto.

—No me permitieron entrar en el archivo dos —le hizo saber—. Me dijeron algo sobre un acceso de nivel A. ¿Qué es eso? Creía que podía consultar todos los archivos sin ningún tipo de restricción.

Olafson necesitó unos segundos para asimilar ese repentino cambio de tema. Después, una ligera desazón amustió su semblante.

—Lo siento. Puedes acceder al noventa y cinco por ciento de los archivos. Pero hay algunos proyectos recientes, todavía en curso, en los que se realizan trabajos extremadamente confidenciales.

—¿Trabajos tan confidenciales que necesitan un guardia?

—le preguntó Logan—. Creía que dijiste que contabais con, ¿cómo era...?, una plantilla de seguridad mínima.

Olafson soltó una risa un tanto incómoda.

—Jeremy, que no trabajemos para el Ejército no significa que no participemos en proyectos que no tengan... aspectos clasificados. Es algo que no llegaste a conocer durante tu permanencia aquí, y no hay ningún motivo por el que eso deba preocuparte ahora. En general, los trabajos de Lux, si bien por supuesto son de nuestra propiedad, no se atienen a esa rúbrica. Los colegas que participan en los proyectos actuales tienen la opción de guardar sus documentos en el archivo dos. Will Strachey no se acogió a esa posibilidad; como has podido comprobar, no había nadie tan accesible como él, que guardaba todos sus documentos en su despacho. Al igual que la gran mayoría, incluido tú, Strachey tenía acceso de nivel B. El acceso de nivel A se reserva para los pocos que trabajan en proyectos de alta seguridad.

Al ver que Logan permanecía en silencio, Olafson prosiguió.

—En serio, Jeremy, no existe ninguna relación entre los proyectos confidenciales que se están llevando a cabo en Lux y la muerte de Will. Ninguna en absoluto. Y él no habría querido que esto fuera de otro modo.

Logan permaneció callado un largo instante. Después asintió.

El director posó las manos sobre el escritorio.

—Bien. ¿Algo más?

—¿Tienes la lista que te solicité? La de los, eh, «trabajadores afectados».

—Sí.

Olafson abrió con una llave uno de los cajones de la mesa, introdujo la mano, sacó un sobre sellado y se lo tendió.

—Solo una cosa más. ¿Lux realizó algún tipo de investigación sobre ondas de radio a principios de siglo?

Olafson hizo memoria.

—Creo que no. Nunca he oído nada sobre ese tipo de trabajo. ¿Por qué?

—Porque encontré una radio antigua en las dependencias de Strachey. En fin, parecía una radio que había traído de fuera, al menos. Se me ocurrió que tal vez la trajera tras el abandono de algún proyecto.

Olafson soltó una risita.

—Will siempre estaba coleccionando aparatos electrónicos antiguos y rarezas mecánicas. Seguro que viste varios objetos de ese tipo en su apartamento. Le encantaba pasearse por los mercadillos en busca de esas cosas. —Meneó la cabeza—. Es curioso, la verdad, porque pese a lo brillante que era con el software, los dispositivos mecánicos o electrónicos se le daban fatal. Apenas era capaz de otra cosa que enroscar una bombilla o gobernar su amado barco. —Se levantó—. Bien, la charla me ha abierto el apetito. ¿Te parece que bajemos a cenar?

—¿Por qué no? —Logan recogió su cartera y dejó que Olafson lo invitara a abandonar el despacho por delante de él.

17

Pamela Flood estaba inclinada sobre la mesa de dibujo de su despacho, con los codos apoyados en una surtida mezcla de planos y bocetos revueltos, enfrascada en el alzado oeste del edificio que estaba bosquejando. Aunque, como la mayoría de los arquitectos modernos, renderizaba los dibujos finales por ordenador (con AutoCAD Architecture), siempre empezaba los proyectos a mano, dejando que las ideas fluyeran de forma natural desde la punta del lápiz. Y ese era un proyecto muy especial: la conversión, desde los cimientos hasta las vigas del techo, de una antigua fábrica de conservas ubicada en un bloque de apartamentos de Thames Street. Siempre había querido realizar un trabajo más comercial, y este podría llevarla a una serie de...

De pronto se dio cuenta de que, entre lo concentrada que estaba en el boceto y el CD de *Birth of the Cool* que sonaba de fondo, no había hecho caso del timbre. Se levantó, salió del despacho, recorrió el pasillo y cruzó el salón de la laberíntica y vieja casa hasta que llegó al recibidor. Al abrir la puerta se encontró con los ojos grises de un hombre alto de cabello castaño claro, quien, a juzgar por su rostro, tendría unos cuarenta años. «Un rostro agradable», pensó, con un semblante meditabundo, pómulos esculpidos, un hoyuelo mínimo en la barbilla y la tez suavizada por los últimos rayos de sol de la mañana. Por alguna razón, le resultaba un tanto familiar.

—¿Señorita Flood? —dijo el hombre mientras le tendía una tarjeta de visita—. Me llamo Jeremy Logan. Me preguntaba si podría robarle unos minutos de su tiempo.

Pamela echó un vistazo a la tarjeta, en la que ponía: «Dr. Jeremy Logan, Dpto. de Historia, Universidad de Yale». El hombre no parecía el clásico profesor de historia. Estaba quizá demasiado moreno, era delgado pero de complexión atlética y vestía un traje a medida en lugar del horrible conjunto de *tweed* tan común en el gremio. ¿Sería un posible cliente? Cayó en la cuenta entonces de que no lo había invitado a entrar.

—Discúlpeme. Por favor, pase. —Lo llevó hasta el salón.

—Es una casa muy bonita —observó Logan al tiempo que se sentaban—. ¿La diseñó su bisabuelo?

—Sí.

—Las líneas victorianas destacan mucho entre la arquitectura colonial e italiana que tanto abunda en Newport.

—¿Estudia usted arquitectura, doctor Logan?

—Por citar una frase de una vieja película, «no sé mucho de nada, pero sé un poco de casi todo». —Sonrió.

—En cualquier caso, seguro que sabe mucho de historia.

—El problema de la historia, señorita Flood, es que sigue ocurriendo, lo queramos o no. Al menos los estudiosos de Shakespeare, por ejemplo, pueden realizar su trabajo con la tranquilidad de saber que no se están escribiendo más obras.

Pamela se rió. Aunque aquel hombre le pareciera encantador, ella tenía todo un bloque de apartamentos por diseñar y se había comprometido a enviar los primeros planos en solo dos semanas.

—¿En qué puedo ayudarlo, doctor Logan?

El investigador cruzó las piernas.

—En realidad, he venido por su bisabuelo. Se llamaba Maurice Flood, ¿cierto? Era arquitecto, como usted.

—Así es.

—Y, entre otras residencias suntuosas, diseñó la mansión de Delaveaux a mediados de la década de los ochenta del siglo XIX. La mansión que se conocería con el nombre de Dark Gables.

Al oír esto, Pamela se sobresaltó ligeramente. No respondió.

—En la actualidad, por supuesto, sede de Lux.

—¿Reside usted en Lux, doctor Logan? —preguntó Pamela con cierta reserva.

—Solo de forma temporal.

—¿Y qué es lo que quiere, exactamente?

Logan carraspeó.

—Dado que su bisabuelo fue el arquitecto de la mansión, y puesto que tenía su oficina y residía en esta casa, si no me equivoco, igual que usted ahora, me preguntaba si los planos originales del edificio seguirían disponibles.

«Así que era esto.» Pamela lo miró con súbita desconfianza.

—¿Y qué interés tiene usted en esos planos?

—Me gustaría examinarlos.

—¿Por qué?

—Me temo que no puedo entrar en detalles, pero le aseguro que...

Pamela se levantó tan de repente que Logan se interrumpió.

—Lo siento, pero los planos no están disponibles.

—¿Hay algún modo de protegerlos? Estaría encantado de esperar...

—No, no hay ningún modo. Y ahora, le agradecería que se marchase.

El doctor Logan la miró con curiosidad. Se levantó despacio.

—Señorita Flood, sé que usted participó en...

—Estoy muy ocupada, doctor Logan. Márchese. Por favor.

El investigador siguió mirándola unos instantes más. Inclinó la cabeza en agradecimiento y, tras girar sobre los talones, cruzó el recibidor y salió por la puerta sin decir una palabra más.

18

Acababan de dar las cuatro de la tarde cuando Logan avanzaba por el largo pasillo de la cuarta planta de la mansión de Lux. A mitad del corredor, se giró hacia dos puertas acristaladas que daban acceso a una sala decorada con ostentación. Entró en la estancia y miró alrededor. Un refinado servicio de té aguardaba sobre una mesa protegida con un mantel de lino: filas de tazas de porcelana, una bandeja de galletas integrales de trigo, una voluminosa tetera de acero inoxidable llena. El té era siempre de Darjeeling, y el salón siempre estaba vacío; a esa hora de la tarde, todos los residentes de Lux estaban enfrascados por completo en sus respectivos proyectos académicos, o al menos fingían estarlo, por lo que se encontraban demasiado ocupados para tomar el té. Sin embargo, la infusión se seguía sirviendo, un día tras otro, un año tras otro, era una tradición demasiado arraigada para desprenderse de ella.

Logan sacó unos papeles doblados del bolsillo de la chaqueta, la lista que Olafson le había entregado, y los revisó por encima.

En ese momento había ochenta y dos científicos residiendo en Lux; setenta auxiliares que les asistían; un cuerpo administrativo de cincuenta y cuatro miembros; además de treinta cocineros, guardias, técnicos, factótums y otro puñado de trabajadores que mantenían la mansión en funcionamiento. De estas casi doscientas cincuenta personas, la lista de Olafson incluía cinco nombres.

Logan releyó el expediente de un único párrafo asociado al tercer nombre: el doctor Terence McCarty. Volvió a guardarse la lista en el bolsillo y observó la sala. La pared que quedaba frente a la puerta de dos hojas estaba cubierta por una serie de cortinas ostentosamente brocadas. Se acercó hasta ellas y las siguió hasta el fondo de la sala. Tras la última, encontró una puerta, discreta y casi oculta. Al abrirla, se extendió ante él un pasillo estrecho y penumbroso. Lo siguió hasta llegar a una segunda puerta, que también abrió.

Aquí hizo un descubrimiento: una amplia terraza integrada en la azotea, con una barandilla de mármol desgastado. Al otro lado se desplegaban unas majestuosas vistas del césped y los jardines de Lux, y, más allá, el mar siempre enfurecido, batiéndose incansable contra la playa rocosa. El edificio terminaba de forma abrupta por ambos lados, con las altas alas anexas (este y oeste) orientadas hacia la costa.

Había una serie de mesas redondas de cristal y de tumbonas de hierro forjado en el suelo de ladrillo erosionado. Solo una de las tumbonas estaba ocupada: un hombre vestido con un traje marrón, con una poblada mata de cabello oscuro y unos penetrantes ojos azules. Desde ella, posó la mirada en Logan con una expresión de cautela en el rostro.

Logan se tomó un momento más para admirar el paisaje. Después se acercó y tomó asiento junto al hombre.

—¿Es usted el doctor McCarty? —le preguntó.

—Llámeme Terence.

—No tenía ni idea de que este lugar existía.

—Nadie lo sabe. Por eso se lo propuse. —Frunció el ceño por un instante—. Sé quién es, doctor Logan. Como puede imaginar, habría preferido no acudir a esta reunión. Pero Gregory me presionó para que aceptase. Dijo que era por el bien de Lux. Y dicho de esa manera, ¿cómo podía negarme? —Se encogió de hombros.

—En ese caso, déjeme que se lo ponga fácil —respondió Logan—. Estoy estudiando los detalles del fallecimiento de Will Strachey. Antes de que se produjera, otros residentes de Lux informaron de, digámoslo así, ciertos episodios anómalos. No voy a revelarle sus nombres ni qué experimentaron, del mismo modo que tampoco les hablaría a ellos de usted. Trataré lo que me cuente con la más estricta confidencialidad. No será publicado ni repetido. Si como dice sabe quién soy, comprenderá que mi trabajo implica actuar con toda la discreción posible. Los detalles de lo que comparta conmigo no se conocerán más allá de este espléndido paraje.

Mientras Logan se presentaba, McCarty siguió mirándolo con atención, cada vez con menos desconfianza. Una vez que Logan guardó silencio, asintió.

—Muy bien. Pregúnteme lo que quiera.

—En primer lugar, me gustaría saber un poco más acerca de la labor que desempeña aquí.

—Soy lingüista.

—Tengo entendido que es una profesión interesante.

Al ver que McCarty no se explayaba, Logan insistió:

—¿Podría ser más específico?

—¿Qué tiene que ver mi trabajo con esta conversación?

—Podría ser de utilidad.

McCarty se revolvió en la tumbona.

—Ha dicho que será discreto.

—Absolutamente.

—Porque me han contado barbaridades sobre señoras de la limpieza a las que sobornan para recoger la basura de los despachos y los laboratorios y sacarla del campus. No en Lux, ya me entiende, sino en otros laboratorios de ideas e institutos. La competencia es feroz ahí fuera: demasiados investigadores, demasiada falta de ideas.

—Comprendo.

McCarty suspiró.

—En esencia, estoy estudiando si el habla codificada, el empleo de idiomas muy poco conocidos o de dialectos para transmitir información secreta, se puede aplicar a la criptografía digital.

Logan asintió.

—En concreto, estoy comparando idiomas relativamente conocidos, como el navajo o el maranao, un dialecto de Filipinas, con otras lenguas casi desconocidas, como el akurio y el tuscarora, habladas solo por unas cuantas personas. Intento determinar si la gramática, las propiedades sintácticas y otros factores de esos idiomas se pueden transformar de forma eficaz en un sistema de encriptación que no se base en números primos, sustituciones y otros esquemas digitales comunes en la criptografía actual.

—Suena fascinante. Pero me sorprende que no le pongan objeciones.

—¿Por qué?

—Porque me da la impresión de que una investigación como esta, si tiene éxito, podría ser aprovechada por el Ejército. Un sistema de codificación de este tipo podría emplearse como un arma.

McCarty esbozó una sonrisa.

—Todo se puede utilizar a modo de arma, doctor Logan, y sería muy ingenuo pensar lo contrario. Pero el hecho es que, si mi trabajo da resultado, los algoritmos conformarían la base de unos microchips privados, y recalco: privados. De manera que serían patentados por Lux y por mí, con el fin de emplearlos en dispositivos como enrutadores y teléfonos móviles. Olvídese del Ejército; olvídese de las guerras convencionales. El verdadero peligro está en la web. Adolece de una increíble porosidad. Las identidades se roban, las cuentas bancarias se vacían, las tarjetas de crédito se exprimen; y eso solo en lo que se refiere a los ciudadanos. Las energéticas, los enrutadores fundamentales de la espina dorsal de internet, el control del tráfico aéreo... Por no mencionar los protocolos gubernamentales clasificados que protegen nuestro país: nada de eso cuenta con la seguridad suficiente. Eso supone un grave peligro a mi entender. Y también a juicio del Consejo.

Logan asintió de nuevo. El trabajo de McCarty le parecía realmente fascinante. «Serían patentados por Lux y por mí.» Fascinante, y tal vez incluso muy remunerativo.

McCarty agitó una mano.

—Pero ya está bien de hablar de mí. Continuemos con las preguntas.

—Muy bien. ¿Por qué no me cuenta el... incidente?

McCarty guardó silencio. Permaneció mudo tanto tiempo que Logan empezó a temer que hubiera cambiado de opinión. Momentos después se levantó de la tumbona y señaló con el dedo.

—¿Ve aquella formación rocosa, allí, al otro lado del jardín japonés?

Logan miró en la dirección indicada. Vio una inmensa piedra negra con el canto superior liso, rodeada de otros más pequeños, que se levantaba sobre la exuberante hierba esmeralda. Las rocas se encontraban bajo la sombra que proyectaba el ala oeste a última hora de la tarde.

—Solía sentarme allí a meditar, después del almuerzo, los días en que hacía bueno. Estaba en silencio, en calma. Contemplaba el mar mientras pensaba en lo que había logrado o en lo que no había conseguido esa mañana, ordenaba mis ideas para continuar con el trabajo por la tarde.

Logan asintió. No quería cometer la imprudencia de sacar la grabadora digital ni el desgastado cuaderno de cuero.

—Mi trabajo es muy importante para mí, doctor Logan. Durante el día me dedico a él por completo. No soy de los que se pasan la vida soñando despiertos o dejándolo todo para mañana. Pero un día me di cuenta de que me había quedado mirando el mar. Mirándolo, sin más. No sé con exactitud cuánto tiempo pasé así. Después reaccioné, sobresaltado. «Fantasear», a falta de una palabra más precisa, nunca ha sido habitual en mí. En ese momento no le di más importancia. Al día siguiente, tan solo un día después, sucedió de nuevo. Solo que en esta ocasión sí me di cuenta. Sencillamente, me veía incapaz de apartar los ojos del mar. Era como si a mi alrededor el mundo se hubiese desvanecido. Debí de estar así al menos durante diez minutos.

—¿Cuándo ocurrió eso?

—Hará unas seis semanas. Era martes. Lo achaqué a la falta de sueño, a las preocupaciones. En aquel momento estaba atareado con un trabajo de análisis bastante complejo. En cualquier caso, pasaron varios días sin que volviera a ir allí. Sin embargo, antes del fin de semana regresé. —McCarty se quedó en silencio una vez más, con la vista orientada hacia las piedras—. Era viernes. Echaba de menos ese lugar. Y entonces... Entonces... —Tragó saliva—. Volvió a ocurrir. Solo que esta vez fue peor. Mucho peor. No me bastaba con quedarme mirando el oleaje. Quería acercarme. Bajar a la orilla, adentrarme en el mar y hundirme en él... Me levanté. Era una sensación espantosa. Sabía lo que estaba haciendo, no quería, pero no podía evitarlo. Era como una especie de impulso. —Unas gotas de sudor brotaron en la frente de McCarty, y se las enjugó con el dorso de la mano—. Y además oía una voz. Dentro de mi cabeza, pero no era la mía.

—¿Qué le decía?

—Decía: «Sí. Sí. Ve. Ve, ahora».

McCarty tomó aire entrecortadamente.

—Di un paso hacia el mar. Después otro. Y entonces, aún

no sé cómo, logré dominarme. No del todo, pero lo suficiente. Me giré y golpeé la roca con el puño. Varias veces. —Levantó la mano para mostrarme los nudillos todavía vendados—. El dolor me ayudó. Y por último... grité. Grité para expulsar la voz de mi cabeza, para conseguir que se callara.

Se sumió en un nuevo silencio durante varios minutos antes de proseguir.

—Entonces desapareció. Sin más. La voz que me susurraba. Ese horrible deseo de ahogarme. Sentí que de súbito me habían extirpado esa voluntad férrea que sojuzgaba mi mente y mi cuerpo. Nunca en mi vida había experimentado nada semejante. Fue aterrador. Aterrador. Respiré hondo. Cuando levanté la vista, vi a dos personas en el jardín japonés, observándome.

Logan asintió. Así fue como se supo lo ocurrido, alguien vio a McCarty dándole puñetazos a la roca y gritando a pleno pulmón. De pronto se le ocurrió algo desagradable. Habían sido cinco los «incidentes» vividos por residentes de Lux. Hasta ahora había hablado con tres de ellos, incluido McCarty. Solo uno había llegado a comentárselo al médico; el resto habían salido a la luz porque habían sido observados por distintos testigos. ¿Cuántos más, se preguntó, habrían vivido una experiencia inexplicable, sin que nadie los viera y sin que hubieran hablado de ello posteriormente?

—¿Y eso fue todo? —le preguntó.

—Eso fue todo.

—¿No volvió a repetirse? ¿No volvió a oír la voz, ni a albergar el mismo deseo, ni a sentir que alguien doblegaba su voluntad?

—No. Nunca. Pero tampoco he vuelto por allí. —McCarty señaló con el mentón hacia las rocas—. No pienso volver jamás.

—Lux está lleno de lugares agradables donde meditar durante la sobremesa.

—Eso es cierto. —McCarty se volvió hacia Logan y de nuevo clavó la mirada en él—. Hay otra cosa que debería saber. También tengo la carrera de medicina. De hecho, ejercí de médico durante cinco años antes de iniciar el doctorado en lingüística. Me licencié en la Escuela de Medicina Johns Hopkins con las mejores notas de mi clase. Completé la residencia en uno de los hospitales con mayor actividad de la Costa Este, en el grupo de cirugía. Calificarlo de experiencia brutal sería expresarlo en términos muy amables. De todos los residentes que empezaron el primer año conmigo, seis lo dejaron. Cuatro cambiaron de hospital. Uno se suicidó. Otro se durmió al volante de su coche una noche, exhausto, y murió al precipitarse por un puente. Solo tres llegamos hasta el final. ¿Y sabe qué? Durante los cuatro años que duró la residencia, la única ocasión en que mi pulso subió de sesenta fue cuando un día me dio por utilizar la cinta del gimnasio. Soy un hijo de puta duro y obstinado, doctor Logan. Nunca me pongo nervioso; me concentro. Y no me asusto con facilidad. Recuerde grapar mentalmente este dato a la historia que le acabo de contar.

—Así lo haré.

—¿Hemos terminado?

—Hemos terminado. —Logan miró de nuevo alrededor—. ¿Le importa si me quedo aquí un rato, para disfrutar de las vistas?

—Mientras no hable.

—¿Y estropear este paisaje tan maravilloso? —Logan se reclinó en la tumbona—. No se me ocurriría.

19

A Logan le gustó el Blue Lobster desde el momento en que entró. Estaba ambientado con una agradable luz tenue, olía a cerveza y no era un bar esnob. Al contrario que muchos de los selectos y modernos restaurantes de la ciudad, la carta (garabateada con tiza en una pizarra que colgaba sobre la barra) se componía de tan solo cuatro platos: pescado con patatas fritas, hamburguesa con queso, sándwich de langosta y sopa de almejas. El establecimiento estaba en la segunda planta de la Cooperativa Comercial de Pescadores de Newport. Solo eran las seis en punto y por las ventanas orientadas hacia el oeste se veían los barcos de pesca que traqueteaban y despedían volutas de humo de camino a los muelles, listos para descargar la captura del día.

Cuando su vista se adaptó a la oscuridad, Logan pudo ver a la persona con la que se había citado: una mujer esbelta de poco más de treinta años, de larga cabellera morena, ojos negros y rostro en forma de corazón. Estaba sentada en una de las deterioradísimas mesas de madera que daban a la pared de las ventanas. Se levantó al verlo acercarse, con una sonrisa tímida, o tal vez, pensó Logan, algo compungida.

Pamela Flood. Todavía no había pasado una hora desde que lo había llamado al número de teléfono que aparecía en la tarjeta que él le dio, para disculparse por la brusquedad con la que lo había recibido aquella mañana y preguntarle si podía invitarlo a tomar algo.

Se estrecharon la mano y se sentaron. Enseguida se acercó a la mesa una camarera de rostro curtido y brazos musculosos, propios de quien ha pasado una o dos décadas faenando en el mar.

—¿Qué va a ser? —le preguntó.

Logan miró lo que la señorita Flood estaba tomando.

—Otra Sam Adams, por favor.

—Muy bien. —Sin más, la mujer se perdió en la penumbra.

—Gracias por venir —dijo Pamela Flood. La sonrisa no había abandonado su rostro.

—Gracias por invitarme, señorita Flood.

—Por favor. Llámeme Pam. Y quiero pedirle perdón de nuevo por el modo en que prácticamente lo eché de mi casa esta mañana.

—No se preocupe. Me han echado de sitios mejores. —Los dos se rieron.

Cuando su cerveza llegó, Logan alzó el vaso.

—De modo que su familia lleva la arquitectura en la sangre.

—Mi bisabuelo y mi abuelo eran arquitectos. Mi padre era abogado.

—No me lo diga: la oveja negra de la familia.

—Algo así. —Rió de nuevo—. A los dos años yo ya construía casitas con juegos de Lego. Me pasé la infancia rodeada de planos de edificios, mapas catastrales y zonas de obras. Nunca consideré hacer otra cosa. —Tomó un trago de cerveza—. Mire. Poco después de que se marchara esta mañana empecé a sentirme como una completa idiota. Unos minutos más tarde caí en la cuenta de que ya había visto antes su cara, en la portada de la revista *People*, y me sentí todavía peor. Así que pensé que lo mínimo que podía hacer era invitarlo a tomar algo, explicarle por qué reaccioné como lo hice y averiguar por qué necesitaba hablar conmigo.

Logan tomó un trago de cerveza.

—Soy todo oídos.

—Es solo que... —Titubeó—. En fin, usted no es la primera persona que viene a verme con la intención de examinar esos cianotipos.

—¿De verdad? —Logan se irguió en su asiento—. Hábleme de eso.

—Fue hace unos seis meses. Oí el timbre y abrí la puerta. Había un hombre en la entrada. Supe al instante que no se trataba de un posible cliente.

—¿Cómo?

—Cuando has hecho tantos proyectos de edificios como yo, desarrollas cierto instinto. En cualquier caso, lo primero que dijo fue que quería ver los planos originales de Lux. Dijo que me pagaría, una suma muy generosa, por echar un simple vistazo. Aquel hombre me transmitía malas vibraciones. Le dije que los planos ya no estaban disponibles. Pero se negó a marcharse, no aceptaba un «no» por respuesta. Se quedó en la entrada, preguntando dónde estaban, cómo podía conseguirlos, exigiendo saber a quién tenía que pagar. Por un instante temí que se abriera paso a empujones y registrara toda la casa. Al final le di con la puerta en las narices.

—¿Dijo a quién representaba? —le preguntó Logan.

—Me dio una tarjeta de visita. De una compañía que no me sonaba de nada, Iron Fist o algo así. Creo que la tiré a la papelera en ese mismo momento.

—¿Qué aspecto tenía aquel hombre?

La arquitecta hizo memoria.

—No puedo darle muchos detalles. Fue a finales del invierno, llevaba unas gafas de sol y un sombrero, y el cuello del abrigo subido. Era de su estatura, pero más fornido. —Hizo una pausa para darle otro sorbo a la cerveza—. Pero, más que su aspecto, fue su actitud lo que me asustó. Se mostró un tanto amenazador. Estuve a punto de llamar a la policía, pero ¿de qué iba a acusarlo? Después, durante las dos semanas siguientes, no dejé de sospechar que alguien me seguía. No lo sabía con certeza, era solo una sensación.

—Por eso me echó a patadas. No la culpo.

—Pero hace meses que todo volvió a la normalidad. Aquel hombre nunca regresó. Yo no tenía ningún motivo para actuar así.

Las ventanas próximas a las mesas vibraron por la bocina de un barco que se acercaba.

—¿Por qué no me cuenta por qué desea ver los planos de Dark Gables? —preguntó la arquitecta—. Quiero decir, en Lux guardan copias de esos documentos. Nos basamos en ellas para restaurar el ala oeste.

Logan dio vueltas al vaso entre las manos para ganar un poco de tiempo.

—¿Tiene algo que ver con la muerte de Will Strachey? —indagó ella.

Logan la miró con ojos inquisitivos.

—Supongo que sabe que trabajé con él haciendo los planos de la remodelación del ala oeste.

—Sí.

—Una tragedia. Era un hombre muy agradable.

—¿Cómo era trabajar con él?

—Una delicia. Solo que se entusiasmó demasiado. Insistía en comprender hasta el último detalle sobre la arquitectura.

—¿Qué impresión le dio durante las últimas semanas?

—No sabría decirle. No nos veíamos desde hacía casi tres meses.

—¿No le parece inusual? Quiero decir, trabajaban juntos en la restauración del ala.

La arquitecta se encogió de hombros.

—Una vez que terminamos la labor de remodelación principal, trajo a un contratista para que supervisara los detalles del día a día. De todos modos, ¿qué tiene eso que ver con la muerte del pobre Willard?

—No puedo comentarle nada al respecto, salvo que mi interés por los planos solo guarda una relación tangencial. —Guardó silencio. Por supuesto, podría haber ideado algún pretexto. No obstante, pese a que apenas conocía a Pamela Flood, la intuición le decía que la verdad, o al menos un poquito de ella, le reportaría mejores resultados con ella—. Es una información un tanto delicada —le anticipó—. Lux trata sus asuntos con mucha discreción.

—Oh, se me da muy bien mantener la boca cerrada. Le sorprendería la de cosas secretas que la gente solicita incorporar en su casa.

—Da la casualidad de que eso es lo que intento desentrañar: un secreto. ¿Sabe? Nos hemos topado con un detalle estructural de la mansión muy infrecuente.

Ahora fue la arquitecta quien lo miró con curiosidad.

—¿Un detalle estructural?

—Algo que lleva años oculto. No aparece en ninguno de los cianotipos que se conservan en los archivos de Lux. Por eso, claro está, me preguntaba si su bisabuelo, quien tal vez guardaba un juego de planos más completos, podría arrojar más luz sobre este asunto.

—Un detalle estructural —repitió la arquitecta—. Qué misterioso. —Apuró su cerveza—. Le propongo algo. A decir verdad, sí que conservo los documentos de mi bisabuelo, incluidos los planos y las características originales de Dark Gables. Si puede pasarse por la oficina en algún momento, por ejemplo, pasado mañana, podríamos revisarlos juntos. ¿Qué le parece?

Logan vació su vaso.

—¿A qué hora le viene bien? —dijo.

20

—Sí, lo vi —afirmó Roger Carbon—. No es ningún secreto.

—¿Cuándo fue eso, exactamente? —preguntó Logan.

Estaban sentados en torno a una mesa del amplio laboratorio que el doctor Carbon compartía con otro científico.

—Unos diez minutos antes de que falleciera, si no me equivoco. En el pasillo de la primera planta, no muy lejos de la escalera principal. Iba escoltado, por lo que recuerdo.

—Lo llevaban a la biblioteca de los visitantes —comentó Logan, más para sí mismo que para Carbon. Ya había hablado con los guardias que lo arrastraron hasta allí; no sabían nada relevante. Miró al psicólogo evolutivo—. ¿Te dijo algo?

—Estaba demasiado ocupado echando espumarajos por la boca.

La respuesta le pareció de sumo mal gusto, pero Logan no mordió el anzuelo. Había elaborado una lista de los empleados y colegas de Lux con los que planeaba hablar acerca de Strachey y, consciente de que no sería algo agradable, puso a Carbon entre los últimos.

—Eso te convierte en uno de los últimos que lo vieron con vida.

—Supongo.

—Roger, me pregunto una cosa. Eres psicólogo. ¿Tienes alguna teoría sobre lo que pudo haberle ocurrido al doctor Strachey?

—Soy psicólogo evolutivo. No emito diagnósticos.

—Entonces prefieres no aventurarte a sugerir siquiera una posible causa.

Carbon liberó un suspiro de resignación.

—Muy bien. Por expresarlo del modo más técnico posible: Willard perdió la chaveta.

Logan frunció el ceño.

—Del modo más técnico posible.

—A veces ocurre, ¿sabes? Quizá les suceda con más frecuencia a los científicos brillantes que al resto. Incluso a los científicos brillantes que, digámoslo así, ya dejaron atrás sus días de gloria.

—Ahora que sacas el tema, Perry Maynard me dijo que fuiste tú quien propuso al doctor Strachey para que asumiera la dirección de las obras del ala oeste.

Carbon no se pronunció al respecto. Se limitó a atusarse la barba de corte freudiano.

—Da la impresión de que disfrutas entrometiéndote en los asuntos de los residentes de Lux —observó Logan.

—Si te refieres a mi empeño para que dejaras libre tu puesto, no fue por nada personal. Tu trabajo se basaba en una seudociencia, en artificios que no cumplían las exigencias de Lux. En el caso de Willard, veía en él todo un arsenal humano que se estaba echando a perder poco a poco pese a que todavía podía aprovecharse.

—¿Por qué el ala oeste?

—¿Por qué no? Era un trabajo que había que acometer. Aunque, de haber sabido que Strachey estaba a punto de perder el control, no lo habría propuesto. —Negó con la cabeza—. No hacía más que hablar de unas «voces en la oscuridad».

Logan levantó la vista.

—¿Cuándo?

—Cuando nos cruzamos, cuándo si no.

—Creía que habías comentado que no dijo nada.

—No me dijo nada a mí. Pero no paraba de delirar.

Logan le dirigió una mirada especulativa.

—No pensarás que yo tengo algún tipo de responsabilidad. Un momento, ¿crees que Willard me culpaba por haberlo puesto al cargo del ala oeste? ¿Que el resentimiento que albergaba lo llevó a perder el juicio? Es ridículo.

—Yo no he dicho eso —replicó Logan.

—Si lo que buscas es alguien a quien empalar, hazle una visita a la auxiliar griega esa con la que trabajaba. Tiene los ojos puestos en la silla de Willard desde el maldito día en que puso los pies aquí.

—Ya se la hice. —Logan se levantó—. Adiós, Roger.

—Cierra la puerta cuando salgas —le indicó Carbon levantándose él también y dando media vuelta hacia su escritorio—. Y no te tropieces con el ectoplasma.

En el momento en que Logan salía, una mujer apareció en la otra entrada de la sala.

—¿Doctor Logan? ¿Tiene un minuto?

—Claro. —Logan accedió a otro laboratorio en cuya amplia mesa se agrupaban nada menos que tres ordenadores y cuatro monitores de pantalla plana. Un armario cercano contenía al menos media decena de servidores de cuchilla—. Madre mía. ¿Los utiliza para trabajar o se dedica a repararlos?

La mujer sonrió. Cerró la puerta y le invitó a sentarse.

—Los utilizo para trabajar. Soy ingeniera eléctrica, especializada en informática cuántica.

Logan asintió. La mujer, a la que había visto en una o dos ocasiones en el comedor, era una joven muy delgada de llamativo cabello azabache y ojos hundidos. Se movía de forma rápida e impredecible, como un pájaro. Aunque seguía sonriendo con afabilidad, parecía envuelta en un velo invisible de melancolía.

Ocupó una silla cercana.

—Lo siento. Me llamo Laura Benedict. Le he pedido que entrase porque no he podido evitar escuchar su conversación con Roger. Quería pedirle disculpas por su comportamiento.

—Gracias, pero en realidad no era necesario.

—Roger es un científico excepcional, aunque lleva dentro un matón de colegio que no ha llegado a madurar. Aún hoy le divierte arrancar las alas a las moscas.

—Da la impresión de que no congeniaba con Willard Strachey.

—No se puede negar que no eran amigos íntimos. Pero hay que reconocer que Roger tiende a buscar las cosquillas a la gente. —Lo miró con sus ojos penetrantes—. Nadie lo ha anunciado de forma oficial, pero intuyo cuál es su ocupación aquí. Está investigando la muerte de Will, ¿verdad?

—Sí. —Logan guardó un breve silencio—. ¿Ha dicho que se llama Laura Benedict?

La ingeniera asintió.

—Da la casualidad de que usted y el doctor Carbon eran los últimos en mi lista de personas a las que quería entrevistar.

Laura Benedict lo miró con gesto inquisitivo.

—Discúlpeme, pero necesito preguntárselo. La tarde siguiente a la muerte de Willard Strachey, alguien la vio sentada en un banco frente al mar, abrazada a sí misma mientras se mecía adelante y atrás. La persona que informó del incidente dijo que en un momento dado se levantó y se encaminó hacia el borde de los acantilados. Parecía tan..., en fin, tan afligida que estuvieron a punto de llamar a seguridad. Pero después regresó al banco, y...

Mientras Logan narraba el suceso, las lágrimas afluyeron a los ojos de la ingeniera. Rompió a llorar, entre hipidos, mudos al principio y más audibles después. No hacía falta ser sensitivo como Logan para darse cuenta de la pesadumbre que ahogaba a Benedict. Incómodo debido a la reacción que había provocado, Logan guardó silencio.

Transcurridos uno o dos minutos, la ingeniera recobró la calma.

—Lo siento —se disculpó mientras se enjugaba las lágrimas con un pañuelo—. Creía que ya lo había superado.

—La culpa es mía —dijo Logan—. De haberlo sabido, no habría...

—No —insistió Benedict, sorbiendo por la nariz—. No, tengo que aprender a sobrellevarlo. —Sacó un pañuelo limpio y se sonó con manos temblorosas—. No tiene mayor misterio. Me sentía hundida. Will fue... Me tomó bajo su protección cuando llegué a Lux. Es un lugar que puede intimidar mucho al principio, ¿sabe?; la intelectualidad que se concentra aquí llega a resultar demasiado amenzante. —Sonrió pese a las lágrimas—. Will era muy paciente, muy atento. Fue mi mentor. No, fue más que eso. Fue como un padre para mí. —Las manos empezaron a temblarle de nuevo cuando fue a coger otro pañuelo.

—No llegué a conocerlo bien durante mi estancia aquí hace diez años, pero siempre me pareció una persona amable y bondadosa. —Logan hizo una pausa—. ¿Tiene alguna idea de qué pudo provocar un cambio tan grande en él?

Laura Benedict negó con la cabeza y se enjugó las lágrimas de nuevo.

—Hacía semanas que apenas nos veíamos. He estado preparando una ponencia que presentaré en la próxima reunión de la Sociedad de Ingeniería Cuántica y prácticamente no he tenido tiempo para nada más. Pero él siempre tenía tiempo para mí; debí sacar tiempo. No dejo de pensar que si hubiera hablado con Will, si lo hubiera escuchado, tal vez... tal vez...

—Ese es el síndrome del superviviente. No debe pensar

así. —Logan no quería seguir hurgando en la herida de Benedict. Aún era demasiado reciente—. Una última pregunta, aunque, de nuevo, le ruego que me disculpe por formulársela. Cuando la vieron acercarse a los acantilados, ¿iba...? —Incapaz de expresar su duda con las palabras adecuadas, guardó silencio de nuevo.

—¿Si me iba a arrojar al vacío? No. Yo no soy así. Además, tengo una ponencia que presentar, ¿recuerda? —Sonrió otra vez, aunque fue un gesto lánguido, igual que el de antes.

—Gracias por ser sincera en un momento tan difícil, doctora Benedict. —Logan se puso de pie—. Y gracias también por sus palabras sobre Carbon.

Laura Benedict se levantó también. Sus ojos habían adquirido un aspecto amoratado y enrojecido, pero al menos ahora estaban secos.

—Si le sigue causando problemas, avíseme. Por alguna razón, conmigo se comporta como un gatito.

De regreso a sus dependencias, Logan introdujo algunas de las notas que había tomado durante estas dos entrevistas en un archivo encriptado que guardaba en su ordenador: un párrafo sobre Laura Benedict y varios acerca de Roger Carbon. Ahora que había hablado con todas las personas que figuraban en la lista, leyó sus breves informes una vez más. A continuación, creó una hoja de cálculo, también encriptada, donde introdujo los nombres de todos, acompañándolos de un escueto comentario que explicaba por qué los había seleccionado para entrevistarlos. Los ordenó en distintos grupos. Una de estas subdivisiones, donde incluyó a Ian Albright o Kim Mykolos, se componía de quienes habían trabajado con Strachey. Otro de los grupos, en el que se encontraba Roger Carbon, lo conformaban los que habían presenciado el comportamiento inusual de Strachey días antes de que se suicidara. Por último, estaban aquellos a los que, como Terence McCarty, el lingüista, Carbon llamaba «los otros». En este grupo había cinco nombres, entre ellos el de Laura Benedict, junto al que Logan añadió un asterisco, pues su comportamiento se debía tan solo al dolor que la apesadumbraba.

Los cuatro restantes le parecían muy interesantes. Tres eran científicos residentes; el otro, administrador. Aunque algunos se mostraron más colaborativos que otros, en realidad a ninguno le entusiasmaba la idea de hablar de sus experiencias. Dos dijeron haber visto u olido cosas que, o bien no estaban allí, o bien diferían mucho de la realidad. Tres afirmaron haberse sentido forzados por un momento a hacer cosas inusuales o impropias de ellos. Los cuatro escucharon música o voces, o una combinación de ambas.

Logan sabía que la paracusia (o alucinaciones auditivas) podía ser un efecto secundario producto de diversas causas: desórdenes del sueño, psicosis, epilepsia, encefalitis... Pero la probabilidad de que cuatro personas de una muestra tan reducida sufrieran ese tipo de disfunciones mentales o físicas era ínfima. Además, las personas que tenían alucinaciones musicales casi siempre percibían melodías con las que estaban familiarizadas, y este no era el caso, según había determinado Logan. Asimismo, las voces tampoco eran las habituales: riñas, narraciones o los ruidos propios del síndrome de la cabeza explosiva. En realidad, las voces que estas cuatro personas habían escuchado eran meros susurros.

«Visiones» y «obsesiones extrañas» eran términos que habían surgido a menudo. Todos los incidentes habían comenzado seis u ocho semanas atrás. Los cuatro afectados sabían que ni esos fenómenos ni su conducta inusual eran normales; y en todos los casos este desequilibrio había desaparecido de pronto (por lo general, semanas antes de la muerte de Strachey) y no habían vuelto a experimentarlo.

Estas cuatro personas tenían una cosa más en común que

resultaba de especial interés. Al revisar las notas que había tomado, vio que había un mismo patrón. Los cuatro afectados vivían o trabajaban en los alrededores del ala oeste.

El ala oeste. Esa sección, concluyó Logan, estaba relacionada de forma inextricable con las circunstancias de la muerte de Strachey. Y ahora creía empezar a comprender por qué.

21

Aquella misma tarde Logan dirigió su Lotus Elan desde Carroll Avenue hacia Ocean, reduciendo la marcha con suavidad a medida que completaba el giro. El día, que había amanecido nublado y lloviznoso, empezaba a despejarse y templarse, al menos por el momento, de manera que llevaba bajadas las ventanillas del cupé; la brisa que entraba por la izquierda desde Hazard's Beach llenaba el coche de un delicioso aroma salado.

Si bien Lux le proporcionaba todo cuanto pudiera desear en materia gastronómica (los platos que allí se servían eran de primer nivel, y había un pequeño café abierto desde las diez de la mañana hasta las ocho de la tarde, por si a alguien le entraba hambre a deshoras), no servían el té PG Tips, al que se había habituado cuando estaba realizando el posgrado en Inglaterra y que nunca había dejado de tomar. Así que decidió acercarse a la ciudad para comprar un paquete, además de diversos artículos de aseo, en un mercado gourmet en Pelham Street.

Mientras conducía de regreso a Lux, recordó lo que Carbon había dicho sobre Kim Mykolos. «Si lo que buscas es alguien a quien empalar, hazle una visita a la auxiliar griega esa con la que trabajaba. Tiene los ojos puestos en la silla de Willard desde el maldito día en que puso los pies aquí.» Su declaración contradecía lo que Kim le había contado·sobre su relación con Strachey. Extraño...

Se vio obligado a frenar en seco cuando un todoterreno negro salió de una bocacalle y se encaminó hacia Ocean Avenue justo por delante de él. Frunció el ceño y reprimió el impulso de pitarle. Seguramente el conductor sería un turista; a juzgar por el paso de tortuga al que iba, o se había perdido, o estaba disfrutando del paisaje. Porque, a decir verdad, las vistas eran admirables; en ese tramo la carretera bordeaba la playa y ascendía al punto más elevado de Ocean Avenue, a casi treinta metros sobre el nivel del mar.

Con el Elan en segunda, Logan siguió pensando en Carbon. La intuición le decía que Kim Mykolos se sentía realmente afligida y confusa por la muerte de Strachey. Alguien que ansiara reemplazarlo no estaría tan afectado. De hecho, la propia auxiliar había manifestado que no existía ningún roce entre ellos, que mantenían una relación cordial.

El todoterreno seguía delante de él. Tal vez el conductor no estuviera deleitándose con las vistas, quizá tuviera algún problema mecánico. Aminoraba, aceleraba de súbito y después desaceleraba de nuevo. A ese paso, en lugar de llegar en un minuto, tardaría diez. Se arrimó al carril contiguo para ver si venían coches en dirección contraria, pero un poco más adelante había una curva y no tenía visibilidad para adelantar. Regresó al centro del carril y continuó la marcha tras el voluminoso vehículo, a la espera.

«Carbon es un malnacido», pensó Logan, «pero ¿por qué mentiría sobre algo así? ¿Estaría intentando desviar mi atención? En ese caso, ¿por qué? Aunque hay que tener en cuenta que Strachey atacó a Mykolos justo antes de quitarse la vida.» Ese hecho añadía cierta veracidad a las acusaciones de Carbon... «Pero no», decidió; eso no le cuadraba.

En ese momento, el todoterreno se salió al arcén, pero un poco ladeado y bloqueando parte del carril. Cuando Logan fue a detenerse detrás, el conductor bajó la ventanilla y sacó una mano enguantada para indicarle que continuase. Levantando el brazo en señal de agradecimiento, Logan pasó al carril contiguo, listo para pisar el embrague y poner la tercera.

En ese instante, el todoterreno, que se mantenía en punto muerto, resucitó con un rugido y viró directamente hacia él. Alarmado, Logan redujo la marcha y frenó para situarse de nuevo detrás de él; sin embargo, el lento vehículo negro no dejaba de ir pesada y oblicuamente en su dirección, cada vez a más velocidad, como si se le hubiera atascado el pedal del acelerador. En unos segundos chocaría contra su pequeño deportivo y lo echaría de la carretera.

Desesperado, Logan se lanzó hacia el estrecho arcén izquierdo. El Lotus patinó sobre la franja arenosa, los neumáticos se desgarraron por el lateral. Fuera de control, se precipitó hacia el filo rocoso del acantilado, desde donde Logan vio la vertiginosa caída que lo separaba de las rocas del fondo. Con el corazón a punto de estallar, empezó a girar el volante en la dirección opuesta. Notó una sacudida repentina cuando la rueda trasera izquierda se hundió entre las piedras que alfombraban el borde del precipicio. Tras reducir a primera y aligerar la frenada, Logan dirigió el coche con desesperación hacia delante. En el último segundo el tren posterior ganó tracción de nuevo y, de un brinco, el Lotus regresó al arcén. Logan apagó el motor y se quedó allí, jadeando, envuelto en una leve nube de arena y polvo.

El velo rojo que le nublaba la vista se fue disipando poco a poco. Miró de nuevo hacia la izquierda, hacia el vertiginoso acantilado de treinta metros que se abría justo por debajo del arcén. Con el corazón todavía martillándole el pecho, deslizó los ojos de nuevo hacia la carretera. El lento todoterreno apenas se atisbaba a lo lejos, en una suave curva de la calzada. Viró hacia una bocacalle y se perdió de vista.

22

Eran las nueve de la noche cuando Logan se levantó del escritorio de sus dependencias de la tercera planta de Lux y se acercó a la ventana. El mal tiempo se había impuesto y había traído una tormenta sobre Newport. Las nubes hinchadas reptaban ante la luna y las cortinas de lluvia sacudidas por el viento se batían contra las láminas de cristal emplomado.

Durante varios minutos, sumido en sus pensamientos, contempló el mar embravecido por la tempestad, que golpeaba la costa con furia. Regresó al escritorio. Estaba cubierto de las notas que había tomado tras varias entrevistas, así como de diversos informes breves sobre algunos de los científicos y administradores que trabajaban en el laboratorio de ideas: Roger Carbon, Terence McCarty, Perry Maynard, Laura Benedict, la experta en informática cuántica. La vida, según sabía después de haber indagado, había sido especialmente dura con la señora Benedict en los últimos tiempos. Además de haber perdido a su mentor, debía sobrellevar un doble sufrimiento: su abuelo había muerto de cáncer unos años atrás, y no mucho después se quedó viuda de una forma trágica. Su marido, aficionado a la aviación, falleció en pleno vuelo al chocar contra otra avioneta durante una tormenta, un temporal acaso no demasiado distinto de aquel.

Ojeó durante un minuto las páginas que atestaban el escritorio y después apartó las carpetas a un lado. Debajo de esos documentos había otro: una ficha de Kim Mykolos. Esa noche había decidido sentarse a su lado durante la cena, y gracias a eso se había dado cuenta de que cuando la conversación no se centraba en Strachey, sin duda un tema todavía doloroso para ella, la auxiliar era ingeniosa y agradable, una conversadora excelente. Además, le había confirmado que, en efecto, Strachey era como un padre para Laura Benedict. El instinto de Logan le corroboraba lo que ya había deducido: que, o bien por un malentendido, o bien por rencor, Carbon se equivocaba respecto a Kim; la auxiliar no pretendía arrebatarle el puesto a Strachey.

Se giró hacia el ordenador, abrió la hoja de cálculo encriptada donde recogía los datos de «los otros» y la revisó una vez más, solo para asegurarse. No obstante, no había errado en sus deducciones.

Estuvo unos minutos mirando la pantalla. Luego apagó el ordenador. Había llegado el momento.

Cogió el listín telefónico de Lux y fue pasando las páginas hasta que dio con el número que buscaba, el asociado a las dependencias privadas del doctor Olafson. Descolgó el teléfono y lo marcó.

Al tercer tono, obtuvo la respuesta.

—Olafson.

—¿Gregory? Soy Jeremy Logan.

—Jeremy. Tenía escrita una nota en el calendario para llamarte mañana por la mañana y ver cómo iba la investigación.

—Por eso te llamaba. Me preguntaba si podría pasar a verte.

Se hizo un silencio.

—¿Ahora?

—Si no estás ocupado.

Se oyó el frufrú de unos documentos.

—Claro. Te espero.

—Gracias.

Logan colgó el teléfono y, sin molestarse en recoger la cartera, salió deprisa de la habitación.

23

Olafson residía en un amplio apartamento ubicado en el extremo este del Paseo de la Dama. Al oír llamar a la puerta, fue a abrir no con su habitual traje oscuro, sino con un jersey de cachemir con el cuello de pico que combinaba con unos pantalones color caqui. En la mano, un vaso de whisky.

—Ah, Jeremy —dijo con un apretón de manos—. Pasa.

—Siento no haber avisado con más antelación —se disculpó Logan—. Pero creo que esto no puede esperar.

Olafson lo precedió por el pasillo de camino al salón. En un marcado contraste con el mobiliario eduardiano del edificio, las dependencias del director, como podían sugerir los cuadros expresionistas y abstractos de su oficina, estaban decoradas al estilo de la Bauhaus. Sillas con detalles de cromo y cuero, confeccionadas con tubos metálicos pulidos de suave curvatura, hacían juego con mesas con superficie de cristal y con originales estanterías de estilo zigurat de la escuela de Marcel Breuer. Los ventanales que daban al este y al sur ofrecían unas vistas espectaculares de la tormenta.

—¿Whisky? —ofreció Olafson mientras se encaminaba hacia el mueble bar.

—Dos dedos, gracias.

Olafson acercó otro vaso, vertió un chorrito de Lagavulin

y se lo llevó a Logan, a quien invitó a ocupar una silla. Dio un sorbo a su escocés, a la espera de que Logan hablara.

—La primera fase de mi trabajo ha terminado —anunció Logan al director—. He revisado todos los informes y dosieres, he visto las grabaciones de las cámaras de vigilancia, he investigado a fondo el perfil de Strachey, he repasado su trabajo y he hablado con todos los que interactuaron con él durante las últimas setenta y dos horas de su vida. Lo he hecho todo, he analizado todas las posibilidades que estudiaría durante una investigación normal.

—¿Y?

—Y estoy de acuerdo con lo que me dijiste hace cinco días, cuando llegué. Willard Strachey tenía todos los motivos del mundo para querer vivir. Había triunfado en su carrera y le esperaba una jubilación igual de satisfactoria. Nadie en sus circunstancias se suicidaría y, como tú dijiste, su carácter no encajaba en absoluto con ese tipo de decisión. —Dio un sorbo—. Algo le ocurrió a Strachey durante las últimas semanas de su vida. Algo que lo cambió por completo y lo obligó a terminar con su vida, y además de una manera inmediata. Y ahora estoy convencido de que ese «algo» tiene que ver con el trabajo que estaba llevando a cabo en el ala oeste.

—El ala oeste —repitió Olafson.

—Y más concretamente en la habitación secreta. Existe algún tipo de relación, no me cabe la menor duda. Pero para averiguar cuál es, para entender qué le sucedió a Strachey... necesito saber cuál era la finalidad de esa habitación.

De pronto se escuchó un trueno y unos instantes después el salón se iluminó con el resplandor lívido de un relámpago.

Olafson frunció el ceño.

—No sé, Jeremy. Me parece que exageras un poco. ¿Qué relación podría existir entre las obras y su suicidio?

—Strachey tenía las llaves del ala. Llevaba meses trabajando en el diseño y la reforma. La conocía mejor que nadie.

Además, ¿recuerdas el agujero del tamaño de la cabeza de un martillo que había en la pared de la habitación? Alguien lo tapó con yeso. Tú mismo lo dijiste: es posible que él la descubriera antes.

Despacio, Olafson apoyó su bebida sobre una mesa cercana.

—Cierto. Lo dije.

—Como te comentaba, me he ocupado de todos los aspectos que una investigación normal abarcaría. Ahora ha llegado el momento de que inicie otra investigación menos habitual.

—¿Y eso qué implica?

—Resolver el enigma de la habitación olvidada.

—El enigma —repitió Olafson—. Interesante palabra.

—Es que esa habitación está llena de enigmas. ¿Con qué propósito la construyeron? ¿Por qué no aparece en los planos arquitectónicos? ¿Por qué era un lugar secreto, para empezar? ¿Y por qué Strachey se suicidó cuando la descubrió o estaba a punto de descubrirla?

Olafson no respondió.

—Hay algo más. «Los otros» de los que hablaba Carbon, los residentes de Lux que habían sido vistos actuando de un modo impropio o inusual durante las últimas semanas, me dijeron que habían presenciado, escuchado e incluso olido cosas que en realidad no estaban allí. Hablaban de impulsos inexplicables; en uno de los casos, la necesidad de suicidarse. Pero lo más interesante es que esas cuatro personas vivían o trabajaban en las inmediaciones del ala oeste.

—¿Estás seguro de eso? —inquirió Olafson.

—He comprobado todas mis observaciones. Estoy seguro.

Olafson cogió su vaso.

—Si quiero desentrañar este misterio, necesito que me autorices a desplazar el foco de la investigación al ala oeste y, en concreto, a la habitación olvidada.

Olafson dio un largo trago a su bebida. Suspiró. Y asintió lentamente.

—Necesitaré también a alguien que me ayude.

El gesto de Olafson se ensombreció.

—¿Qué?

—Soy historiador, enigmatólogo, no ingeniero mecánico. Necesito a alguien que reúna los conocimientos que yo no poseo si quiero desentrañar el misterio.

—Pero acordamos mantener en secreto la existencia de esa habitación.

—Lo sé. Pero cuantas más vueltas le doy, más claro veo que no podré descifrar esto yo solo.

Un breve silencio se instaló entre ellos.

—No sé, Jeremy —dijo el director al cabo de un rato—. La muerte de Strachey fue un incidente muy grave, pero esa habitación... Debieron de sellarla por un buen motivo. No podemos permitirnos dañar la reputación de Lux.

—Ya he oído antes ese discurso. Y soy consciente de lo delicado de la situación. Pero es la única oportunidad que tienes de saber qué le sucedió a Strachey.

Logan observó al director, que permaneció callado mientras meditaba.

—Tendría que ser alguien en cuya discreción podamos confiar plenamente.

—Yo respondo de la absoluta reserva de esa mujer.

—¿Esa mujer? —repitió un sorprendido Olafson—. De modo que ya tienes a alguien en mente.

—Kim Mykolos. La auxiliar de Strachey.

—¿Por qué Mykolos? Quiero decir, ni siquiera es una colega, por el amor de Dios.

—Es la mejor opción. Conoce el trabajo de Strachey como nadie y, tras la expulsión de los obreros, eso abarca también el trabajo que desempeñaba en el ala oeste. Está al corriente de quiénes forman parte de Lux y de sus políticas, y es lo bastante honrada como para darme respuestas sinceras. Pero lo más importante es que una de sus especialidades es la ingeniería inversa. Yo necesito a alguien que me ayude a «invertir la ingeniería» de esa habitación.

—Jeremy, no estoy seguro de poder autorizar algo así —le avisó Olafson—. Dudo que el Consejo lo apruebe.

—¿El Consejo conoce la existencia de la habitación olvidada?

—No, por supuesto que no.

—Bien, pues tampoco tienen por qué estar al tanto de esto.

—Pero esta es una organización que extrema su privacidad hasta el hermetismo... Implicar a Mykolos atentaría contra nuestra filosofía de compartimentación y confidencialidad.

—¿El suicidio no atenta también contra la filosofía de Lux?

Olafson no respondió.

—Como te decía, esta es la única manera de conseguir las respuestas que buscas. Y recuerda: si estoy aquí es porque no sabes qué le ocurrió a Strachey ni por qué. Piensa en los otros cuatro y en lo que les sucedió. ¿Podrías permitirte tapiar el ala oeste sin más y mirar para otro lado? Quién sabe qué podría suceder en el futuro. Estarías dándole la espalda a una bomba de relojería.

Olafson suspiró.

—Visto de ese modo, supongo que no me queda más remedio que transigir.

—Gracias, Gregory.

El director miró alrededor del salón por un momento y luego volvió a posar la vista en Logan.

—¿Cuándo piensas empezar?

—Mañana a primera hora. —Logan apuró su bebida.

24

Mientras Logan regresaba a su habitación de la tercera planta, otro residente caminaba inquieto en un pequeño apartamento de una zona lejana del segundo piso. Las luces estaban apagadas, la única iluminación procedía del parpadeo de los rayos del otro lado de las ventanas.

Al cabo de unos minutos, el ir y venir cesó. Esa persona parecía haber tomado una decisión, se acercó al teléfono y marcó un número con el prefijo 401.

La llamada fue atendida al primer tono por un hombre de voz áspera.

—Operaciones. Abrams.

—Sabes quién soy, ¿verdad?

—Sí —respondió Abrams.

—Tú provocaste lo de hoy, ¿no es así? El incidente con Logan en la carretera.

—¿Cómo te has enterado de eso?

—Le oí hablar de ello durante la cena. Además, es difícil guardar un secreto en un lugar como Lux. Pero eso no viene al caso. Has perdido el juicio, ¿cómo se te ocurre hacer algo así?

—Pero sabe lo de la habitación. Tú lo dijiste. Si empieza a husmear allí, podría echarlo todo a perder.

—Lo que lo echaría todo a perder sería que lo asesinases en medio de la ciudad. Eso no es lo que acordamos. Es demasiado conocido. Solo conseguirías levantar sospechas. Podrías incluso desvelar mi tapadera.

—Logan es la incógnita de la ecuación. No podemos permitir que permanezca aquí.

—No descubrirá nada. He tomado las precauciones necesarias.

—No podemos correr ese riesgo —opuso Abrams—. Nos jugamos demasiado. Ojalá Logan hubiera esperado unos días más antes de...

—Sí, pero no esperó. Tenemos que jugar con las cartas que nos han tocado. Escucha, no vuelvas a actuar a mis espaldas. No vuelvas a tomar decisiones apresuradas sin consultármelo. De lo contrario... De lo contrario, me retiraré. Me llevaré esa cosa a otra parte.

—No cometerías esa insensatez. Estás metido hasta el cuello en esto.

—Pues escúchame. Vamos a hacerlo a mi manera. Creo que Logan piensa que lo que sucedió fue un accidente... y mejor para ti que así sea. Si empezase a sospechar, se volvería diez veces más peligroso de lo que ya es.

—¿Y cuál es «tu manera»?

—Logan es mi problema, deja que yo me encargue de él. Sé lo que hay que hacer.

—¿Vas a...? —La voz de Abrams se quebró.

—Exacto.

—No esperes demasiado. Los días pasan, y se nos acaba el tiempo.

—Por eso pienso actuar rápido. —Y con un clic repentino la llamada se cortó.

25

—Esto es muy raro —dijo Kim Mykolos—. Pero que muy raro. —Se encontraba en medio de la habitación olvidada, mirando boquiabierta a su alrededor.

Cuando Logan le contó el secreto, después de conseguir que le hiciera las pertinentes promesas de absoluta confidencialidad, la joven reaccionó con incredulidad, después se quedó conmocionada y por último cedió a una ardiente curiosidad. Apoyado contra la mesa de trabajo, Logan la observó mientras recorría la habitación, fijándose en esto y aquello, estirando la mano para tocar algo y retirándola rápidamente a continuación como si temiera quemarse.

El foco de tungsteno ocupaba una esquina despejada, desde donde alumbraba bastante pero también proyectaba unas sombras profundas y afiladas contra la pared del fondo. Girándose hacia la mesa de trabajo, Logan abrió la cartera y sacó una cámara de vídeo y un reproductor de música portátil, que encendió después de colocarlos junto al peculiar instrumental. El ritmo apacible y sincopado de *Jazz Samba* se extendió discretamente por la habitación.

—¿Y dice que fuera cual fuese la investigación que se estaba realizando aquí se interrumpió de improviso a mediados de los años treinta? —preguntó Mykolos.

Logan asintió.

—¿Y que la habitación fue sellada y ha permanecido en el olvido hasta hoy?

—Eso parece. Como también parece que las notas y registros de aquello que se hiciese aquí han desaparecido de los archivos de Lux.

—¿Y el doctor Strachey? ¿Descubrió esta habitación antes de...? —Se le apagó la voz.

—No estoy seguro. Pero es muy probable.

Mykolos interrumpió la exploración y miró a Logan.

—Y, ¿por qué yo? ¿Cómo puedo ayudarlo?

—Usted era su auxiliar. Tiene formación en lógica computacional, en ingeniería inversa. Necesito una mente como la suya si quiero resolver el misterio de esta habitación.

—¿Resolver el misterio de esta habitación?

—Sí. Estoy convencido de que solo resolviendo este rompecabezas averiguaré por qué murió Strachey. Y, además, hablando ya desde un punto de vista meramente práctico, necesitaré un par de manos adicional. —Cogió la cámara de vídeo—. Quiero que la utilice para documentar todo lo que hagamos aquí.

Mykolos asintió despacio.

—Bien, ¿y por dónde empezamos?

—Le he dado muchas vueltas a eso. Creo que lo más importante es determinar para qué sirve aquello. —Señaló el voluminoso aparato de madera pulida con forma de ataúd que ocupaba el centro de la habitación.

—Me estaba preguntando qué sería. Parece una especie de máquina de los misterios vitaminada.

—¿Una qué?

—Una máquina de los misterios. Como las que se podían encontrar en los recreativos antiguos. Una caja grande de madera o de metal, con signos de interrogación por todas partes, pero sin características evidentes, es decir, no tenía ningún tipo de mango, palanca ni tirador. Tú echabas la moneda y después tenías que darle patadas y golpes para que hiciera lo que tuviese que hacer.

—Vaya, pues será mejor que no le dé patadas a esto, por favor.

Mykolos señaló con la barbilla los abultados trajes metálicos que colgaban de la barra de metal de la pared del fondo.

—¿Qué opina de eso?

—Parece algún tipo de vestimenta protectora.

Mykolos se acercó a la que le quedaba más próxima, la cogió por una de las muñecas y movió el brazo arriba y abajo fijándose en cómo el fuelle del codo daba de sí para permitir la operación.

—Para protegerse ¿de qué?

—Eso es lo que hemos venido a averiguar. —La llevó hasta el aparato que estaba en mitad de la habitación y le tendió la cámara de vídeo—. ¿Ve las placas de latón que hay atornilladas en la base, aquí y allí? Son los sellos del fabricante.

Mykolos encendió la cámara y la orientó hacia las placas para filmarlas.

—He hecho algunas averiguaciones sobre esas placas. Elektrofabriken Kelle era una casa alemana de componentes electrónicos que se fundó en Dresde en 1911. Desde entonces se ha fusionado con tantas empresas que es difícil saber a qué se dedicaba en sus inicios. Y, en cualquier caso, todos sus registros desaparecieron tras los ataques con bombas incendiarias de 1945. Industrias Pesadas Rosewell fue un fabricante pionero de equipos de radio y sonido. Quebró en la década de los cincuenta. No he averiguado mucho aparte de que manufacturaba equipos altamente especializados para uso industrial.

Mykolos fue filmando lentamente todo el aparato. Deslizó las yemas de los dedos con aire meditabundo sobre las prolongaciones que sobresalían de forma irregular aquí y allá:

paneles de palisandro de suave curvatura, encajados y fijados con meticulosidad al mecanismo principal, que también estaba totalmente cubierto de madera. Se acercó al extremo más ancho del aparato y observó los números romanos que había grabados en el suelo a poca distancia. A continuación, rodeó el extremo más estrecho y filmó el pesado revestimiento de madera que lo cubría. Bajó la cámara y la orientó hacia las dos palabras, RAYO y CAMPO, grabadas en otra placa de latón situada justo debajo de la cubierta, al tiempo que miraba a Logan con expresión de extrañeza.

—Un lugar tan válido para empezar como cualquier otro —dijo él.

Se acercó y examinó la bocallave de madera que había acoplada al revestimiento justo por encima de la placa. Sacó una linterna de su bolsa y la estudió con más meticulosidad. Extrajo el juego de ganzúas que llevaba en el bolsillo, apoyó la linterna sobre el revestimiento y empezó a forzar la cerradura.

—Curiosa habilidad en un profesor de historia —observó Mykolos mientras filmaba el proceso.

—No olvide que también soy enigmatólogo.

Un silencio breve se apropió de la habitación, interrumpido solo por el murmullo de la samba.

—¿Por qué ha puesto a Stan Getz? —preguntó Mykolos al cabo de un momento.

—Se lo diré si promete no reírse.

—Lo prometo.

—Soy lo que se denomina un «sensitivo». Soy empático. Poseo el don, si se le puede llamar así, de oír, de percibir, lo que otras personas sintieron o experimentaron hace poco o en el pasado. Esta habitación es... desagradable. Llevo tiempo escuchando música... en mi cabeza. Stan Getz me ayuda a ignorarla.

—¿Qué tipo de música?

—Una especie de arpegios violentos, embates descomunales de notas atropelladas, oleadas de sonidos. Melodías inquietantes, de un virtuosismo casi insolente.

—Ni que estuviera describiendo a Alkan.

Logan se detuvo.

—Lo mencionó en otra ocasión. ¿No era uno de los compositores preferidos de Strachey?

—Charles-Valentin Alkan. Quizá el compositor más insólito que jamás haya existido. Sí, en efecto, Willard era un ferviente admirador suyo. De hecho, Alkan era el único maestro aparte de Bach cuyos temas y armonías le resultaban lo bastante complejos para interesarle. Creo que se debía a su enfoque matemático.

Logan continuó centrado en la cerradura hasta que segundos más tarde se oyó el clic del último pestillo cuando este rebasó la línea de apetura. Se irguió, apoyó ambas manos en la cubierta de palisandro y la levantó con cuidado. Debajo se desplegaba una hilera de botones, con dos mandos (uno sobre la etiqueta RAYO y el otro encima del indicador CAMPO) asociados a sendos conjuntos antiguos de vúmetros y juegos de interruptores. Todo estaba llamativamente impoluto.

—¿Qué cree que significa todo esto? —le preguntó Mykolos, que retiró la cámara al tiempo que se sacudía el cabello azabachado.

—Yo me estoy preguntando lo mismo. Usted es la erudita, ¿recuerda?

Por un momento se limitaron a observar los controles en silencio.

—¿Ve algo que parezca un interruptor de encendido? —preguntó Logan.

—No. Pero no lo buscaría junto a estos controles. Miraría en el lado, o debajo, cerca de la máquina que suministre energía a esta cosa.

Logan examinó la base del recubrimiento de madera hasta que dio con una cubierta mucho más pequeña que estaba acoplada al borde más cercano. De nuevo gracias a las ganzúas, logró retirarla después de estar manipulando los pestillos durante unos diez segundos. Debajo había dos interruptores, en uno de los cuales se indicaba ON y en el otro CARGA.

—¡Bingo! —celebró Mykolos mirándolo de soslayo, de nuevo con la cámara de vídeo en la mano y los ojos como platos por la emoción.

Logan estiró el brazo para pulsar el interruptor de encendido, pero en el último segundo titubeó.

—No sé si debemos.

—No vamos a llegar muy lejos si no continuamos.

Con precaución, Logan asió el interruptor y lo movió a la posición de encendido. Al principio no ocurrió nada. Segundos después comenzó a oírse un zumbido grave, casi por debajo del umbral de lo audible. Colocó una mano en el revestimiento principal. Ahora vibraba levemente.

—¿Nota algo? —preguntó Mykolos mientras grababa.

Logan asintió.

—¿Qué es eso? —señaló el interruptor de CARGA.

—Supongo que es para transferir una carga desde una fuente eléctrica.

—Dicho de otro modo, el equivalente a subirse a un coche y pasar del punto muerto a ponerse en marcha.

—En esencia, sí.

Se miraron y después se concentraron en el interruptor. Con mayor cautela ahora, Logan estiró el brazo y situó las yemas de los dedos sobre él.

—¿Cree que deberíamos ponernos antes esas armaduras? —propuso Mykolos, medio en broma.

Logan no respondió. Asió con firmeza el interruptor de CARGA y lo pasó a la posición de activo.

No sucedió nada.

—Está roto —concluyó Mykolos transcurrido un momento.

—No necesariamente. Desconocemos la función de todos esos interruptores y diales del panel frontal. Quizá sean los que de verdad tienen alguna utilidad. Pero antes déjeme ver si puedo retirar el resto de las coberturas.

Logan devolvió a la posición de apagado primero el interruptor de carga y después el de alimentación. La leve vibración se detuvo y el dispositivo quedó en reposo. Una tras otra, Logan forzó las cerraduras de los dos revestimientos de madera fijados a los flancos del aparato y, por último, retiró la placa de metal que tapaba el extremo ancho.

Al apartar las dos cubiertas quedaron a la vista dos complejos artilugios de metal y goma. Uno le recordó a una antena voluminosa y futurista; el otro, a una especie de radiador laberíntico, dotado de dos hileras de tubos horizontales.

Meneó la cabeza. Daba la impresión de que cada vez que hacían algún progreso con ese incomprensible aparato surgía un nuevo misterio.

Se inclinaron sobre lo que parecía una antena.

—¿Qué cree que podría ser? —preguntó Logan—. ¿No le dice nada?

—Fíjese en esta placa. —Mykolos señaló la leyenda insertada debajo del aparato, donde se indicaba en letra pequeña: EFG 112-A. PATENTE 4,125,662. COMPAÑÍA ELÉCTRICA WAREHAM, BOSTON. TOLERANCIAS 1–20 MG, .1–15 MT.

—«mG» —leyó Logan en voz alta—. ¿Cree que podrían ser miligauss?

—Es posible. Y entiendo que mT serían microteslas.

—En ese caso, este trasto sería un... —Logan guardó silencio.

—Un generador rudimentario de campos electromagnéticos. Y eso —señaló la sección inferior del armazón— debe de ser una bobina captadora rotatoria.

Logan se apartó un paso de la máquina.

—¿Qué ocurre? —preguntó Mykolos.

Logan no respondió.

—¿Qué ocurre? —insistió Mykolos frunciendo el ceño.

—Una de las utilidades de estos generadores —explicó Logan al cabo— es detectar alteraciones en los campos electromagnéticos.

—Sí, lo recuerdo de mis cursos de ingeniería eléctrica. ¿Y?

—En mi ámbito de trabajo se emplean para percibir un tipo específico de alteración electromagnética. Distorsiones causadas por sucesos paranormales.

Un gesto de sorpresa y después una mueca de incredulidad se sucedieron en el rostro de Mykolos.

—No estará diciendo que esta máquina se fabricó para detectar... fantasmas.

—Parece probable. En la década de los treinta el espiritismo y el misticismo suscitaban un gran interés, y...

—Un momento. Me está poniendo la carne de gallina. —Ahora fue Mykolos quien se apartó de la máquina—. ¿Cree que fabricaron esto para detectar fantasmas... Y que lo abandonaron aquí porque no funcionaba?

—Tal vez —murmuró Logan—. O tal vez porque funcionaba demasiado bien.

26

La oficina de Pamela Flood ocupaba una amplia zona de la parte trasera de la casa de Perry Street. Para ser un taller, era sorprendentemente elegante. Si bien las antiguas mesas de dibujo, los alzados enmarcados y desvaídos y los manuales técnicos que descansaban en las estanterías de madera eran el testimonio de antiguas generaciones de arquitectos, Pamela había renovado e iluminado la estancia, aportándole un toque femenino.

—Por favor, siéntese —invitó Pamela a Logan guiándolo hasta un taburete metálico que había junto a una de las mesas de dibujo—. Lo siento, pero no dispongo de un asiento más cómodo.

—Este está bien. —Cuando Logan miró la mesa, se fijó en una serie de bocetos arquitectónicos hechos a lápiz—. ¿Sigue trabajando a la antigua usanza?

—Solo en los primeros esbozos. Hay que ir con los tiempos, ya sabe. Utilizo un programa de diseño asistido por ordenador para tener contentos a los clientes, y además estoy aprendiendo MIE.

—¿MIE?

—Modelado de Información de Edificios. —Se acercó a otra mesa de dibujo, sobre la que había varios cianotipos antiguos recogidos en prietos rollos—. Los he sacado esta mañana del almacén del sótano. Es el juego de planos de Dark Gables que trazó mi bisabuelo.

—¿Podemos revisar los de la segunda planta del ala oeste?

—Claro. —Pamela buscó entre los rollos de papel, seleccionó uno y lo llevó a la mesa de Logan, donde lo extendió—. Debo decirle que me costó un poco resistirme a echarles un vistazo.

—Sin mí no habría sabido qué debía buscar.

—¿Qué se apuesta? —le preguntó con una sonrisa.

Logan supo que se trataba de un gesto sincero, además de encantador.

Centró la atención en el cianotipo. Estaba cubierto por la misma nube de líneas, medidas y anotaciones que la muestra que poseía Strachey. Pero, aunque estaba familiarizado con la madriguera de cuartos y pasillos, le sorprendió ver, allí, casi justo en medio de la planta, la habitación que había descubierto. Un pasillo recorría la pared oeste; una red de conductos y espacios mecánicos bordeaban la cara norte; y unas estancias etiquetadas como GALERÍA y ESTUDIO DE ARTE quedaban ubicadas en el este y el sur respectivamente. La habitación no estaba señalizada de ninguna manera.

—Qué extraño —observó Pamela apenas unos segundos después al tiempo que colocaba un dedo sobre el cuarto que Logan estaba examinando—. Esta habitación no tiene ninguna puerta. Ni una utilidad muy clara. No puede ser el hueco de una escalera; ya hay escaleras aquí, y aquí, así que poner otra sería redundante. Tampoco forma parte de la estructura, ni de nada mecánico. —Hizo una pausa—. Puede que sea un cianotipo inacabado... Pero, no, en el letrero consta la firma de mi bisabuelo. Qué raro.

Durante el trayecto en coche desde Lux hasta la casa de Pamela, Logan había entablado un agitado debate interno consigo mismo. Ahora, dada la inmediatez con que la arquitecta había reparado en la existencia de la habitación oculta, sus dudas se disiparon.

—No voy a exigirle que guarde ningún secreto ni nada por el estilo —le dijo—, pero ¿podría prometerme que esto quedará entre nosotros?

Pamela asintió.

—¿Solo entre nosotros? ¿No lo dejará caer entre sus amigos y familiares?

—No me queda familia. Y sé guardar un secreto.

—Muy bien. —Logan posó la yema de su dedo sobre el de Pamela, con el que seguía señalando la habitación bocetada—. Este es el infrecuente detalle estructural del que le hablaba en el Blue Lobster.

Pamela abrió mucho los ojos.

—¿Sí? ¿Qué es, exactamente?

—Comprenderá que no entre en detalles. Baste decir que se trata de una habitación olvidada, inutilizada, desconocida, de hecho, desde hace más de cincuenta años. La descubrí mientras inspeccionaba el ala oeste con el propósito de averiguar por qué Strachey interrumpió las obras tan de repente.

Sabía que Olafson se opondría rotundamente a la participación de Pamela Flood, aunque fuera de manera marginal. No obstante, él era consciente de que Pamela le podría resultar de mucha ayuda debido a su formación en arquitectura, a que su familia estaba vinculada con el diseño original de la mansión y a su estrecha relación profesional con Strachey.

La arquitecta negó con la cabeza.

—¿Cree que esta habitación se ocultó de modo deliberado? ¿Para qué se utilizaba? ¿Y por qué no hay forma alguna de entrar ni de salir?

—No conozco aún todas las respuestas, aunque ahora no vienen al caso. Quería ver estos cianotipos porque albergaba la esperanza de que arrojasen algo de luz sobre este misterio.

Pamela miró el diagrama por un momento antes de responder.

—En fin, no despejan demasiadas incógnitas. Nos dicen que, por el motivo que sea, los cianotipos con los que trabajé en Lux eran una copia modificada de los originales que trazó mi bisabuelo.

—Y también que, de hecho, la habitación ya existía cuando el primer propietario ocupaba la mansión. Acaso el mismo Delaveaux pidió que construyeran ese espacio; al parecer era una persona bastante excéntrica. Sin embargo, no aclaran por qué las copias fueron alteradas. La estructura en sí permanece intacta; la estancia que aparece en esta lámina sigue allí. Tengo que dar por hecho que los planos fueron modificados con deliberación para ocultar la existencia del cuarto.

—Pero ¿por quién? Y ¿por qué?

—Quizá su bisabuelo guardase otros documentos en sus archivos que puedan proporcionarnos esas respuestas.

—Empezaré a buscarlos ahora mismo. —En ese instante, una nueva expresión acaparó su rostro, como si se le acabase de ocurrir algo—. Un momento. ¿Cree que el hombre del que le hablé, el tipo intimidante que vino a molestarme el invierno pasado exigiendo ver los planos originales de Lux...? ¿Cree que conocía la existencia de esta habitación?

—No me parece demasiado probable. —Para sus adentros, Logan admitió que cabía la posibilidad, pero prefirió no alarmar a la arquitecta—. ¿Podríamos dedicar un par de minutos a revisar el resto de los planos? Solo por si nos encontráramos alguna otra... sorpresa.

—Por supuesto. —Pamela se giró hacia el montón de cianotipos enrollados.

Durante los veinte minutos que invirtieron en el examen minucioso de los esquemas originales de la mansión observaron varios rincones inusitados (una jaula de leones, un gimnasio inspirado en las termas romanas e incluso un campo cubierto de tiro al plato), aunque nada les resultó tan enigmático como la habitación secreta.

—¿Cuánto tiempo cree que llevará revisar los documentos de su bisabuelo? —preguntó Logan cuando Pamela se dispuso a guardar los cianotipos.

—No mucho. Un día a lo sumo.

—Entonces ¿le parece si hablamos sobre ello durante la cena mañana por la noche?

Una nueva sonrisa, más cálida esta vez, iluminó el semblante de Pamela.

—Me encantaría.

La arquitecta guió a Logan por las secciones más recónditas de la casa hasta que llegaron al salón, donde se vieron por primera vez días atrás.

—Estoy particularmente interesado en saber por qué se construyó la habitación, y aún más por cómo se accedía a ella —declaró Logan.

—De acuerdo.

Logan abrió la puerta y dio un paso hacia el crepúsculo que comenzaba a imponerse.

—Nos vemos mañana —se despidió Pamela.

Logan asintió.

—Lo estoy deseando.

Mientras volvía a Lux, conduciendo con más cautela de la habitual por lo que le sucedió la última vez que recorrió esa ruta, Logan pensó en lo que había averiguado... Y lo que no. Estaba casi seguro de que, en algún momento del siglo xx, el laboratorio de ideas descubrió la habitación secreta y decidió que era el lugar perfecto para realizar un tipo de trabajo que, aunque no se censurase de forma oficial, era tan atípico que era preferible llevarlo a cabo sin el conocimiento del resto de la plantilla. Y un aparato para detectar fantasmas sin duda se podría calificar de esta manera.

«Un aparato para detectar fantasmas.» El foco de sus pensamientos saltó de nuevo a la máquina misteriosa y sus mediciones en miligauss y microteslas. Le había dicho a Kim Mykolos que los generadores de campos electromagnéticos, algo que parecía contener este artefacto, servían precisamente para eso. De lo que no le había hablado era de su otra sospecha: que el artilugio que parecía un radiador acoplado a la máquina podría ser una grabadora de FVE. Estos dispositivos se utilizaban para monitorizar fenómenos de voz electrónica. Para los incrédulos, esa clase de ruidos electrónicos no son más que simples interferencias de radio. Sin embargo, los investigadores de lo esotérico consideraban que las grabadoras de FVE podían recoger las voces de los difuntos. Y no solo eso, al reproducirlas, estas voces podían provocar sucesos, por expresarlo de un modo eufemístico, de naturaleza paranormal.

Si eso fuese cierto, la máquina, además de haberse concebido para detectar fantasmas, también podría invocarlos.

¿Sería eso, de hecho, lo que estaba ocurriendo? ¿Se habría liberado algún ente paranormal en Lux, de forma intencionada o involuntaria? ¿Estaba ese hallazgo relacionado con el extraño comportamiento de algunos de los empleados, con la atmósfera aciaga..., con la muerte de Strachey?

Atravesó el control de seguridad y, a lo lejos, vio la imponente mole de la mansión, recortada contra el sol poniente, ni acogedora ni hostil; tan solo a la espera.

En ese mismo instante, el dispositivo de la habitación olvidada se puso en funcionamiento; su rumor grave cobró vida; y, un momento después, una silueta se escabulló sigilosa y las pocas luces de la desierta ala oeste que permanecían encendidas se apagaron.

27

Conteniendo un bostezo, Taylor Pettiford entró en el elegante comedor de Lux y miró a su alrededor todavía un tanto somnoliento. El espacio se encontraba distribuido de la manera habitual para el desayuno: los aparadores largos del bufé junto a una pared y el resto del refectorio ocupado por las usuales mesas redondas cubiertas con manteles impolutos de lino blanco.

Pettiford se puso a la cola, cogió una bandeja y un plato y se sirvió su desayuno favorito: zumo de naranja recién exprimido, café solo, un revuelto de gruyer a las finas hierbas que pidió en el mostrador de las tortillas, tres salchichas que cogió de una fuente de vapor, cinco lonchas de beicon de otra y un cruasán de la desbordada cesta de la panadería. Haciendo equilibrios con semejante cargamento, examinó la sala en busca de un lugar donde sentarse. Allí, en una mesa de la esquina más cercana, vio a su amigo y compañero de fatigas Ed Crandley. Fue en esa dirección y se dejó caer en el asiento junto a él.

—De vuelta al tajo —comentó.

Crandley, que acababa de darle un bocado a su napolitana, farfulló una respuesta.

Pettiford bebió un sorbo de café, otro de zumo de naranja y se quedó petrificado cuando en el otro extremo del comedor vio a Roger Carbon, el responsable del cansancio que arrastraba esa mañana. El psicólogo compartía mesa con la delgada e impredecible Laura Benedict, la ingeniera cuántica que ocupaba un despacho contiguo al de Carbon. Pettiford daba por hecho que Benedict no sentía especial aprecio por el psicólogo y que se había sentado con él solo porque le daba lástima verlo desayunar solo.

«Roger Carbon.» Lux, como todo el mundo sabía, era el laboratorio de ideas más prestigioso del país. Cuando, recién salido de la Universidad de Pensilvania con su título de psicología bajo el brazo, Pettiford consiguió un contrato de un año como auxiliar en Lux, creyó que le había tocado la lotería.

Qué poco sabía entonces.

En realidad, pensó mientras masticaba la primera loncha de beicon, eso no era del todo justo. Si Lux podía presumir de una reputación excelente era porque decenas de científicos e investigadores brillantes pasaban por sus puertas y realizaban un trabajo de la más alta calidad. Por otro lado, muchos de los internos y auxiliares adquirían una experiencia impagable allí. Ed Crandley, por ejemplo, ocupaba un puesto temporal muy bueno, a las órdenes de un estadístico imparcial y reputado.

Pettiford tuvo la mala suerte de acabar como subordinado de Roger Carbon.

Cuando llegó a Lux no estaba preparado para tratar con alguien como Carbon, para soportar su cruel sarcasmo, su impaciencia e impetuosidad, su rapidez en echar la culpa a los demás y su aparente desprecio por el trabajo bien hecho. En lugar de encomendarle proyectos interesantes o de confiar en él y proponerle colaborar en las investigaciones principales, Carbon lo trataba como se portaría un profesor estelar de la Ivy League con su auxiliar de investigación más inexperto. La noche anterior Pettiford se había quedado en la oficina hasta las dos de la mañana cotejando referencias bibliográficas para la última monografía de Carbon.

«Bueno, en fin, gajes del oficio.» Pettiford devoró la segunda loncha de beicon y recuperó el ánimo al pensar en los planes que tenía para el fin de semana. Media docena de auxiliares habían quedado en un conocido bar de solteros con vistas al puerto deportivo de Newport. Ese tipo de salidas no eran demasiado frecuentes (debido al volumen de trabajo y a que Lux desaprobaba que sus empleados se relacionasen con los habitantes de la ciudad), y Pettiford había invertido mucho tiempo en planearlo todo; había tenido que engatusar a unos y a otros, y prometer que él invitaría a las dos primeras rondas.

—Sigo contando contigo para el sábado por la noche, ¿verdad? —le preguntó a Crandley, sonriéndole lascivamente mientras le daba un codazo.

—Oh, ya lo creo.

—¿Sabes? Llevo seis semanas aquí encerrado. Creo que me está entrando claustrofobia.

—Eso es porque no te trajiste coche.

—En el manual de orientación no se recomienda y...

Se oyó un alboroto en el otro extremo del comedor —alguien hablaba animadamente en voz alta— y Pettiford levantó la vista. Era el historiógrafo, el doctor Wilcox. Estaba de pie, una mole de casi dos metros de estatura, con las manos extendidas, mientras sus compañeros de mesa lo miraban embelesados.

Pettiford se encogió de hombros. En un lugar tan serio como Lux, Wilcox era una anomalía, un tipo relajado con tendencia a la teatralización y, en ocasiones, al histrionismo. No cabía duda de que estaba animando la mesa con alguna de sus interminables historias y bromas subidas de tono. Pettiford pinchó una salchicha y se giró hacia Crandley.

—Es un complot —le dijo, retomando su conversación—.

Te lo digo yo. Primero ponen este sitio lo bastante lejos de la ciudad como para que te resulte imposible llegar andando. Después te sugieren, con mucho énfasis, eso sí, que no traigas tu propio vehículo. No nos pagan mucho, porque ya es suficiente honor trabajar aquí y todo eso, así que difícilmente podemos ahorrar para coger el taxi todos los días. ¿Te das cuenta? Nos tienen esclavizados.

—Nueva paranoia —señaló Crandley—. Deberías pedirle cita a tu amigo el doctor Carbon para que te examinara la sesera.

—¿Me tomas el pelo? ¿A Carbon? Lo que me faltaba. —Pettiford se estremeció fingiendo horror.

De pronto se produjo otra conmoción en el extremo del comedor, esta vez más caótica. Pettiford levantó la vista al instante. Era Wilcox de nuevo. Estaba gritando algo y Pettiford se dio cuenta enseguida de que no se trataba de una broma ni de una anécdota divertida: el historiógrafo tenía los ojos tan abiertos que se le veían las escleróticas, y la saliva que le saltaba a borbotones de la boca comenzaba a formar una capa espumosa sobre su poblada barba. Se oyeron gritos ahogados por todo el comedor; la gente empezó a levantarse deprisa de la silla; una o dos personas echaron a correr hacia la salida.

Pese a su estupefacción, Pettiford entendió lo que Wilcox estaba gritando.

—¡Sacádmelas! —vociferaba—. ¡Sacádmelas de la cabeza!

En torno a él, sus compañeros de mesa le hablaban en tono tranquilizador y le instaban a sentarse de nuevo. Algunos ocupantes de otras mesas (amigos y conocidos, Wilcox era un personaje muy apreciado) se acercaron. Pettiford siguió presenciando la escena, helado en su silla, con la salchicha detenida en su ascenso hasta la boca.

Momentos después Wilcox dejó de gritar y permitió que lo llevasen hasta su silla. Se sentó y negó con la cabeza como un caballo intentado espantar una mosca latosa. Se produjo un instante de calma. De súbito, se levantó de nuevo con brusquedad, rugiendo y haciendo saltar la silla hacia atrás.

—¡Sacádmelas! —gritó una vez más—. ¡Son demasiado afiladas! ¡Me duelen! ¡¡Sacádmelas!!

El enjambre de compañeros se cernió a su alrededor intentando tranquilizarlo. Tras zafarse de todos ellos sin dificultad, el gigante giró sobre sus talones, gritando y rugiendo presa de un tormento evidente. Empezó a arañarse las orejas con desesperación, de tal modo que Pettiford vio, para su horror e incluso a pesar de la distancia, cómo se desgarraba la piel con las uñas y la sangre manaba de las heridas.

De repente, Wilcox se alejó corriendo, dándose puñetazos en los oídos y mirando en todas direcciones. Por un momento, miró a los ojos a Pettiford, y esto hizo temblar de miedo al auxiliar. A continuación, Wilcox se giró hacia la larga hilera de mesas donde se encontraba expuesto el desayuno. Gritando «¡Fuera de mi cabeza! ¡Por favor, basta de voces en mi cabeza!», se lanzó hacia el bufé. Los camareros, que hasta entonces habían permanecido tras los aparadores, retrocedieron atemorizados al verlo acercarse.

Wilcox se embaló hacia las mesas con tal violencia, sin dejar de golpearse la cabeza, que estuvo a punto de volcar la más cercana al chocar contra ella. Todo el comedor, salvo el atónito Pettiford, se encontraba de pie, unos corrían hacia Wilcox y otros en la dirección opuesta. De soslayo, Pettiford vio que alguien hablaba atropelladamente por un teléfono interno.

Profiriendo gritos cada vez más ininteligibles, Wilcox miró a ambos lados de la mesa, los ojos a punto de salírsele de las órbitas. Acto seguido se lanzó hacia delante, librándose una vez más de los tirones bienintencionados de los amigos que intentaban reducirlo, y agarró la fuente de vapor de donde Pettiford se había servido el beicon no hacía aún ni cinco minutos. Tras apartarla de un golpetazo con su rolliza mano, con lo que el beicon salió volando en todas direcciones, el gigante asió las dos pequeñas latas de gelatina combustible que ardían en la placa de debajo. Levantó una con cada mano, aullando.

Incapaz de apartar la vista, de pronto Pettiford tuvo un presagio aterrador y escalofriante de lo que estaba a punto de ocurrir.

El comedor prorrumpió en chillidos de alarma y gritos de consternación. Pero el doctor Wilcox, en cambio, permaneció en silencio. Y entonces, deliberadamente, se derramó el contenido de las llameantes latas en cada oído. Al instante volvió a bramar, solo que esta vez los alaridos de su suplicio fueron sustituidos por gritos de dolor.

Todos se apartaron de inmediato, conmocionados y sin dar crédito. Incluso los guardias de seguridad que habían entrado corriendo en el comedor titubearon, aturdidos por lo que acababa de suceder. Wilcox se sacudía adelante y atrás mientras el gel morado salía ardiendo de sus oídos y prendía fuego a sus patillas y barba en su descenso hacia el mentón. Con un aullido aún más ensordecedor, empezó a sacudir los brazos a ciegas, haciendo volar en todas direcciones las cestas de pan artesanal, las mermeladas y las confituras que seguían en las mesas.

Al cabo de unos segundos, Wilcox se detuvo de nuevo. Pese a que sus alaridos eran imparables, se mantenía inmóvil. A juicio de Pettiford, para quien la escena había perdido ya cualquier semejanza con la realidad y se había transformado en una pesadilla, el hombre centró de repente su atención en algo. Wilcox se lanzó hacia delante una vez más, con los oídos y la barba llameando todavía, y se detuvo ante una tostadora industrial de cuatro ranuras. Rugiendo a pleno pulmón, hundió una mano en una de las rendijas y tiró de la palanca para encender las resistencias de la máquina; sin perder un segundo, con la mano libre agarró una jarra de café humeante que había cerca y la vació directamente sobre las aberturas.

Llamas; un látigo eléctrico de un intenso color azul que se desplegó como un arcoíris monocromo sobre el aparador; el grito a coro de estupefacción y espanto de todo el comedor, atenazado por un ululato único y desgarrador; y las convulsiones que sacudían el cuerpo de Wilcox, envuelto en un velo ascendente de humo.

Por encima del alboroto, Pettiford oyó un golpe seco a su izquierda. Crandley se había desmayado.

28

Aunque la tarde empezaba a dar paso a la noche, Logan seguía aún en su despacho de la tercera planta repasando libros sobre ciencias ocultas y transcripciones de encuentros paranormales, así como los escritos de varios ocultistas y místicos célebres, como Helena Blavatsky, Edgar Cayce o Aleister Crowley. Había intentado, con comedido éxito, dejar de darle vueltas al sobrecogedor espectáculo que había presenciado por la mañana. También prefirió no bajar a la hora del almuerzo, que dadas las circunstancias se sirvió en distintas salas de conferencias; teniendo en cuenta que todo el mundo había sido testigo del incidente, estaba convencido de que ese sería el único tema de conversación. Wilcox ocupaba justo el apartamento contiguo al suyo. Aunque no habían hablado muchas veces, a Logan siempre le había parecido una persona franca, efusiva y perfectamente sensata.

«¡Fuera de mi cabeza!», había gritado Wilcox. «¡Por favor, basta de voces en mi cabeza!» Logan recordó la transcripción de Strachey: «Me sigue a todas partes. Está conmigo. En la penumbra». Distintas palabras, y, aun así, de un modo escalofriante, muy similares.

Logan dejó a un lado el libro que estaba leyendo y se preguntó si debería ir a ver a Wilcox. Pero no: estable aunque grave en el hospital de Newport, afectado de quemaduras químicas y eléctricas, continuaba delirando, enloquecido, ajeno a las preguntas de los doctores y los psiquiatras. Sería mejor que continuara con la línea de investigación que tenía entre manos, y que la retomase lo antes posible. Si daba con la causa que subyacía tras la crisis de Strachey, quizá también hallase una explicación para lo que le había sucedido a Wilcox y, con mucho menor gravedad, a varios miembros más de Lux.

Acercó el libro de nuevo: una obra de 1914 titulada *Crónicas de los resucitados en el más allá.*

Alrededor de un cuarto de hora después, llegó a un pasaje que lo dejó helado. Tras releerlo, lo repasó una tercera vez:

> La aparición, invocada por medio de una compleja serie de rituales que no describiré aquí, era de una naturaleza indudablemente malvada. Los testigos (entre los que no me cuento) hablaban de un hedor nauseabundo que corroía las fosas nasales; de un incomprensible espesamiento del ambiente, como si se encontrasen dentro de una cámara de compresión; y, lo más intrigante, de la presencia de algo maligno, de una entidad hostil, enfurecida porque la hubieran molestado y ansiosa por vengarse de aquellos que habían interrumpido su descanso. Uno de los miembros del grupo se desmayó en el acto; a otro, que comenzó a dar gritos incoherentes, hubo que reducirlo. Pero lo que suscita mayor interés es el hecho de que la presencia, una vez despierta, no se disipó, sino que se mantuvo en la cámara de donde emergió. Así, aún hoy, treinta años después de aquel incidente, prácticamente todos los que han pasado por la cámara han percibido aquella presencia, aunque pocos lo han hecho por voluntad propia. Puesto que me incluyo dentro de este reducido grupo, escribo estas líneas para dar fe de que, por algún motivo incógnito, el ente permanece en la habitación donde fue invocado.

Logan dejó el libro a un lado. Sabía por experiencia que algunos lugares (casas, cementerios e incluso abadías abandonadas) podían albergar presencias perversas: sombras de personas o cosas que habitaron allí en el pasado. Cuanto más malvada era la persona, más tardaba su aura en desvanecerse una vez que fallecía. Algunos creían que tales lugares estaban hechizados; a Logan, por su parte, no le convencía este término. Así y todo, no podía olvidar la sensación perturbadora y escalofriante que lo llevó a saberse amenazado la primera vez que entró en la habitación olvidada; una sensación que, en mayor o menor grado, no había dejado de acompañarlo desde entonces. De hecho, incluso en ese momento, lejos del ala oeste, se notaba inusitadamente nervioso e irritable.

Le había dicho a Kim Mykolos que el generador electrónico de campos incorporado en el aparato misterioso podía ser un mecanismo para detectar fenómenos paranormales. Fantasmas. Los informes científicos censurados que encontró en los archivos de Lux llevaban a esa conclusión. Puesto que el aparato con aspecto de radiador que había integrado en uno de los flancos de la máquina parecía ser una grabadora de fenómenos de voz electrónica, ¿cabría la posibilidad de que los científicos de Lux hubieran intentado, durante los años treinta, invocar a un espíritu del más allá y lo hubieran conseguido?

Logan se levantó del escritorio y empezó a pasearse lentamente por la estancia. En *Crónicas de los resucitados en el más allá* y en decenas de libros similares se recogían numerosas historias sobre entidades que eran invocadas en contra de su voluntad y que después pasaban a habitar en las inmediaciones, coléricas, malvadas, poco dispuestas o incapaces de regresar al vacío del que procedían.

¿Sería este el caso del Proyecto Sin?

De haber sucedido algo semejante —si los científicos consiguieron lo que se proponían pero con un resultado peor del que esperaban—, eso explicaría muchas cosas: la interrupción repentina del trabajo, el sellado de la habitación, la meticulosa poda de los archivos de Lux.

Con todo, ¿qué había de Strachey? Si una presencia maligna había permanecido todos esos años en la habitación olvidada, el informático habría pisado un avispero invisible al irrumpir en sus dominios. ¿Había sido eso lo que había provocado...?

En ese momento Logan consideró otra posibilidad. Cuando llegó a la habitación, esta ya tenía un agujero en la pared, como si alguien hubiera querido entrar por la fuerza; ignoraba cuándo se había hecho el orificio, pero el yeso que lo taponaba todavía estaba fresco. En Lux residían más personas que habían visto, y hecho, cosas; la última, el trágico incidente de esa misma mañana. ¿Tal vez la habitación olvidada servía como celda, pero, ahora que alguien había abierto una brecha, aquello que permanecía encerrado en su interior deambulaba libre por la mansión?

Mientras meditaba sobre ello, pasó frente a la amplia y ornamentada ventana de su despacho. En ese momento, interrumpió de súbito su ir y venir. Dirigió la vista más allá de los cristales emplomados, boquiabierto.

Allí abajo, en medio del césped, vio a su esposa. Llevaba un vestido de playa amarillo y un sombrero ancho de paja con un pañuelo atado con holgura alrededor del ala, como tenía por costumbre. Tenía los ojos entornados para protegerse del sol, y sonreía, con una mano puesta sobre la cadera ladeada, una postura característica que él recordaba muy bien, mientras lo saludaba con la otra mano. La brisa del mar agitaba el vestido, entreteniéndose en las mangas y el dobladillo.

—Kit —susurró Logan.

La boca se le quedó seca y el corazón se le aceleró. Pestañeó varias veces; apartó la vista por un momento y después volvió a mirar por la ventana.

Su mujer, Karen Davies Logan, continuaba allí. Seguía sonriendo, seguía llamándolo por señas, su silueta enmarcada por las rompientes furiosas, su larga sombra proyectada por el sol de la tarde sobre el césped reluciente. Abrió la boca, dispuso las manos en forma de copa, como si pretendiera hablarle, y entonces él oyó, o creyó oír, su voz: «Jeremy... Jeremy...».

Apartó la vista de nuevo y contó hasta sesenta. Lentamente volvió a mirar de nuevo abajo.

Su esposa ya no estaba. Y no le extrañó, Kit había fallecido hacía más de cinco años.

Logan siguió mirando por la ventana durante largo rato. Todavía estremecido, regresó al escritorio y se sentó de nuevo. Se desabrochó el primer botón de la camisa, extrajo el amuleto que llevaba siempre al cuello y empezó a acariciarlo con aire ausente.

Algo le estaba ocurriendo; algo que se negaba a explorar, o incluso admitir. No era simple nerviosismo. Había empezado a oír una música inconcebible, sutil, inquietante —la música del estudio de Strachey y la habitación olvidada—, incluso cuando no se encontraba en las cercanías del ala oeste. Se había despertado en plena noche, convencido de que alguien le susurraba algo, aunque no conseguía recordar el qué. Desde que se levantó, arrastraba un profundo malestar. Y ahora eso...

Permaneció sentado ante el escritorio cinco minutos más, respirando con sosiego hasta recuperar la cadencia habitual de su pulso. Por último, se levantó y salió de sus dependencias. Tal vez un paseo vigorizante por los jardines lo ayudase a sentirse mejor.

Al menos, así lo esperaba.

29

Kim Mykolos estaba tan enfrascada haciendo un examen minucioso de lo que habían empezado a llamar «la Máquina» que no oyó a Jeremy Logan entrar en la habitación olvidada. Cuando el enigmatólogo carraspeó con discreción, la joven se giró articulando un grito breve y agudo, y a punto estuvo de dejar caer la cámara de vídeo.

—¡Cielo santo! —exclamó—. ¡Me ha dado un susto de muerte!

—Lo siento —se disculpó Logan mientras dejaba su inseparable cartera en la mesa de trabajo cercana.

Mykolos lo escrutó. Tenía los ojos un tanto hinchados y enrojecidos, como si no hubiera dormido bien, y no se movía con la soltura y decisión propias de él. Lo notaba atribulado, ansioso incluso, un estado de ánimo también inusual en Logan. Quizá estuviera alterado por lo ocurrido en el comedor por la mañana; aunque ella no había presenciado el incidente del doctor Wilcox, había oído hablar a todo el mundo de él. Si era por eso, era comprensible, todo Lux tenía los nervios de punta. Aun así, por lo que sabía de Logan, no lo tenía por alguien fácilmente impresionable. Más bien al contrario; una ventaja, teniendo en cuenta su ámbito profesional.

—No importa —dijo—. ¿Recibió mi mensaje?

Logan asintió.

—¿De qué tenía que informarme?

Mykolos se giró de nuevo hacia la máquina. Desde que comenzaron a analizarla, Logan había logrado retirar varias cubiertas metálicas más, de modo que ahora brotaban de ella una docena de artilugios, grandes y pequeños, casi todos de metal, con algunos conductos de goma y mandos de baquelita intercalados entre ellos, todos llamativamente bien conservados gracias al sellado casi hermético de la habitación. El proceso le recordó a las capas de una cebolla, puesto que siempre que quitaba una aparecía debajo otra cosa. No habían vuelto a encender el aparato desde aquella primera prueba.

Mykolos apagó la cámara y rodeó el aparato hasta detenerse junto a lo que consideraba la parte superior: el extremo estrecho, que quedaba más próximo a los trajes metálicos colgados. Señaló las dos etiquetas, RAYO y CAMPO, y las hileras de botones, indicadores y mandos distribuidos sobre ellas.

—Estos términos, «rayo» y «campo», llevaban intrigándome desde el principio —le dijo—. Como si me sonasen de algo. Hasta que anoche me vino a la cabeza.

—¿El qué? —inquirió Logan, acercándose.

—Caí en la cuenta de que en informática hay una analogía.

Logan bajó la vista hasta el cuadro de mandos.

—Ilústreme.

Mykolos pensó el mejor modo de explicárselo.

—En los lenguajes de programación orientados a objetos, como Java o C Sharp, se manejan, en esencia, dos tipos de variables: las locales y las globales.

Logan asintió para que prosiguiera.

—El alcance de las variables locales se limita a una función determinada, la cual se integra dentro de un programa más amplio. Cuando dicha función es invocada, la variable local se crea sobre la marcha; cuando la función concluye, la variable local deja de existir. Sin embargo, las variables globales pueden ser vistas por todas las funciones del programa.

Mykolos hizo una pausa.

—Estoy esperando el desenlace —dijo Logan al cabo de un momento.

—En fin, no soy ingeniera eléctrica, pero piénselo. Rayo y campo. Local y global.

—¿Quiere decir...? —Logan frunció el ceño mientras hacía sus deducciones—. ¿Quiere decir que la máquina puede operar de dos maneras?

—Exacto. De un modo local, muy específico y orientado con precisión: un rayo. Y de un modo más amplio, general: un campo. Y creo que he estudiado estos controles lo suficiente como para poder demostrar mi teoría.

Logan no respondió. Llevó la vista desde el cuadro de mandos hasta la informática y después otra vez hacia los controles.

Mykolos se agachó al lado del armazón, donde estaban los interruptores principales. Encendió el aparato, esperó cinco segundos y movió el conmutador de carga. Se irguió y regresó al cuadro de mandos general.

—Empezaré por el modo rayo —indicó—, ya que parece ser el más controlable de los dos.

Al apoyar las palmas de las manos sintió que la enorme máquina comenzaba a vibrar ligeramente. Se inclinó sobre los controles del rayo, colocó en la posición de activado una palanca señalizada con la etiqueta MOTIVADOR y otra en la que ponía ACOPLAR. Seguidamente llevó la mano hasta el selector rotativo, que estaba asociado a una escala de 0 a 10. En ese momento indicaba un valor de 0. Poco a poco, giró el mando en el sentido horario, hasta situarlo en el 1.

La vibración se intensificó un poco.

Rotó el mando hasta el 2.

El vúmetro cobró vida: la aguja se movió unos grados hacia la derecha, como un perro tirando de la correa.

Puso el mando en el 3. Un ronroneo grave y gutural empezó a brotar de las entrañas de la máquina.

De pronto sucedieron dos cosas insólitas. Para Kim, la habitación pareció inundarse de un fulgor súbito que no procedía de ninguna fuente de luz en concreto sino de todas partes, como si Dios acabase de crear el sol. Un ruido curioso, a medio camino entre el zumbido de un insecto y el canto monótono de un coro melancólico, comenzó a sonar en su cabeza... Hasta que Logan la apartó de un empujón. Con un giro rápido de muñeca, llevó el mando de nuevo al 0. Devolvió todos los interruptores a su estado original, se agachó junto al flanco del aparato y desconectó primero la carga y después la alimentación. Se levantó y la miró. El inusual brillo de sus ojos asustó a Mykolos.

—¿Por... por qué ha hecho eso? —preguntó jadeando.

—No sé cuál es el propósito de este aparato —declaró Logan—, pero hay algo de lo que no me cabe ninguna duda: es muy peligroso. No podemos ponernos a toquetear los mandos y las palancas si no entendemos bien cómo funciona.

—Pero usted me pidió que lo analizase y experimentase. ¿Y cómo voy a...?

—Eso fue antes de que me diera cuenta de algunas cosas —la interrumpió—. Escúcheme, Kim. Debo establecer dos reglas básicas.

La informática aguardó.

—Primera: nada de experimentar sin acordarlo antes conmigo.

—Eso lo tenía claro. ¿Por qué cree que le pedí que viniera?

—Lo sé, y se lo agradezco. Hablo de ir más allá. Y la segunda regla es que, siempre que acceda a esta habitación, o que se encuentre en sus inmediaciones, se pondrá esto. —Tras rebuscar en la cartera, sacó un objeto y se lo tendió.

La joven lo cogió con curiosidad. Era una especie de amuleto: un aro metálico fino, de cobre, a juzgar por su aspecto, que circundaba una delicada malla. La red llevaba insertados diversos elementos: varias hileras de cuentas de colores; un fetiche minúsculo, hecho de hueso, según parecía; y, en el centro, la mitad de la concha de un nautilo pequeño, cortada de modo longitudinal para dejar expuesta su espiral de cámaras decrecientes.

—¿Qué es? —le preguntó mientras examinaba las distintas caras.

—Lo he hecho yo. Es una síntesis de varias religiones y creencias: las cuentas curativas que utilizan los santeros espiritistas; algunas protecciones africanas contra los maleficios; y el atrapasueños de los lakota. —Logan lo cogió por los cordones de cuero que pendían de sus dos lados y se lo puso a Mykolos en torno al cuello.

—Déjeme adivinar —le pidió la joven—: un atrapafantasmas.

—Yo no lo describiría de ese modo —dijo Logan en su tono de voz habitual. Algo, quizá el mero contacto con el talismán, parecía haberlo calmado—. Más bien lo consideraría la versión paranormal del chaleco antibalas. Aunque supongo que «atrapafantasmas» es un nombre tan válido como cualquier otro.

La informática se lo ató y lo guardó bajo la blusa. El amuleto picaba y la incomodaba. Escrutó a Logan sin molestarse en borrar de su semblante un atisbo de especulación.

—¿Se da cuenta de que esto es muy raro?

—Tal vez. Pero es el resultado de haber pasado muchos años investigando las ciencias ocultas. Me ha mantenido sano y cuerdo, más o menos, quiero decir. —Se aflojó la corbata y se abrió la camisa lo suficiente como para que Mykolos viera que él también llevaba uno—. Dígame una cosa. ¿Disfruta trabajando en esto?

—Sabe que sí.

—En ese caso, considere este amuleto el precio por montar en los caballitos. —Miró a su alrededor—. Estoy molido. ¿Le importa si continuamos mañana?

Mykolos se encogió de hombros.

—Claro.

—Gracias. Y... gracias por esto. —Señaló con el dedo el colgante ahora invisible. Esbozó una sonrisa, giró sobre sus talones y abandonó la habitación sin hacer ruido.

30

Logan llegó al edificio, ubicado a escasa distancia de Thames Street, sin tenerlas todas consigo. Era pequeño, hasta el punto de hallarse casi engullido por las construcciones contiguas, y estaba pintado de un verde desvaído. Una cortina velaba la única ventana, sobre la que se sostenía un letrero castigado por la intemperie que anunciaba JOE'S RESTAURANT.

«¿Restaurante de Joe?» Logan se detuvo en seco para echarle otro vistazo a la fachada. El menú no estaba expuesto junto a la puerta; y no había nada que le confirmase que no le esperaba una cena lamentable.

En ese momento vio que Pamela Flood aparecía por la esquina. Lucía un atuendo sencillo que combinaba una blusa de franjas rojas y blancas con unos pantalones capri. Llevaba además una botella de vino blanco bajo el brazo. Cuando lo vio, desplegó una sonrisa.

—Me alegro de que haya encontrado el sitio.

Logan miró de nuevo la fachada anodina.

—A decir verdad, no estaba seguro de que fuera aquí.

Pamela rió con jovialidad.

—Espere y verá.

Lo guió al interior de un restaurante diminuto de seis mesas, todas ocupadas salvo una. Enseguida se acercó un hombre de mediana edad, con barba y vestido con un pantalón de peto roto.

—¡Señorita Flood! —exclamó—. ¡Me alegro de verla!

—Joe —lo saludó ella con una sonrisa y un asentimiento al tiempo que le entregaba la botella.

—Su mesa ya está lista. —Joe los condujo hasta la mesa vacía y los ayudó a ponerse cómodos.

Logan miró alrededor. El pequeño local estaba amueblado de un modo espartano, sin más adornos que los contados peces que colgaban de las paredes a modo de trofeo. No cabía duda de que el resto de los clientes eran de la zona; no se veía ni un solo turista. «No me extraña», pensó.

No se había dado cuenta de que Pamela le estaba hablando. Interrumpió el examen del restaurante y la miró.

—¿Disculpe?

—Solo decía que parece un poco cansado —observó—. Y distraído.

—Lo siento. Ha sido un día muy largo.

Joe regresó a la mesa y les sirvió a ambos una copa de la botella de Pouilly-Fumé que había llevado Pam. Retrocedió un paso y los miró expectante.

—¿Ya sabe lo que le apetece? —le preguntó la arquitecta.

—Pero si todavía no he leído la carta... —respondió Logan.

Pamela rió de nuevo.

—En Joe's no hay carta.

Al percatarse de la confusión de Logan, Joe decidió intervenir.

—En la carta solo tenemos pescado —aclaró—. Del día, pescado en nuestras aguas y preparado a su gusto.

—Entiendo —dijo Logan—. ¿Qué pescado, exactamente?

Joe miró hacia el cielo mientras elaboraba una lista mental.

—Róbalo negro de mar, brosmio, platija, eglefino, caballa, fletán, abadejo, sábalo...

—Está bien —le interrumpió Logan con delicadeza mientras sofocaba una risa. El dolor de cabeza que llevaba todo el día latiéndole en las sienes parecía que había empezado a remitir. Señaló a Pam con cortesía—. Después de usted.

—Filete de eglefino, por favor, Joe —pidió sin titubear—. Escalfado en *court bouillon*.

—Muy bien. —Joe miró de nuevo a Logan.

—¿Dice que lo prepararían a mi gusto? —preguntó.

—A la brasa, a la parrilla, al vapor, poco hecho, salteado, frito, al horno, chamuscado, empanado, a la *meunière*, a la *bonne femme*, a la provenzal... —Joe se encogió de hombros como si eso no fuera más que el principio.

—Probaré el róbalo de mar —decidió Logan—. A la parrilla.

—Gracias. —Sin más, Joe se alejó de la mesa.

—Un lugar interesante —apreció Logan. Tomó un sorbo de vino, que le pareció excelente.

—Tienen el mejor pescado de Nueva Inglaterra —convino Pam—. Pero no lo encontrará en ninguna guía de viajes ni en ninguna página de restaurantes de internet. Los newportenses lo queremos solo para nosotros.

Logan probó el vino de nuevo.

—Hablando de Newport, ¿en qué proyectos está actualmente?

Pam no se hizo de rogar. De inmediato comenzó a describirle no solo el proyecto en el que estaba trabajando (la transformación de una fábrica de conservas de Thames Street en un bloque de apartamentos), sino también su sueño de realizar una renovación del puerto a gran escala, con la que se equilibrarían las necesidades de los habitantes de la ciudad, los turistas, los comercios y la industria pesquera. Era un plan ambicioso e interesante, y mientras Logan escuchaba, los últimos vestigios de su dolor de cabeza terminaron de disiparse. Los platos llegaron —Logan saboreó el róbalo de mar y comprobó que estaba cocinado a la perfección— y la charla viró hacia él y cómo se había convertido en pionero del peculiar oficio de enigmatólogo. Pam no solo tenía conversación, sino que además sabía escuchar; era de risa fácil y contagiosa; de hecho, hasta que Joe no retiró los platos (sin ofrecerles postre) y les sirvió una taza de café recién hecho, Logan no cayó en la cuenta de que la cena había concluido sin hablar de lo que en un principio los había llevado allí esa noche.

—¿Y entonces? —la instó según levantaba su taza.

—Entonces ¿qué?

—Ahora lo sé todo sobre usted y usted sobre mí. Soy todo oídos.

—Ah. Sí. —Pam bosquejó una sonrisa socarrona—. Esta mañana he estado echando un vistazo a los documentos de mi bisabuelo.

—¿Y?

—Y he encontrado algunas referencias a su habitación secreta.

Logan posó la taza sobre la mesa.

—¿En serio?

Pam asintió.

—Fue integrada en el edificio a petición de Edward Delaveaux. Y no solo eso: Delaveaux dio unas instrucciones muy concretas. Indicó las medidas exactas, los materiales para la construcción e incluso el lugar específico que ocuparía en mitad del laberinto del ala oeste.

—¿Alguna explicación de por qué o para qué se iba a utilizar?

—No. Parece que mi bisabuelo lo preguntó pero nunca se lo dijeron. De todas maneras, Delaveaux era célebre por sus excentricidades. Imagino que sabrá lo de su Stonehenge en miniatura.

Logan afirmó con la cabeza.

—¿Algún otro plano de la habitación? ¿Algunos cianotipos o alzados específicos que pudieran arrojar más luz sobre todo esto?

—No, solo encontré algunos bocetos. Pero sí puedo decirle una cosa. —Se inclinó hacia delante con ademán conspirativo—. Creo que sé cómo se accede.

—¿Qué? ¿Quiere decir a cómo entrar en la habitación?

La arquitecta asintió.

—¿Cómo?

Pam titubeó.

—Eso no puedo decírselo.

—¿No puede o no quiere?

Dudó de nuevo.

—Bueno, quizá un poco por ambas cosas. Pero para poder mostrarle cómo se accede, necesito ir a Lux y hacerlo yo misma.

—Oh, no. Lo siento, pero eso es imposible.

Pam lo miró con ojos inquisitivos.

—¿Por qué?

—Todo el mundo sabe que Lux es un lugar hermético. Nunca permitirán que una persona ajena a la institución se meta en esto... Y aún menos en un momento tan delicado.

—Pero yo no soy una persona ajena. Consulté con Strachey hasta el último detalle de la remodelación.

—Ese es el problema que tienen allí. Strachey... y lo que le sucedió.

Un silencio flotó sobre la mesa por un momento. Pam añadió un poco de crema a su café y lo removió.

—No voy a andarme con rodeos —dijo Pamela—. No sé lo suficiente como para explicarle cómo se hace. Algunas de las notas que mi bisabuelo tomó sobre la construcción de ese cuarto son un tanto confusas. Necesito verlo con mis propios ojos para darles un sentido.

—Olafson no lo aprobará. Bastante escándalo montó ya cuando solicité una auxiliar.

—Pues tírese del pelo y muéstrese indignado. Tal y como está haciendo ahora. Le da un aire muy interesante. Seguro que cuela.

Logan se quedó quieto y cayó en la cuenta de que en efecto estaba jugueteando con un mechón de su pelo, que soltó de inmediato. Pam soltó una risita.

Logan meneó la cabeza. No podía sino admirar la inteligencia y la tenacidad de aquella mujer, por no hablar de su atractivo.

—De acuerdo —aceptó—. No le prometo nada. Pero veré lo que puedo hacer.

Y cuando se despidieron a la salida del restaurante, él le dio un beso de buenas noches.

31

Habían pasado unos minutos de las nueve de la noche siguiente cuando una silueta se deslizó sobre el césped, bañado por la luna, que bajaba desde Lux hasta la orilla del mar. Al alcanzar la sombra opaca de la mansión, se amparó en la negrura de los arbustos para bordear la fachada posterior en dirección a una puerta pequeña junto a la cual brillaba una única luz. Se detuvo y llamó con discreción a la puerta.

Logan abrió de inmediato; después dio un paso para asomarse al jardín penumbroso y cerró la puerta de nuevo.

La silueta, Pamela Flood, se aproximó. En una mano llevaba un maletín pequeño de cuero.

—Muy bien. He seguido sus instrucciones. Ahora me siento como la protagonista de una mala película de espías. Dígame, ¿qué era eso que prefería no contarme por teléfono?

—Nada, solo que después de pensarlo un poco mejor, me di cuenta de que Olafson se negará en redondo a abrir las puertas de Lux para usted o me dirá que debe consultarlo con el Consejo.

—Ya se lo dije, él sabe que trabajé con Strachey. ¿Qué problema hay?

—Anoche no se lo mencioné durante la cena, pero se ha producido otro incidente.

—¿Otro incidente?

—No entraré en detalles, pero los nervios están a flor de piel. Y Olafson se desvive por la institución. Necesitamos seguir adelante, y no quiero perder tiempo suplicándole que me dé permiso.

—En el registro constará que he pasado por el control de seguridad. Sabrán que no he entrado por la puerta principal.

—Solo si comparan los dos registros. Está aquí porque tiene mi autorización; si alguien pregunta, le diré que estamos buscando unos cianotipos. —Logan abrió la puerta—. Vamos. Si nos cruzamos con alguien, actúe como si llevara toda la vida trabajando aquí.

—Es más fácil decirlo que hacerlo.

Logan la guió por un pasillo estrecho, doblaron un recodo y siguieron por una galería iluminada tenuemente hasta que llegaron al corredor principal de la primera planta. Continuaron en dirección oeste, Pamela sujetaba con firmeza el maletín en todo momento.

Una de las puertas del pasillo se abrió y alguien salió: Terence McCarty, el lingüista que le contó a Logan que había oído voces que lo urgían a adentrarse en el mar. Miró primero a Logan, después a Pamela y, por último, otra vez al investigador, con el ceño fruncido, sin entender nada. Logan se limitó a saludarlo con la cabeza y siguió adelante. Sentía los ojos de McCarty clavados en la nuca. Unos segundos después oyó los pasos del lingüista, amortiguados por la moqueta, alejándose en la dirección opuesta.

Después de lo que pareció una eternidad, llegaron a las elegantes puertas que cerraban el extremo del corredor. Logan se detuvo y miró hacia atrás de soslayo confiando en aparentar naturalidad. El largo pasillo estaba vacío. Sin perder un instante, desbloqueó la cerradura, instó a Pamela a sortear los cordones de terciopelo y a cruzar las puertas para pasar al vestíbulo.

Cuando Logan volvió a cerrar las puertas, la oscuridad se cerró sobre ellos. Sacó dos linternas pequeñas que llevaba en el bolsillo, encendió una y le ofreció la otra a Pamela.

—Tenga cuidado —le advirtió—. Esto está hecho una ruina.

—Soy arquitecta, ¿recuerda? Estoy acostumbrada a moverme por las obras.

Con cuidado, Logan la guió por los pasajes sembrados de escombros y las cámaras a medio remodelar hasta que llegaron a la escalera. Después de subirla, continuó por el tenue pasadizo lateral A, cuya construcción semejaba un túnel. Más adelante podía verse un débil resplandor.

Logan se detuvo ante la cortina de lona impermeable que tenía el cartel de aviso. Una intensa luz amarilla se filtró por la grieta abierta del basto material.

—Recuerde —le indicó—, no debe hablar de esto con nadie.

—Mis labios están sellados.

Logan levantó la lona y la hizo pasar por la rudimentaria puerta que tapaba la habitación secreta. Kim estaba allí, junto al extremo más alejado de la Máquina. Los miró.

—Esta es Kim Mykolos —dijo Logan a Pamela—. Era la auxiliar del doctor Strachey.

—Ya nos conocíamos —le informó Kim.

—Le he explicado a Kim el motivo de su visita —prosiguió Logan. Pero Pamela ya había entrado y estaba echando un vistazo a la habitación.

—Dios mío —murmuró al cabo de un momento—. ¿Qué es todo esto?

—Eso es problema nuestro —respondió Logan—. El suyo es dar con la puerta principal.

—De acuerdo. De acuerdo. —Miró de nuevo en derredor por unos instantes, como si fuese incapaz de dejar de contemplar el misterioso cuarto. Se acercó a la mesa de trabajo, puso el maletín sobre ella, lo abrió y sacó algunos papeles: cartas antiguas, esquemas y lo que a Logan le parecieron unos bocetos a lápiz. Examinó las hojas una tras otra mientras miraba en todas direcciones como si se estuviera orientando. El proceso le llevó unos cinco minutos. Kim la observaba en silencio, con los brazos cruzados y expresión inescrutable.

Finalmente, tras dejar el último papel en la mesa de trabajo, Pamela volvió a examinar la habitación en detalle: las paredes, el techo, el suelo, el mobiliario, el equipo. En ese momento, una sonrisa afloró en su cara.

Se giró hacia el maletín y sacó una libreta y un lápiz.

—Tenemos que subir a la planta de arriba —indicó mientras cogía uno de los papeles.

—¿Por qué? —preguntó Logan, sorprendido.

—Alúmbreme el camino, si es tan amable. Necesito las dos manos. —Enseguida extrajo algo más del maletín: un pequeño dispositivo, con una carcasa protectora de brillante goma amarilla, que tenía una pantallita con iluminación posterior y media docena de botones.

—¿Qué es eso? —se interesó Logan.

—Un medidor láser de distancias. —Levantándolo, Pamela señaló la puerta improvisada.

Los tres salieron al pasillo a medio reformar y se encaminaron hacia la escalera. Avanzaban despacio, porque cada pocos pasos Pamela se detenía para calcular distancias con el dispositivo y tomar notas en la libreta. Cuando llegaron a la escalera, subieron a la tercera planta. Logan, que no había llegado nunca hasta allí, movió la linterna en todas direcciones con curiosidad. Los obreros no habían empezado a trabajar en aquella zona (al menos, en la parte de la planta que no estaba reservada para los inquietantes menhires de Delaveaux), de modo que se conservaba más o menos intacta. No había ningún mueble ni adorno (obviamente, se lo habían llevado todo para poder trabajar sin impedimentos), y cada pocos pasos aparecía en el papel pintado, antiguo y de ricas texturas, un garabato hecho con rotulador blanco para indicar dónde tendría lugar la demolición.

Aquí el progreso del grupo se ralentizó aún más, ya que Pamela hizo frecuentes pausas para realizar lecturas con el medidor y apuntar los detalles en la libreta. Al mirar el cuaderno, Logan observó que la arquitecta había bosquejado con increíble detalle la segunda y la tercera planta, y en ese momento parecía afanarse para superponer con exactitud la tercera sobre la segunda. Kim observaba todo el proceso desde unos pasos más atrás. No había hecho ningún comentario, y Logan sospechaba —aunque ignoraba el motivo— que existía cierta tensión entre las dos.

Atravesaron un rellano, recorrieron un pasillo corto, cruzaron dos cámaras amplias sin muebles y llegaron a un corredor más largo antes de que Pamela se detuviera por última vez.

—Aquí —indicó, señalando una puerta que quedaba a la derecha.

Logan intentó abrirla, pero estaba cerrada con llave.

Hubo un momento de consternación antes de que se le ocurriera probar suerte con la llave que abría las puertas principales del ala oeste. La giró dentro de la cerradura y la puerta se abrió.

Al otro lado, el haz de la linterna reveló un antiguo almacén. No había ventanas, dado que la habitación quedaba dentro del laberinto del ala, y en una esquina del fondo se apilaban algunas cajas viejas, cubiertas de polvo. En mitad de la estancia, extrañamente, había una de las inmensas columnas salomónicas de mármol, esculpida también a modo de espiral, al más puro estilo de la arquitectura de Lux. Debía de ser, supuso Logan, un elemento maestro, y relegarlo a un almacén era una forma tan válida como cualquier otra de ocultarlo.

Pamela se guardó la libreta y el medidor de distancias en un bolsillo, sacó la linterna y se acercó a la columna. La examinó y puso las dos manos sobre ella, palpándola aquí y allá. Tras probar distintos movimientos, se oyó un clic apagado.

Se volvió hacia Logan.

—Su puerta principal.

Él la miró confundido.

—¿Qué quiere decir?

—*Ecce signum.* —Tocando de nuevo la columna, la abrió de par en par como si de un guardarropa se tratara.

—*Tu es mira* —murmuró Logan mientras orientaba la linterna hacia el pilar, atónito.

Al contrario de lo que había supuesto, no se trataba de un pilar maestro que se extendiera desde los cimientos hasta el tejado. Tampoco era de mármol. Más bien parecía de metal, revestido de una pintura que imitaba el mármol. Las dos puertas, altas y curvas, con las bisagras camufladas de forma ingeniosa, daban paso al hueco de un cilindro metálico vertical con el suelo redondo y dotado de un volante ancho (similar a los que se incorporaban en las escotillas de los barcos) acoplado en la pared del fondo.

Pamela puso fin al momento de perplejidad entrando, moviendo la linterna en torno a sí y haciéndoles una señal para que la siguieran. Logan le hizo caso y avanzó con cierta cautela. Instantes después, Kim se unió a ellos. Había el espacio justo para los tres.

Pamela asió los pequeños pomos metálicos de la cara interior de las dos puertas curvas y los unió con firmeza. El compartimento volvió a transformarse en un cilindro cerrado. Soltó un perno de sujeción del torno y le dio una vuelta.

Una sensación indefinible embargó a Logan. Después entendió lo que estaba ocurriendo: la «columna» había empezado a descender haciendo un suave movimiento de tornillo.

—Nuestro peso la acciona —explicó Pamela.

Sesenta segundos más tarde, un suave topetazo detuvo el descenso. Pamela abrió las puertas otra vez y se reencontraron con la intensa luz blanca de la habitación olvidada. Cuando salió, Logan y Kim la siguieron.

La columna descansaba ahora entre la máquina y la pared del fondo, cerca de los números romanos que había grabados en el suelo. Pamela volvió a cerrar las puertas, pulsó un botón casi invisible incorporado en el flanco de la columna, y esta emprendió el regreso hacia el techo en un ascenso helicoidal. Al observarla, Logan concluyó que el diseño espiral no cumplía solo una función decorativa, sino que operaba a modo de sacacorchos en su camino de regreso al almacén de la tercera planta. Cuando dejó de dar vueltas, la base se situó al nivel del techo, reducida al sencillo disco con grabados decorativos que Logan siempre había dado por hecho que servía para cubrir el agujero que habría quedado al retirar una araña de luces antigua.

Mantuvo la vista fija en el techo por un minuto. A continuación, miró a Pamela.

—Usted sabía de antemano cómo funcionaba —dedujo—. Es imposible que lo haya averiguado todo ahora.

Pamela rió.

—Tiene razón.

—Bien, ¿y por qué demonios no había dicho nada?

—Porque no estaba del todo segura. Me encontré con los planos de un aparato similar mientras revisaba los papeles de mi bisabuelo. Sin embargo, no estaban archivados junto con los documentos de Dark Gables; por tanto, no tenía modo alguno de saber si fue Delaveaux o no quien solicitó esos mecanismos. Por eso necesitaba ver el ala, y la habitación, para cerciorarme.

—¿Y cómo conseguimos que baje otra vez? —preguntó Kim.

—No lo sé —admitió Pamela—. Pero seguro que hay algún interruptor escondido por aquí, tal vez un resorte que se acciona cuando la columna baja a la habitación.

Logan volvió a alzar la vista hacia el techo. Negó con la cabeza. Y pensar que la respuesta había estado ahí, todo ese tiempo, literalmente sobre su cabeza. Otro de los muchos misterios que contenía la habitación olvidada.

—Increíble —dijo—. Gracias, Pam, acaba de ganar la mejor cena de Newport.

—Ya disfrutamos de la mejor cena —indicó la arquitecta—. En el Joe's, ¿recuerda?

—Pues, entonces, la cena más cara. —Le apretó la mano. Logan observó que Kim los miraba en silencio—. Vamos —urgió a Pamela, llevándola hasta su maletín—. Recoja sus cosas. La acompañaré hasta el coche.

32

Cuando Logan regresó a la habitación olvidada, encontró a Kim Mykolos examinando el disco decorativo del techo subida a una escalera doble que habría encontrado en algún despacho de las inmediaciones.

—Ni en un millón de años habría adivinado que la entrada de esta habitación era un ascensor que se acciona por medio de la gravedad —declaró—, camuflado a modo de columna maestra. Hay que reconocerle el mérito a la buena de Pamela.

—¿Tienen algún problema ustedes dos? —le preguntó Logan.

Kim se tomó un momento antes de responderle.

—A decir verdad, no me gustaba cómo trataba a Willard. Al principio, por lo menos, cuando discutían sobre las distintas ideas que tenían para reformar el ala. A mi modo de ver, como ella era la arquitecta y Willard un simple informático, cada vez que él proponía una remodelación, ella siempre le ponía muchos peros.

«¿Y eso es todo?», se preguntó Logan. «¿Sigue protegiendo a su viejo mentor... pese a lo que Carbon ha estado insinuando?»

—Asombroso —musitó Kim, que seguía estudiando el disco que conformaba la base del ascensor.

Logan debía admitir que lo era. Tal vez, en cierto modo, todo se debiese a un error suyo. Hasta el momento se había limitado a pensar en dos dimensiones y se había olvidado de que también existía un eje Z. Había estado ahí todo ese tiempo, en ese almacén polvoriento que tenían justo encima...

«Polvo.»

De repente se le ocurrió algo, una posibilidad escalofriante que le removió las entrañas.

—Kim —dijo con sequedad.

Al advertir el tono de Logan, la informática se giró hacia él de inmediato.

—¿Qué sucede?

Mientras Kim bajaba de la escalera, Logan cogió una de las linternas y le alcanzó la otra a ella.

—Acompáñeme.

Siguiendo el haz amarillo de las linternas, Logan emprendió de nuevo el camino que acababan de recorrer, escaleras arriba, a través de las habitaciones abandonadas de la tercera planta. Todavía lo recordaba con claridad y además era relativamente fácil de seguir. En menos de cinco minutos se encontraban de nuevo ante la puerta del almacén. Logan volvió a abrirla, pero, en lugar de entrar, dirigió el haz de luz hacia el interior. Allí, en el centro, imperaba la gran columna. Junto a las paredes del fondo estaban las cajas viejas, cubiertas por un manto de polvo.

Orientó la luz hacia el suelo, hasta la zona entre la entrada y la columna, y vio varios rastros de pisadas.

Al seguir el haz de Logan, Kim jadeó.

—Dios mío —exclamó en un susurro.

—Estaba tan atento a lo que hacía Pam que no me fijé en nada más.

—¿Qué quiere decir?

Logan entró en el almacén, dirigiéndose hacia el extremo izquierdo a fin de rodear el sendero de huellas, y se arrodilló para examinarlas. Había muchísimas; demasiadas para distinguirlas unas de otras. Aun así, estaba seguro de algo: eran recientes.

Se levantó.

—Alguien ha entrado aquí varias veces —concluyó.

—¿Cuándo?

—Hace muy poco.

Se acercó a la columna. Repitiendo de memoria el proceso que había seguido Pamela, abrió las dos puertas camufladas que daban paso al ascensor. Alumbró el suelo circular con la linterna. También allí se amontonaba el polvo de varias capas de pisadas.

—Pero en la habitación de abajo no hay polvo —recordó, casi para sí mismo—. Ni una mota.

—No entiendo —dijo Kim.

En respuesta, Logan pasó adentro y le hizo una señal para que lo siguiera. Cerró las puertas, soltó el perno como había hecho Pamela, dio una vuelta al volante y de inmediato el mecanismo comenzó a rotar en una lenta espiral hacia la habitación de abajo.

Logan abrió las puertas, salió del compartimiento, esperó a que Kim lo siguiera y envió el aparato de regreso a la planta de arriba. Enseguida examinó el suelo. Observó el leve rastro de polvo que habían dejado ellos con los zapatos, pero nada más.

Respiró hondo.

—Al parecer —dedujo— esta habitación no lleva décadas abandonada. Alguien ha estado entrando, hace muy poco, y por lo que se aprecia, bastante a menudo.

—¿Quiere decir, durante todos estos años? ¿Es posible que en realidad no se hubieran olvidado nunca de ella?

—No. Más bien creo que han vuelto a encontrarla... y que no hace tanto.

Kim guardó silencio mientras asimilaba lo que Logan había dicho.

—Vienen a menudo y desde hace tiempo. ¿Para estudiar la habitación, como estamos haciendo nosotros? ¿Para examinar la Máquina?

—Para examinarla... o para utilizarla. —Logan miró a su alrededor—. ¿No le extraña, si lo piensa, que no haya ni un solo libro? ¿Que no se vea un solo papel, archivo o nota? Desde el principio di por hecho que alguien se llevó todos los documentos, o que los escondieron, o incluso, Dios no lo quiera, que los quemaron cuando el proyecto fue interrumpido. Pero apuesto a que, si trajésemos aquí a un equipo de análisis forense, descubrirían que no hace mucho que sacaron de aquí esos documentos. Se los llevaron y procuraron dar un aspecto inmaculado a la habitación, haciendo ver que nadie la utilizaba ya para nada. Sin embargo, no tuvieron el mismo cuidado con la entrada de la tercera planta; nunca imaginaron que la descubriríamos. —Miró alrededor, hacia la mesa de trabajo, el archivador vacío, las estanterías sin libros—. Solo hay una conclusión lógica: alguien, quizá varias personas, se ha propuesto retomar esta investigación. Y ese alguien decidió borrar todas las evidencias de este cuarto cuando Strachey y los obreros amenazaban con descubrir su existencia.

—Me está asustando —reconoció Kim—. Porque...

—Porque se está preguntando si se limitaron a vaciar la habitación —la ayudó Logan con gravedad— o si además se quitaron de en medio a Strachey.

Kim no respondió. Se sentó en el peldaño más bajo de la escalera y se miró las manos.

—También existe otra posibilidad —anunció Logan tras un largo silencio—. Strachey descubrió este cuarto. Quizá fue él quien decidió retomar la investigación. Es posible que por eso despidiera a todos los obreros de un modo tan tajante; no quería que nadie lo molestase.

—No lo creo —opinó Kim. Levantó la cabeza de nuevo para mirar a Logan—. El doctor Strachey no tenía ninguna maña con la mecánica. Se habría visto perdido. Además, por lo que usted me ha contado, parece que solo descubrió el laboratorio, o que, al menos, abrió una brecha en la pared antes de... —No concluyó.

—Sí. Sé que la mecánica se le resistía. Pero, Kim, eso no significa que no llegase a toquetear la Máquina. —Y pensó para él: «Y que no le poseyera aquello que liberó por accidente... Hasta que perdió la cordura».

La habitación se sumió en un pesado silencio; Kim sentada en la escalera doble y Logan apoyado contra la mesa de trabajo, con la mirada perdida. Unos instantes después, de súbito, se puso derecho. Sin perder un segundo, empezó a caminar pegado a las paredes, palpándolas y empujándolas.

—¿Qué está haciendo? —inquirió Kim.

—Creo que hemos estado buscando las respuestas de un modo equivocado —explicó Logan sin dejar de palpar las paredes—. Dábamos por hecho que este lugar era una habitación normal. Pero no lo es y, teniendo en cuenta lo que se guarda en ella, debería haberlo imaginado. Ha hecho falta el hallazgo de Pam para que me dé cuenta.

Por un momento, Kim se limitó a observar cómo Logan deslizaba los dedos por las paredes en busca de alguna juntura oculta, de algún botón camuflado, de cualquier cosa que pudiera sacar a la luz un nuevo secreto. Instantes después, sin decir una palabra, Kim se unió a él y examinó primero la pared del fondo, después el suelo y a continuación el voluminoso aparato que ocupaba el centro del cuarto.

Al rato, Logan empezó a revisar la Máquina junto a ella. Poco después, ocurrió lo que esperaba: al empujar la madera pulida, justo por debajo de las dos placas de los fabricantes, se activó un tope. Con un clic, una estrecha bandeja de resorte quedó a la vista. Parecía estar revestida de plomo.

—Kim —dijo—. Fíjese en esto.

Ella rodeó el extremo opuesto del aparato y se arrodilló a

su lado. Logan empujó el hallazgo hasta cerrarlo de nuevo (entonces el contorno rectangular del panel frontal se fundió por completo con los dibujos de la madera) y después, apretándolo con el dedo, lo abrió otra vez.

—Un rompecabezas dentro de otro —murmuró.

El compartimento se dividía en cuatro bandejas más pequeñas. Dos se encontraban vacías, mientras que las otras albergaban unos dispositivos idénticos. Eran pequeños, estaban rodeados de muchos cables (unos amarillos y otros marrones) y cada uno contenía tres válvulas de vacío. Logan observó algo en ellos que le resultó familiar, aunque no acertaba a determinar qué era. El dolor de cabeza había regresado clamando venganza, le costaba concentrarse e ignorar la música que oía en su cabeza siempre que se acercaba a la habitación olvidada.

—¿Alguna idea de para qué podrían servir? —preguntó.

—No. Parecen una especie de receptores. Aunque también podrían ser transmisores. Se basan en una tecnología muy antigua.

Logan escrutó los dispositivos. Se devanó los sesos intentando comprender por qué le resultaban tan familiares... y, de pronto, dio con la respuesta.

Se echó atrás como si acabase de sufrir un choque galvánico. «Oh, Dios mío...»

Sin darle importancia, Kim sacó uno de los dispositivos (a diferencia del resto de los elementos de la habitación estaba cubierto por una fina capa de polvo) y lo examinó en detalle.

—Una manera de averiguar para qué sirve: encender la máquina y ver qué sucede.

Logan la miró confundido y luego replicó.

—¿Disculpe?

—Obviamente, su funcionamiento está relacionado con el aparato principal; si no, ¿por qué iba a estar ahí guardado?

Si activamos la Máquina, tal vez encuentre el modo de conectar este dispositivo con el generador de campos o la grabadora de FVE.

—No —dijo Logan.

Kim se levantó.

—Podemos seguir especulando hasta que nos aburramos. Pero tarde o temprano tendremos que llevar nuestras teorías a la práctica. Propongo que la encendamos y comprobemos lo que pasa. Si no, tengo...

—¡No! —exclamó Logan. También él se había levantado y, como si ahora se viese desde fuera, se dio cuenta de que estaba gritando—. ¡No vamos a hacer eso!

Un silencio absoluto se condensó en la habitación. Logan se llevó una mano temblorosa a la sien. Le dolía muchísimo la cabeza.

—Iba a decir —prosiguió Kim, con voz queda y serena— que, si no, tengo mucho trabajo..., trabajo de verdad..., en la oficina.

Logan respiró hondo. Necesitaba tiempo, estar a solas, para pensar con claridad.

—Puede que sea buena idea —convino con calma—. Ya basta por esta noche.

Kim volvió a colocar el dispositivo en su bandeja y Logan cerró el cajón deprisa. Apagaron las luces, corrieron la lona y abandonaron el ala oeste en silencio.

33

—Hablemos claro —dijo Olafson—. Dejaste que la señorita Flood entrase en la habitación secreta.

Logan asintió. Era la mañana siguiente y se encontraban en el salón de las dependencias que Willard Strachey había ocupado en la tercera planta. Las cortinas estaban descorridas, pero el apartamento se hallaba en penumbra: una amplia depresión tropical se había formado sobre las Bermudas, y las nubes empezaban a velar la costa, extendiéndose hacia el norte hasta New Hampshire.

—Y eso después de haberle hablado de la habitación, y de Will Strachey, pese a que se te recalcó de forma expresa que era imprescindible actuar con discreción. —El rostro del director parecía contraído, los labios fruncidos en una mueca de profunda desaprobación.

—Necesitaba información, y ella era la persona idónea. Escucha. Es la bisnieta del arquitecto de Dark Gables. Hizo con Strachey los planos de la remodelación. Se negó a ayudarme a menos que le permitiera acceder a la habitación.

—¡Cielo santo, Logan! ¿No se te ocurrió que tal vez pretendiera utilizarte y aprovechar la ocasión para husmear en ese cuarto?

Logan titubeó un momento. De hecho, no había tenido en

cuenta esa posibilidad. Y aun así, la descartó por considerarla demasiado alarmista.

Olafson negó con la cabeza.

—No sé, Jeremy. Has cambiado desde la última temporada que pasaste aquí. Tal vez sea por la mala prensa que se te ha dado. Creía que podía contar con tu discreción. Pero no has hecho caso de las instrucciones, de manera que...

—Y menos mal que no he hecho caso —lo interrumpió Logan—. Porque he descubierto cosas muy preocupantes.

Al oír esto, Olafson guardó silencio. Un instante después, le invitó a continuar con un gesto.

—Hemos dado con la entrada a la habitación, si se le puede llamar entrada. Nunca la hubiera encontrado de no ser por Pam Flood. —A modo de resumen, Logan le detalló cómo se accedía gracias a un ascensor que funcionaba manualmente y que estaba escondido en el almacén que quedaba encima—. Y después de este hallazgo averigüé algo más: que alguien, o quizá varias personas, está utilizando esa habitación... y desde hace poco.

Un gesto de asombro se extendió por el rostro de Olafson. De forma inconsciente, se llevó los dedos al nudo de la corbata, que alisó contra su impecable camisa blanca.

—¿Cuándo es «hace poco»?

—Es difícil de precisar. Desde hace meses, tal vez. Medio año. En cualquier caso, Gregory, sabían que entraríamos. Por eso la habitación estaba impoluta. Por eso se llevaron todos los libros y archivos. Creo que han retomado el trabajo que quedó interrumpido hace tres cuartos de siglo. Creo que lo han reanudado... y perfeccionado.

—¿No pudo ser obra del propio Will Strachey? —conjeturó Olafson—. Me refiero a que fue él quien ordenó detener la reforma.

—Yo también me he preguntado lo mismo. Pero si lo piensas, no parece muy probable; él dirigía el proyecto de la reconstrucción, podría haber encontrado un modo más sutil de mantener la habitación oculta. Aun así, el hecho es que tengo pruebas de que no fue Strachey.

—Pruebas —repitió el director.

Logan asintió. Se llevó la mano al bolsillo, sacó uno de los dispositivos que habían descubierto en la bandeja oculta la noche anterior y se lo tendió. Olafson estiró la mano con cautela, como si esa cosa le fuera a morder. Lo giró entre las manos una o dos veces antes de devolvérselo con una mueca muda de incomprensión.

Logan lo puso sobre una mesita. Se giró hacia la antigua radio de diseño catedralicio de Strachey, la levantó, retiró el panel posterior y se la mostró.

—¿Recuerdas que te pregunté si Lux había realizado alguna investigación con ondas de radio? —inquirió—. Mira aquí dentro.

Olafson echó un vistazo. En un primer momento adoptó un gesto de desconcierto. Después, cuando ató cabos, abrió los ojos como platos. Miró el dispositivo que descansaba sobre la mesita.

—Exacto —dijo Logan—. Son iguales, pero el que está dentro de la radio ha sido mejorado, actualizado, tiene un circuito integrado en lugar de las válvulas de vacío y una batería del siglo XXI en lugar de una toma de corriente. Si coges la radio y le das la vuelta al dispositivo, podrás comprobarlo tú mismo. Está instalado en la parte inferior, sin duda con el propósito de camuflarlo.

Olafson retrocedió un paso.

—¿Qué significa esto?

—Te lo diré —respondió Logan—. Pero creo que no te va a gustar.

Al ver que el director no replicaba, cogió el dispositivo de la mesita y prosiguió.

—Anoche, mientras investigaba la habitación secreta, encontré una bandeja para guardar cuatro dispositivos como este. Faltaban dos. —Le dio una palmada a la radio—. Uno de ellos está aquí.

—Pero ¿por qué?

—Ignoro para qué sirven exactamente esos dispositivos. Pero sospecho que aquellas personas que tenían acceso a la habitación secreta pusieron uno en la radio y, consciente de la afición de Strachey por las antigüedades, se la dieron a modo de obsequio. Además, conscientes también de lo mal que se le daba la mecánica, estaban seguros de que nunca manipularía los circuitos con la intención de hacerla funcionar. Porque, irónicamente, la radio ya funcionaba; o, al menos, como pretendían nuestros amigos desconocidos.

—No querrás decir... —Olafson se interrumpió.

—Sí. —Logan zarandeó el dispositivo suavemente con la mano—. Creo que una de estas unidades se utilizó para impedir que Strachey siguiera con su trabajo en el ala oeste.

—¿Y crees que esa cosa lo empujó a hacer lo que hizo?

Logan afirmó con la cabeza.

—Como te decía, no sé cómo funciona... aún. Pero, sí, creo que esto fue lo que provocó el brote psicótico de Willard Strachey. —Volvió a guardarse el dispositivo en la chaqueta.

—Eso significa que tenemos un asesino en Lux —dedujo Olafson.

—No me cabe ninguna duda, alguien que piensa que el aparato que se guarda en esa habitación es lo bastante valioso como para matar por él. —Logan volvió a encajar la tapa posterior de la radio y la colocó de nuevo en su sitio—. Intuyo que los responsables estaban a punto de concluir su investigación. Sabían que era cuestión de días que los equipos de demolición de Strachey encontrasen el cuarto. Pero debían concluir el trabajo de todas maneras. No le veo sentido a ninguna otra teoría. De no encontrarse en las fases finales, ¿por qué deshacerse así de Strachey? No, pensaron que contarían con el tiempo que Lux tardase en recuperarse de la muerte de Strachey y en poner a otra persona al cargo de la restauración. Para entonces habrían concluido el estudio y se habrían marchado. Pero no contaban con... —Llegado a este punto, guardó silencio.

—No contaban con que aparecerías tú. —Olafson completó la frase.

—Al tener conocimiento de mi llegada, esa persona, si se trataba de una sola, debió de preguntarse el motivo. Creo que fue entonces cuando sacaron todo cuanto había en la habitación o, al menos, cuanto pudieron llevarse. —Logan se pasó una mano por el pelo—. En una o dos ocasiones, durante las primeras noches que me dediqué a examinar el cuarto, tuve la certeza de que había alguien cerca, escuchando, observando. Estoy seguro de que era el asesino, intentando determinar si había descubierto ese sitio.

—Si estás en lo cierto —aportó Olafson segundos después—, ¿no deberíamos acordonar la habitación? ¿Poner vigilancia, veinticuatro horas al día?

—Lo había pensado. No serviría de nada. Como te decía, esa persona ya sabe que hemos descubierto la habitación. Tarde o temprano encontraría algún modo de seguir utilizando su aparato.

Olafson no respondió a esto.

—Lo que no alcanzo a entender es cómo esa persona llegó a tener conocimiento de la antigua investigación. No es uno de los científicos originales, claro, puesto que deben de estar todos muertos. Mi sospecha es que hay alguien en Lux que un día se puso a cotillear los documentos del archivo dos y se topó por casualidad con los registros censurados del Proyecto Sin.

—Eso no es posible —opuso Olafson en un inusitado tono de voz—. En primer lugar, dudo que el archivo dos contenga documentos censurados relacionados con todo esto. Y aunque los hubiera, nadie podría acceder a ellos. Los colegas solo tienen autorización para archivar o retirar registros que guarden una relación directa con el trabajo que ellos realizan; tenemos mucho cuidado con eso.

Durante el curso de la conversación, un sinfín de emociones desfiló por el rostro del director: primero, ira; después, incredulidad; a continuación, asombro; y en ese momento, algo que ni siquiera Logan acertaba a descifrar. Algo que le produjo cierta inquietud.

—¿Qué ocurre, Gregory? —le preguntó.

Poco a poco y con mucho cuidado, como si fuese un anciano, Olafson se apoyó en los reposabrazos de una silla cercana para sentarse en ella.

—Hay algo que necesito contarte, Jeremy —le confesó con voz grave—. Al decírtelo, estaré violando un juramento solemne que se ha respetado durante décadas. Pero creo que debes saberlo. Debes saberlo, aunque no sé por dónde empezar.

Logan tomó asiento frente al director.

—Tómate el tiempo que necesites —dijo.

A continuación, aguardó, en la penumbra del salón, a que Olafson hablase.

34

Al cabo de unos minutos, Olafson se agitó en su asiento y carraspeó.

—Hace unos días —comenzó— me preguntaste si conocía la existencia de la habitación olvidada, o si sabía qué uso se le podría haber dado. Te dije que lo ignoraba. —Olafson volvió a titubear—. No es cierto. Al menos, no del todo.

De pronto, el director, cuya mirada no había dejado de deambular por la estancia mientras hablaba, miró a Logan a los ojos.

—Hay algo que tienes que entender. Cuando te presentaste aquí en respuesta a mi llamada, estaba conmocionado. Me sentía completamente abrumado por lo que le había ocurrido a Will Strachey, por lo que había hecho. Algunas de las cosas que me dijiste, que me preguntaste, no las asimilé en su momento. De haberlo hecho, te habría prohibido que examinaras esa habitación. Pero he tenido tiempo para reflexionar sobre lo que me has contado. Y también he tenido tiempo para... recordar.

Al escuchar a Olafson, Logan rememoró de repente la conversación que habían mantenido en la oficina del director antes de bajar a cenar, cuando le habló sobre el Proyecto Sin y los archivos desaparecidos, y le manifestó la posibilidad de que la habitación olvidada fuera en otro tiempo el escenario de una investigación misteriosa. En aquel instante la expresión de Olafson le llamó la atención: estaba claro que acababa de comprender algo.

—Continúa —le instó Logan.

—El hecho es que estás en lo cierto, Jeremy, más de lo que imaginas. A finales de los años veinte y principios de los treinta se estuvo realizando aquí un estudio secreto. No puedo detallarte su naturaleza, puesto que la desconozco. Pero me consta que solo el reducido grupo de los científicos que participaron en el proyecto tenían conocimiento de este, además del director de Lux. Lo que sí sé es que los trabajos se llevaron a cabo en un lugar secreto ubicado aquí, en el campus de Lux. Creo que no me equivoco al suponer que ese lugar era la habitación oculta, que tú y el pobre Will, me temo, descubristeis.

El director se frotó la barbilla con aire ausente.

—No estoy al tanto de los pormenores. Sí sé, no obstante, que quienes participaron en aquel trabajo tenían muchas esperanzas puestas en él; estaban convencidos de que aportarían un auténtico tesoro para la humanidad. Pero a medida que los años treinta transcurrían, la esperanza se transformó en preocupación. Ya sabes, por supuesto, que los estatutos de Lux prohíben que la institución inicie ningún tipo de proyecto que pueda emplearse en perjuicio del hombre.

Logan asintió.

—Deduzco entonces que el estudio secreto comenzó a desviarse en esa dirección.

—Sí. O, al menos, ese podría haber sido el rumbo... si los participantes así lo hubieran querido.

—De manera que la investigación fue abandonada, para siempre.

—Abandonada, sí. Pero no para siempre. Se tomó la decisión de dejar el trabajo aparcado, de ocultarlo, básicamente, hasta que un día surgiera la posibilidad de revisarlo, cuando los avances tecnológicos garantizasen que se podía retomar sin que entrañase ningún riesgo para el ser humano.

—Una cápsula del tiempo científica —resumió Logan.

—En efecto. La cual se debería abrir o, al menos, examinar, transcurridos cien años.

—Y, claro está, toda la documentación, los diarios y las notas referentes al proyecto fueron retirados de los archivos centrales de Lux para llevarlos a la habitación olvidada. Eso explicaría el vacío de los registros.

—Es lo más probable. Y después se procedió a sellar el cuarto.

—No. —Logan se levantó y empezó a caminar en círculos—. No creo que hiciera falta sellarlo. La entrada estaba oculta dentro de una columna del almacén abandonado que hay una planta por encima. La habitación secreta, en realidad, siempre estuvo sellada.

—En cualquier caso —continuó Olafson—, los pocos científicos que llegaron a colaborar en el proyecto hicieron un juramento solemne de confidencialidad y abandonaron Lux a los pocos meses de que la investigación se truncara. Eso sí lo sé.

—¿Qué más puedes contarme?

—Poco más. En mi despacho tengo una caja fuerte, una caja fuerte especial. Contiene un dosier sellado. En 2035 se deberá abrir ese expediente y se organizará un grupo de debate para determinar si la antigua investigación se puede reanudar sin peligro. Cuando ocupé este cargo hace dieciocho años, me hablaron, entre otras cosas, de la existencia de este informe. Todo director de Lux que vaya a abandonar el cargo tiene la obligación de informar al director entrante sobre ese documento, y de explicarle la importancia que entrañan tanto el dosier en sí como la llegada del año 2035.

—La información se transmite de forma confidencial, de

unos a otros. Del mismo modo que el presidente que se retira pone al tanto al nuevo sobre los asuntos de inteligencia y le entrega el maletín nuclear.

Olafson hizo una mueca.

—No puedo decir que aplauda la alusión, aunque se puede resumir así. Pero, ¿sabes, Jeremy?, ya ha habido otros cuatro directores desde los hechos que acontecieron aquí a mediados de los treinta. Me contaron lo del estudio secreto y lo del dosier de la caja fuerte privada hace años, durante una conversación que apenas duró cinco minutos. Cuando Will se suicidó, yo ya me había olvidado de ese asunto por completo o, mejor dicho, nunca se me pasó por la cabeza que pudiera guardar relación alguna con los acontecimientos actuales.

—No —comprendió Logan—. No, claro que no.

—Por eso no tuve ningún problema en autorizarte a explorar esa habitación, y también ese es el motivo de que no estableciera ninguna relación entre su existencia y la muerte de Will. Pero teniendo en cuenta lo que has averiguado, teniendo en cuenta ese dispositivo que me has mostrado..., supongo que no hay ninguna duda.

—Estoy de acuerdo. —Logan se detuvo—. Entonces, vamos.

El director lo miró sin entender.

—¿Disculpa?

—Vamos a abrir la caja fuerte.

—No hablarás en serio.

—Hablo muy en serio.

—No lo entiendes. —Olafson se levantó con un gesto de alarma en el rostro—. Al contarte esto, he roto mi juramento como director de Lux.

—Pero las respuestas que necesitamos están ahí, y...

—Jeremy. Te he confiado esto, te he hablado sobre algo de lo que ningún otro director ha mencionado desde 1935, para decirte que tienes razón. Aquí se llevó a cabo algún tipo de trabajo clasificado, peligroso, con toda seguridad en la habitación secreta. Ahora ya estás más cerca de la respuesta, lo sé. Te he proporcionado la confirmación que necesitabas para seguir el rastro correcto.

Logan, casi aturdido por encontrarse con esa negativa repentina tras una revelación tan inesperada, forcejeó con un cúmulo de emociones opuestas.

—Greg. Tienes el deber ético y moral de mostrarme el contenido de ese dosier.

Olafson negó con la cabeza, apesadumbrado.

—No. Ya he roto mi juramento. Lo siento, no puedo agravar mi falta incumpliendo los estatutos de Lux.

—Entonces morirá más gente —infirió Logan a media voz.

35

Era la una de la tarde cuando Logan regresó a su apartamento con despacho de la tercera planta. Había pasado el resto de la mañana paseando inquieto por los jardines bajo un cielo plomizo y con el furioso batir del Atlántico contra las rocas como contrapunto a su frustración. Había sopesado y después descartado una decena de formas de convencer, engatusar e incluso amenazar a Olafson para que abriera la caja fuerte. Al final decidió olvidarse de la cuestión y seguir trabajando, al menos por el momento. Aunque todo el mundo estaba almorzando a esa hora, lo último que sentía era hambre.

Miró alrededor del despacho, cogió el teléfono y marcó la extensión de Kim.

—Mykolos —respondió la informática.

—¿Kim? Soy Jeremy.

Siguió un breve silencio.

—¿Sí?

—Quería pedirle perdón por perder los estribos anoche. Fue inadecuado y usted no tenía culpa de nada.

—Disculpas aceptadas, si no le importa explicarme a qué se debió.

Logan se hundió en la silla de detrás del escritorio.

—Últimamente no me encuentro muy bien.

—Ya, se le ve un poco pálido. Pero supongo que hay algo más.

—Así es. —Titubeó—. Kim, creo que uno de los dispositivos que encontramos anoche en la habitación secreta provocó la muerte de Strachey.

Escuchó un jadeo contenido.

—¿Está seguro?

—Casi del todo.

—¿Cómo?

—¿Quiere decir que para qué sirven? No lo sé. Pero hay algo que sí tengo claro: el hecho de que Strachey encontrara la habitación fue lo que, de un modo indirecto, le causó la muerte.

—Dios santo. —Se hizo un silencio durante el que Logan casi pudo escuchar los engranajes de la cabeza de Mykolos—. Eh... no es algo que desee preguntar, pero..., si es así, ¿por qué seguimos vivos? ¿Por qué no hemos perdido el juicio y nos hemos quitado la vida también nosotros? Quiero decir, nosotros también hemos estado urgando en esa habitación.

Logan había temido que le formulase esa pregunta. Él también se lo preguntaba. Optó por darle la respuesta más fácil y menos alarmante.

—Creo que el asesino pensaba que no daríamos con la habitación secreta, al menos no tan rápido. Pero ahora que la hemos encontrado, y que Olafson sabe lo que ocurre, porque, sí, está al tanto, creo que el asesino se ha refugiado en su madriguera. Aun así, si prefiere desentenderse de este trabajo, lo entenderé perfectamente...

—No. De ninguna manera. Pero tiene que dejarme hacer cosas, para variar.

—Me parece bien. Y esa es la segunda razón por la que la he llamado. Quiero que siga adelante e investigue uno de los dispositivos que encontramos anoche. Desmóntelo, examínelo con un osciloscopio o sométalo a un proceso de ingeniería inversa. Intente descifrar su funcionamiento, qué relación guarda con la Máquina. Sé que es una labor muy complicada, teniendo en cuenta que se llevaron todos los manuales de instrucciones. Pero usted está mucho más preparada que yo para esta tarea. Y, Kim, debe proceder con sumo cuidado; insisto: extreme las precauciones. Documéntelo todo con la cámara de vídeo. Trabaje con calma. Trate esa cosa como si fuera una bomba de relojería.

—No se preocupe, tendré cuidado. De hecho, tengo algunas teorías al respecto.

—¿Cuáles?

—¿Se acuerda de esos trajes enormes que hay colgados al fondo de la habitación? ¿Los que parecen armaduras?

—Sí.

—Pues bien, creo que eso es lo que son, protecciones. Creo que quienes utilizaban la Máquina se los ponían antes de encenderla.

Ahora que lo pensaba, parecía obvio.

—¿Qué la ha llevado a esa conclusión?

—¿Alguna vez los ha examinado de cerca? ¿Se ha fijado en la malla metálica que llevan incorporada en el cristal de la visera?

—Lo había observado, sí.

—Bien, me dio que pensar. En los microondas.

—¿Disculpe?

—¿Alguna vez se ha quedado mirando un microondas en funcionamiento, observando cómo la comida empieza a humear y preguntándose por qué no termina cocinado usted también?

—Siempre he dado por hecho que incluyen algún tipo de barrera.

—Exacto. La razón por la que la energía del interior del microondas no nos quema, o una de las razones, al menos, es que incorporan una malla metálica en el panel de la puerta. Funciona como una jaula de Faraday.

—Una ¿qué?

—Una jaula de Faraday. Un compartimento hecho de malla conductiva que asegura que el voltaje eléctrico permanezca constante a ambos lados. Además, bloquea ciertos tipos de radiación electromagnética, como las ondas de radio. En cualquier caso, imagino que esos trajes actúan como jaulas de Faraday a la inversa, evitando la radiación, porque estoy segura de que hay algún tipo de radiación, fuera.

Logan consideró la teoría de Kim.

—Yo solo soy historiador. Aun así, me parece plausible. Estaré más tranquilo sabiendo que trabaja protegida. Tenga cuidado de todas maneras. Y le ruego que mantenga la potencia al mínimo; tal vez usted se proteja con la jaula de Faraday, pero los demás no llevaremos ninguna puesta.

—Trato hecho. Esta noche tengo planes, pero empezaré mañana a primera hora. Lo tendré al tanto de lo que averigüe.

Logan colgó el teléfono y estaba a punto de darse media vuelta cuando vio que en la base parpadeaba una lucecita roja que indicaba la llegada de nuevos mensajes. Levantó el auricular de nuevo y llamó al buzón de voz.

Solo tenía un mensaje: «¿Jeremy? Soy Pam. Escuche, tengo muchas ganas de que cenemos juntos esta noche. Y... he estado revisando con más atención los papeles de mi bisabuelo y no creerá lo que he encontrado. —Una pausa—. ¡Es broma! No he encontrado nada más. Aunque he recuperado la tarjeta de aquel tipo tan raro que se presentó en mi puerta el pasado invierno. Al final resulta que no la había tirado. Se la llevaré. Por cierto, la reserva del Sub Rosa es a las nueve y media. Sé que es un poco tarde, pero si no viviera en la zona, no nos habrían hecho un hueco ni en sueños. Es un sitio increíble, le encantará. Y después de cenar, quizá podríamos tomar un café en mi casa. —Una risa tímida—. Así pues, ¿qué tal si me recoge a y cuarto? Nos vemos luego». Se oyó un clic al cortarse la llamada.

Cuando Logan colgó el teléfono por segunda vez y se levantó del escritorio, notó que la cabeza le daba vueltas. Se apoyó en el respaldo de la silla para recuperar el equilibrio.

Llevaba las últimas cuarenta y ocho horas encontrándose cada vez peor. El dolor de cabeza no le daba tregua y los incomprensibles susurros que había empezado a oír, entremezclados con la música demoníaca, amenazaban en ocasiones con abrumarlo por completo. La noche anterior se descubrió sentado en el borde de la cama, jugueteando con la navaja del botiquín, la hoja extendida, e incapaz de recordar lo ocurrido durante los últimos quince minutos.

Tenía que hacer algo.

Cogió una almohada de la cama, la colocó en medio del suelo y se sentó con cuidado sobre ella en la postura de *kekkafuza*, o loto completo, propia del *zazen*.

En los momentos de mucha inquietud o malestar emocional, Logan recurría a la meditación zen, así como a sus habilidades de empático, para despejar la mente. Nunca lo había necesitado tanto como entonces.

Sacó el amuleto y lo miró un instante. Lo dejó caer con delicadeza sobre su pecho y bajó las manos hasta el regazo, con las palmas hacia arriba, la derecha sobre la izquierda, según requería la meditación *dhy na*. Empezó a respirar muy despacio y de forma consciente: inspirando y espirando hasta vaciar la mente de todo pensamiento superfluo, sin concentrarse en nada en concreto salvo en la propia respiración; imaginando que con cada inspiración tomaba aire limpio y purificador, y que cada espiración lo ayudaba a desprenderse de los venenos físicos y emocionales. Al principio contaba cada una de las inspiraciones y exhalaciones que efectuaba; al cabo de unos minutos dejó de ser necesario.

Una sensación de calma comenzó a embargarlo. El dolor de cabeza desapareció, así como los murmullos. Pero la música..., la música perturbadora y diabólica, continuaba ahí.

Intentó aislar la música en su cabeza, encerrarla en una celda estanca a fin de poder estudiarla como fenómeno, en lugar de percibirla como un intruso al que temer. No sin esfuerzo, consiguió ralentizarla hasta que solo una nota sonase cada vez. Mientras una nota sonaba, él introducía mentalmente otra, opuesta, de su propia creación. Una a una, a medida que las notas nuevas irrumpían en su conciencia, él añadía otra con el objeto de contrarrestar la primera.

Continuó con el ejercicio durante unos diez minutos, procurando en todo momento mantener la sensación de quietud interior en el corazón del *zazen*. No era un proceso perfecto, carecía de la disciplina mental que se requería, pero cuando volvió a levantarse, el dolor de cabeza le había dado una tregua; ya no oía ningún murmullo y, lo que más agradecía, la música sonaba ahora amortiguada.

Lanzó la almohada a la cama; se guardó de nuevo el talismán bajo la camisa; y se detuvo para realizar otra aspiración profunda y catártica. Enseguida, tras acercarse al escritorio para recoger la cartera, abrió la puerta y salió de sus dependencias.

36

En la antigua casa victoriana con fachada de vigas entramadas ubicada en Perry Street, Pamela Flood, sentada en un cuartito de la planta superior que ella llamaba «camerino», se maquillaba cohibida ante el espejo. Casi nunca se retocaba, y ni siquiera esa noche quería excederse, pero pensó que el esfuerzo había merecido la pena. No tenía hermanos, de manera que, una vez fallecido su padre, la casa (con sus inusuales pasillos sesgados, sus escaleras traseras y sus habitaciones sin una utilidad clara) quedó para ella sola. Lo bueno de eso, acaso la única ventaja, era que podía utilizar las múltiples estancias a su antojo, de ahí lo del camerino.

Eran las nueve menos cuarto de la noche, casi su hora predilecta, y tenía abiertas las ventanas que acogían la fresca brisa nocturna y daban a la somnolienta calle residencial, sumida en un silencio que solo rompía el canto de los insectos. Un vaso de té helado con una ramita de menta descansaba a su derecha mientras sonaba un CD de Charles Mingus.

Estaba deseando encontrarse con Jeremy Logan y disfrutar de la que sin duda sería una velada maravillosa. También se sentía expectante, como hubo de admitir con un cosquilleo de pura emoción, ante lo que ocurriría después. No era fácil conocer gente en una ciudad como Newport. En un núcleo turístico uno siempre se siente atrapado bajo un microscopio ineludible. Se negaba a mezclarse con los clientes y, puesto que llevaba allí toda la vida, tenía la sensación de que conocía demasiado bien a todos los solteros compatibles (antiguos compañeros de estudios y vecinos, entre otros) para imaginar siquiera tener un romance con alguno de ellos. ¿Y los turistas y los multimillonarios de las puntocoms que se dejaban caer para presumir de yate mientras fingían interesarse por el Festival de Jazz...? Ni hablar.

Esta determinación, no obstante, reducía sus posibilidades de forma significativa.

... ¿Qué había sido ese ruido? ¿Habían llamado a la puerta?

Se levantó, bajó el volumen de la música y se asomó a las escaleras. Sin embargo, no oyó nada. Miró el reloj: Jeremy no llegaría hasta dentro de veinte minutos, por lo menos.

Ahí estaba: nerviosa como una quinceañera a punto de ir al baile del instituto. Aun así, tenía la costumbre de subir tanto el volumen de la música que a veces no oía cuando llamaban al teléfono o al timbre. Algo poco recomendable para alguien cuyo sustento dependía de sus clientes y del boca a boca. Regresó al tocador y subió el volumen de nuevo, aunque un poco menos esta vez.

Al sentarse, se recordó que debía llevarle a Jeremy la tarjeta de visita que le había prometido. Cuando volvió a encontrarla, decidió ponerla donde estaba segura de que no se le olvidaría; la casa laberíntica, llena de montañas de libros, bocetos desparramados y dibujos arquitectónicos, tendía a tragarse las cosas y no devolverlas.

Mientras se pintaba los labios, siguió pensando en Logan. Le extrañó que la sospecha y el temor hubieran enturbiado la primera impresión que se llevó de él. Sin embargo, cuando averiguó quién era y fue al Blue Lobster decidida a tener una charla con él, no imaginaba que terminaría gustándole. Eso podía deberse, razonó, a su popularidad; aquejada del típico puritanismo de Nueva Inglaterra, jamás se permitiría quedar con alguien que hubiera aparecido en la portada de *People* y, menos aún, con una profesión que llamaba la atención tanto como la suya. Pero a pesar de todo eso, la había conquistado. Tampoco parecía que él pretendiera nada, aunque quizá en parte fue precisamente por eso. No, había llegado sin dárselas de nada, y era afable, modesto, crítico consigo mismo e incluso un tanto reservado a la hora de hablar acerca de su trabajo. Además, a ella le parecía divertidísimo. El hecho de que fuese atractivo solo servía para que mantuviera la guardia baja.

Así y todo, hasta que cenaron en Joe's no empezó a tomarlo en serio. No sabía exactamente por qué. No cabía duda de que era un intelectual: tenías la sensación, cada vez que hablaba, de que tras sus comentarios subyacía un razonamiento mucho más profundo del que se podía atisbar en sus palabras. Lo que se apreciaba en la superficie no era más que la punta de un iceberg muy intrigante. Pero había algo más: el modo en que te miraba cuando le hablabas, como si entendiera tus sentimientos mejor que tú; por eso aquella noche en ningún momento se sintió juzgada, sino comprendida.

Al menos, esa fue la impresión que se llevó. Y tenía el convencimiento de que, tras cenar relajadamente en el Sub Rosa a la luz de las velas, sabría con certeza si...

¿Era un golpetazo lo que acababa de oír? Se levantó de nuevo y apagó la música. Parecía haber sonado abajo, aunque con la música, no estaba segura; el ruido podría haber venido de la calle.

Se quedó de pie en medio del camerino, a la escucha. Consultó el reloj otra vez: aún no eran las nueve. Durante los últimos meses se había producido una oleada de robos, aunque siempre habían tenido lugar durante la madrugada.

Mientras titubeaba bajo la suave luz dorada, oyó otro ruido: el crujir de una de las antiguas tablas del suelo en alguna de las habitaciones de abajo.

Pamela se miró deprisa en el espejo, satisfecha con lo que veía; Logan no parecía de los que entraban sin llamar, pero quería estar presentable, por si acaso. Miró alrededor en busca del móvil y, al dar con él, lo levantó en ristre, también por si acaso.

Regresó al rellano y bajó la mitad de las escaleras.

—¿Jeremy? —llamó—. Sabe que no es caballeroso entrar en el tocador de una dama sin que le inviten a pasar.

No obtuvo respuesta.

Bajó las escaleras, cruzó el salón y el comedor y fue encendiendo las luces a medida que iba recorriendo los sinuosos pasillos hasta llegar a la cocina. Allí se detuvo y frunció el ceño. La puerta de atrás estaba abierta. Le llamó la atención. Newport era una ciudad tranquila, pero tenía claro que siempre convenía bloquear todas las entradas por la noche.

Cerró la puerta y echó la llave. Miró el móvil, dejó preparada la llamada rápida de emergencias y entró con sigilo en la cocina, encendiendo la luz al mismo tiempo.

Todo parecía estar en orden: el frigorífico nuevo; el horno antiguo en el que tantos manjares cocinó su madre; la mesa, con el correo del día en un extremo y un plato y unos cubiertos en el otro. Así era como lo había dejado todo después de almorzar.

En ese instante olió a humo.

Era un olor leve pero acre, y comenzó a preocuparse. La instalación eléctrica de la casa era muy antigua, pero había pospuesto la renovación porque era muy cara. Uno de los circuitos debía de estar sobrecalentándose. Dado el intenso consumo energético del equipo que utilizaba en la oficina, había insertado un par de fusibles de veinte amperios en los circuitos de quince amperios. Y puesto que se trataba de fusibles antiguos de tipo T, cabía la posibilidad de... Era consciente de que esta solución entrañaba cierto peligro, pero solo le había dado problemas una vez, y desde entonces nunca utilizaba el equipo de la oficina cuando ponía el aire acondicionado. Aquella noche no tenía muchos aparatos encendidos. Pero, para cerciorarse, revisaría el armario de los fusibles y reemplazaría los de veinte amperios por otros de potencia adecuada. No necesitaba un tercer aviso: la próxima semana cogería el toro por los cuernos y llamaría a un electricista para que le hiciera un presupuesto.

Preocupada por la posible avería, abrió la puerta del sótano para echarle un vistazo al armario de los fusibles que estaba empotrado en la parte superior de la pared de las escaleras. En ese momento se paró en seco, paralizada de puro espanto.

Un incendio se había desatado en el sótano, el humo negro ascendía en un furioso remolino por las escaleras y las lenguas anaranjadas de fuego se retorcían y brincaban hacia ella de tal modo que, pese a su violencia, parecían pretender acariciarla. Mientras observaba la escena, una segunda masa de humo y llamas brotó de súbito junto a la caja de empalmes que había en la pared del fondo.

Giró sobre los talones, haciendo malabarismos con el móvil en un intento por llamar a los bomberos. Mientras marcaba el número, una silueta emergió rauda de detrás de la puerta de la despensa y un brazo cubierto por la manga de una chaqueta de *tweed* le rodeó la cabeza ahogando sus gritos de inmediato. Pamela levantó los brazos para liberarse y el móvil salió volando hasta el otro extremo de la habitación.

Su atacante la sacó a rastras de la cocina y la alejó de las ventanas hacia el interior de la casa. Por un instante, la estupefacción le impidió forcejear. Al cabo de unos segundos, sin embargo, comenzó a resistirse con todas sus fuerzas, elevando sus gritos por encima de la tela que le taponaba la boca, a morder y a golpear con los puños.

Por un momento, la rabia de su oposición pareció sorprender a su atacante. Y en cuanto ella notó que la presión se aflojaba un poco, se dio la vuelta y se dispuso a contraatacar. Pero justo entonces un paño húmedo le oprimió la boca y las fosas nasales. Un corrosivo hedor a producto químico la asaltó. Un velo negro cada vez más opaco empezó a nublarle la vista. Se giró de nuevo, lanzando patadas con desesperación e intentando gritar con todas sus fuerzas para pedir auxilio, pero con cada bocanada de aire, sus miembros se tornaban más pesados y torpes.

Mientras se sacudía, fue arrastrada cada vez más lejos de la puerta y de la libertad. Lo último que vio antes de que la oscuridad la engullera del todo fue una lengua ambarina de fuego que se abría paso con voracidad por la pared de la cocina y consumía la antigua casa de madera a una velocidad formidable.

37

Jeremy Logan conducía su antiguo Lotus por Ocean Avenue, la brisa marina jugueteaba con su cabello. Era una noche agradable; el sol acababa de ponerse y las nubes que seguían concentrándose en el cielo cada vez más oscuro estaban teñidas por el crepúsculo rosáceo. Hacía días que no se sentía tan bien. Sin duda debía agradecérselo a Pam Flood y la cita que iba a tener con ella.

—Te gustaría, Karen —dijo, hablándole a su difunta esposa, a quien imaginaba sentada en el asiento de pasajeros.

Era una costumbre que había adquirido, hablar con ella de vez en cuando, a solas, y tras el impacto de «verla» en los amplios jardines de Lux el día anterior, deseaba volver a disfrutar de una manera controlada y placentera de esa interacción imaginaria.

Viró hacia Coggeshall Avenue y continuó hacia el norte, en dirección al centro de la ciudad.

—No tiene tu ingenio sutil —prosiguió—, pero sí tus agallas y un autodominio que creo que te agradaría.

Oyó sirenas a lo lejos. Logan consultó el reloj: las nueve y cuarto. Llegaría en un par de minutos.

Siguió adelante; los setos altos y podados que bordeaban ambos lados de la carretera, formaban paredes frondosas en las creciente oscuridad. En el cielo, el ocaso resplandecía ahora con mayor intensidad, más anaranjado que rosáceo.

—Con ella me permito bajar la guardia —admitió—. Y no solo eso; sin pretenderlo, me ha hecho darme cuenta de que uno puede llegar a sentirse muy solo en la vida. Incluso cuando haces lo imposible por compaginar dos carreras.

De pronto, guardó silencio. ¿Qué era lo que intentaba decirle a Karen y a sí mismo?

Desde Coggeshall giró hacia Spring, donde la calzada se estrechó un tanto. Las encantadoras casas antiguas se erigían ahora más próximas las unas a las otras. Más adelante, a la derecha, se atisbaban las formas inmensas y refinadas de The Elms.

Las sirenas sonaban con más intensidad ahora, aullidos que se atropellaban en una competición frenética. Divisó en la distancia una columna de humo que ascendía arremolinada. Mientras observaba el espectáculo, comprendió que el intenso resplandor anaranjado que alumbraba la panza de las nubes ya no era el arrebol del crepúsculo, sino el fulgor de las llamas.

Siguió adelante por Bacheller Street y Lee Avenue. Las sirenas se oían más fuertes. Unos metros más adelante, de pronto, se vio obligado a detenerse. La calzada estaba cortada por una barrera de coches patrulla y vehículos de emergencias.

Aparcó el Lotus en el arcén, se apeó y continuó a pie. Empezó a oír el alboroto: gritos, chillidos y órdenes comunicadas a pleno pulmón.

El instinto le dijo que echara a correr.

Llegó al cordón policial que habían levantado en la entrada de Perry Street, donde empezaba a concentrarse una multitud que murmuraba, hacía señas y se estiraba para ver que sucedía más allá de los coches de policía. Con el corazón a punto de estallar, Logan se escabulló por detrás de una ambulancia, rodeó el cordón y siguió corriendo calle adelante. Instantes después, se detuvo en seco.

La preciosa casa victoriana estaba siendo devorada por las llamas. Descomunales lenguas de fuego salían de las ventanas de la fachada frontal (las de la primera planta, las de la segunda y las del mirador circular del ático), ennegreciendo la madera. Dio un paso adelante, se tambaleó y avanzó otro paso. Podía oír el crepitar del fuego y el lamento de las vigas. Parecía que toda la casa sollozara. Sentía el calor de las llamas incluso en la distancia. Había tres coches de bomberos aparcados enfrente; las mangueras proyectaban inútiles chorros de agua blanca sobre el fuego. Jamás había presenciado un incendio tan voraz, tan implacable. El humo le irritaba los ojos y le secaba la garganta con la aspereza de una lija.

Otro travesaño acababa de partirse; la vieja casa dejó escapar un lamento.

De súbito, sin pensarlo, Logan se lanzó hacia la entrada. Llegó a recorrer tres metros antes de que un policía lo sujetara.

—¡No! —protestó Logan, forcejeando con rabia.

—Es inútil —le advirtió el agente, sujetándolo con fuerza.

En ese momento, el tejado del edificio se desplomó y produjo un infierno de chispas. Una nube de brasas, ascuas y ceniza se erigió en un hongo devastador. Cuando el policía lo soltó, Logan se derrumbó también, arrodillándose poco a poco sobre la acera, sin dejar de contemplar la escena con tristeza y espanto, la muerte de la casa reflejada en su rostro entre vetas doradas, ambarinas y negras.

38

La luz del nuevo día entraba por las ventanas del amplio despacho de Gregory Olafson, alumbrando las motas de polvo que flotaban en el aire. Inclinado sobre su escritorio, el director redactaba una nota con una cara pluma estilográfica en un papel verjurado de color crema. Aunque se desenvolvía bastante bien con los ordenadores, prefería escribir a mano los memorandos personales; consideraba que así concedía al mensaje la atención debida.

Mientras escribía, oyó que la puerta de la oficina se abría y que alguien entraba. Sin levantar la vista, dijo:

—Ian, le agradecería que, si mi secretaria aún no ha llegado, llamase antes de entrar.

—¿Ian? —replicó la visita.

Olafson levantó la cabeza al instante. Jeremy Logan permanecía en la penumbra de la entrada, con la mano aún en el pomo de la puerta.

—Ian Albright —aclaró—. El jefe de mantenimiento. Lo había citado aquí para hablar sobre la inminente tormenta. Se ha convertido en un huracán, el huracán Bárbara, y debemos tomar precauciones para...

Logan alzó una mano y lo interrumpió.

—Tienes que abrir la caja fuerte —dijo.

Olafson pestañeó.

—¿Disculpa?

—Me has entendido muy bien, Gregory. Tenemos que saber qué hay dentro.

—Creía que había sido tajante en ese tema —replicó Olafson—. Si abro la caja fuerte antes de tiempo, estaré violando los estatutos e incumpliré una norma que se ha respetado durante setenta años.

—Creo que yo también fui muy claro. Si te negabas a hacerlo, moriría más gente. —Se acercó al escritorio del director.

Y entonces Olafson pudo verlo bien. El enigmatólogo tenía el rostro y la ropa manchados de hollín y los ojos inyectados en sangre, como si no hubiera dormido en toda la noche. Aunque se le veía exhausto, mantenía un rictus firme y decidido. Olafson ató cabos de inmediato.

—Dios santo. No estarás insinuando que la tragedia de anoche... Que el incendio de la residencia de Flood... —Guardó silencio cuando de repente lo relacionó con el hollín que ensuciaba la ropa de Logan.

—¿Crees que se trata de una mera coincidencia, Gregory? Strachey, el más sensato de los hombres, sufre un brote psicótico de pronto y se suicida. El contratista de las obras del ala oeste se jubila de forma inesperada justo después y no se conoce su paradero. Y Pamela. Pamela me contó que hace unos meses un tipo la hostigó para que le dejara acceder a los cianotipos de Lux. Ahora nos ayuda a descubrir cómo se entra en la habitación... y una noche después es asesinada.

—Ha sido un trágico accidente.

Logan agitó una mano como para espantar un insecto molesto.

—No me lo creo. Y tú tampoco deberías.

Olafson tomó aire.

—Jeremy, estás hablando de un complot.

Logan asintió despacio.

—Lo siento, pero me parece absurdo. Sé que le habías cogido cariño a Pamela Flood, saltaba a la vista, y me siento muy mal por lo que ha sucedido, pero no se puede deducir sin más que...

Logan se situó deprisa ante el escritorio y se inclinó sobre él.

—Tienes la obligación moral de abrir esa caja fuerte.

Olafson lo miró sin responder.

—Primero Strachey, después Wilcox y ahora Pam Flood. ¿Cuántas vidas más tienen que truncarse antes de que lleguemos al fondo de este asunto?

—Jeremy, creo que eso es un poco...

—Yo podría ser el próximo en morir. Es lo más lógico, después de todo. De hecho, es muy posible que ya hayan atentado contra mí. ¿Cómo te sentirías si la próxima vez tuvieran más suerte?

—No existe ningún motivo para suponer que lo que hay en la caja fuerte nos...

Logan se inclinó un poco más sobre él.

—Tus manos están manchadas de la sangre de Pam. Tus manos. Tú me metiste en esto, Gregory. Me pediste ayuda. Y ahora vamos a llegar hasta el final de este maldito asunto. Pienso averiguar qué hay en esa caja fuerte aunque tenga que dinamitarla.

Un silencio inundó la oficina. Durante un largo instante, ninguno de los dos se movió. Después, dando un suspiro contenido, Olafson descolgó el teléfono, marcó un número interno y esperó a que el interlocutor le respondiera con un acento del sur de Londres.

—¿Ian? Soy el doctor Olafson. ¿Podemos posponer la reunión hasta dentro de una hora? De acuerdo. Gracias. —Colgó el auricular y volvió a mirar a Logan.

Se llevó la mano al bolsillo en busca de su llavero, eligió una pequeña llave de latón y la introdujo en el cajón de la parte inferior izquierda del escritorio. Lo desbloqueó y lo abrió, dejando a la vista una decena de archivos. Las yemas de sus dedos fueron hasta el último de ellos. Dentro solo había una carpeta compartimentada, sin etiquetar y amarilleada por el tiempo. La sacó, la colocó sobre el escritorio y la desplegó.

En el interior había un sobre, también sin etiquetar. Estaba cerrado con un lacre granate grabado con el sello de Lux.

Olafson lo cogió. Miró de nuevo a Logan, que lo escrutó a su vez, con una expresión ahora neutra e indescifrable. Finalmente, con una inspiración profunda, Olafson deslizó un dedo por la parte posterior del sobre y rompió el lacre.

Dentro solo había un papel de color azul claro que contenía tres números: 42, 17 y 54.

Olafson giró la silla hacia la pared del fondo del despacho. Debajo de los cuadros de la colección de expresionismo abstracto había enmarcada una fotografía pequeña que colgaba sobre la madera oscura: era un retrato formal del primer director junto a todos los colegas; databa de 1892, el año en que Lux se constituyó de manera oficial. Olafson asió el borde derecho del marco y tiró de él con cuidado. El retrato se abrió a modo de puerta; en lugar de pender de un cordón, estaba sujeto a las bisagras del lado izquierdo.

Detrás quedaba el dial de una pequeña caja fuerte Group 2.

Con el papel azul claro en la mano izquierda, Olafson tomó el dial con la derecha. Le dio varias vueltas hacia la izquierda y siguió girándolo más despacio para no pasarse cuando el indicador de la rueda marcara justo el 42. Después llevó el dial hacia la derecha y dio dos vueltas completas antes de pararse en el 17. Rotándolo otra vez hacia la izquierda, completó una vuelta más para detenerse en el 54. Por último, movió la rueda con cuidado hacia la derecha, hasta que notó que el pestillo retrocedía. Soltó el dial, asió el tirador contiguo y abrió la tapa.

El reducido compartimento contenía un dosier delgado

y, sobre este, un sobre. Olafson los sacó con cautela y los puso sobre el escritorio. Tanto uno como el otro estaban sellados con el mismo lacre granate.

Logan rodeó la mesa sin decir una palabra y se situó tras el hombro del director.

Olafson cogió el dosier, rompió el sello y miró dentro. Vio una lista de nombres, algunos diagramas y fotografías, y una especie de memorando. Lo dejó otra vez en la mesa y examinó el sobre, en el que aparecía en negrita:

ALTAMENTE SECRETO Y CONFIDENCIAL.
ÁBRASE SOLO POR EL DIRECTOR DE LUX
EN EL AÑO DEL SEÑOR 2035.

Rompió el sello, extrajo la única hoja que contenía y la levantó para que también Logan pudiera leerla.

Newport, Rhode Island
30 de diciembre de 1935

A la atención del director de Lux, 2035:

Sin duda estará al tanto de los motivos por los que esta carta, así como el resumen adjunto y demás documentos complementarios, quedarán guardados bajo llave. Con toda seguridad, también estará al corriente, al menos a grandes rasgos, de la investigación que nos ha llevado a tomar estas medidas, y que a fecha de hoy no sigue en curso.

Los contados miembros de Lux que la conocían tenían todas sus esperanzas puestas en el Proyecto Sinestesia. A medida que el trabajo maduraba, no obstante, empezó a quedar cada vez más claro que no existía ninguna forma segura de separar los efectos beneficiosos del estudio de aquellos que podían resultar destructivos. En las manos equivocadas, este avance tecnológico tendría consecuencias devastadoras. He decidido, por lo tanto, y no sin gran pesar, detener la investigación.

Los beneficios, empero, son tan asombrosos que por el momento no he ordenado la destrucción del trabajo en su totalidad. Por ello, si usted está leyendo esta carta es porque ha transcurrido un siglo desde su redacción. Sin lugar a dudas, la ciencia ha avanzado hasta un nivel superior. Es su tarea, por ende, examinar los detalles del Proyecto Sinestesia y determinar si cabe la posibilidad de concluirlo sin que ello derive en perjuicio alguno para la humanidad.

Ni en esta carta ni en los documentos que la acompañan se recogen detalles sobre el estudio, y tampoco acerca de sus objetivos; los minuciosos registros que se guardan en el laboratorio del ala oeste contienen todos los datos relevantes. Aquí, más bien, se proporciona determinada información introductoria y se explica el modo de acceder a dicho laboratorio.

Su trabajo ahora consiste en elegir, con el máximo juicio, a cuatro miembros del Consejo para que lo ayuden. A ser posible, deberían proceder de un ámbito científico, filosófico y psicológico. Como grupo, analizarán los registros almacenados en el laboratorio, examinarán la investigación realizada hasta el momento, considerarán la vanguardia tecnológica de sus días y se reunirán, en secreto, para debatir y, en definitiva, votar si el trabajo debe reanudarse o no. En el caso de que la votación llegase a un punto muerto, usted tendría la última palabra.

Si decidieran negarse, recomiendo con encarecimiento que los registros, materiales, equipos y cualquier otra cosa relacionada con el proyecto sean destruidos inmediata y completamente.

Les deseo buena suerte y que Dios los asista durante esta crucial tarea.

Atentamente,

Charles R. Ransom II
Director de Lux

39

Eran las dos y media de la tarde cuando alguien llamó con discreción a la puerta de Logan.

Levantó la vista del escritorio.

—Adelante.

Kim Mykolos abrió la puerta y entró. Llevaba una cartera colgada del hombro y un plato tapado con una servilleta de lino.

—No lo he visto durante el almuerzo, así que he decidido traerle un sándwich —explicó mientras dejaba el plato en la mesa—. Pollo asado con aguacate, salsa picante de melocotón y berro. Me he comido uno, no está mal.

Logan se reclinó en la silla y se frotó los ojos.

—Gracias.

Kim se deslizó hasta un asiento cercano y lo miró con persistencia durante unos instantes.

—Quería decirle lo mucho que lo siento. Me refiero a lo de Pamela.

Logan asintió.

—¿Sabe? Me arrepentí de haberle hablado de ella como lo hice. Y ahora me siento aún peor.

—Usted no podía imaginarse algo así.

Permanecieron un minuto en silencio.

—¿Sabe algo? —preguntó Kim con cierto embarazo—. Sobre el incendio, quiero decir.

—La investigación preliminar apunta a que fue un accidente. Una instalación eléctrica defectuosa, o una sobrecarga de los fusibles. Supuestamente.

—Parece algo escéptico.

—En efecto. Estuve allí. Jamás había visto un incendio tan voraz como ese. —Tragó saliva—. Pam no tuvo ninguna oportunidad.

La conversación se interrumpió de nuevo. Logan prestó atención a los ruidos que venían de fuera: un martilleo y el quejido de una sierra de cinta. Habían comenzado los preparativos para proteger la mansión del huracán Bárbara. En cuestión de horas se había vuelto más violento y se había transformado en un ciclón de categoría 2 frente a la península de Delmarva; a menos que se apartase de su ruta actual, se pronosticaba que tocaría tierra en algún punto de la costa sur de Nueva Inglaterra esa misma noche. Lux ya estaba organizando un plan de evacuación.

—¿En qué anda metido? —le preguntó Kim, señalando los papeles que atestaban la mesa.

—En algo de lo que quería hablarle.

De forma sucinta, le puso al tanto de la caja fuerte de Olafson, del paréntesis de cien años y de cómo consiguió convencer al director para que le entregara los documentos. Mientras hablaba, en el rostro de Kim Mykolos, que hasta ahora había reflejado una inusual mezcla de remordimientos y vergüenza, brotó poco a poco una expresión de profundo interés.

—Menudo cambio —comentó cuando Logan concluyó la explicación—. ¿Ha podido descubrir algo?

—No tanto como me gustaría. Por desgracia, los documentos de la caja fuerte no recogen ningún detalle sobre la naturaleza del trabajo. En principio, en 2035 el director podría examinar con detenimiento las montañas de notas almacenadas en el laboratorio secreto, notas que ahora sabemos que alguien hizo desaparecer a propósito.

—¿Y qué dicen los documentos?

—Hablan de cómo acceder al laboratorio, algo que ya habíamos averiguado gracias a Pam, de los nombres de los tres científicos que participaron de forma directa en el trabajo, ¡ah!, y del nombre de la investigación: Proyecto Sinestesia.

Kim frunció el ceño.

—¿Sinestesia?

—Es el término que la neurología aplica a un extraño fenómeno que consiste en que un sentido distinto a aquel que ha recibido el estímulo reaccione. Saborear colores. Ver sonidos. Era un tema de gran interés científico a principios del siglo xx y que se extinguió hace mucho tiempo.

—Interesante. —Kim meditó por un momento con la mirada perdida. Un instante después volvió a focalizar su atención en Logan—. Pero ¿qué tiene eso que ver con los fantasmas?

—Yo también me hago esa pregunta. Empiezo a sospechar que malinterpreté el propósito de la Máquina. —Se agitó en la silla—. Al menos ya sabemos de dónde viene lo de «Proyecto Sin». Era el alias, o el nombre en clave, que le dieron a este trabajo.

—Alias. —Kim asintió—. Dice que conoce los nombres de los científicos. ¿Alguno del que yo haya podido oír hablar?

—Lo dudo. —Logan miró el escritorio y cogió una hoja que contenía tres párrafos breves—. Martin Watkins era el mayor de los científicos participantes. Por lo que he averiguado, él dirigía el estudio. Era experto en física. Falleció hace algunas décadas, a principios de los cincuenta. Según parece, se suicidó. Edwin Ramsey era su colaborador, ingeniero mecánico. Murió hace cuatro años. El tercero se llamaba Charles Sorrel, era el más joven de la investigación. Doctor en medicina, especializado en lo que hoy se conoce como neurociencia. No sé qué fue de él, no he conseguido seguirle la pista.

—¿Y eso es todo lo que ha averiguado? —Kim parecía decepcionada.

—Sí, además de lo que he leído entre líneas. No cabe duda de que era un estudio controvertido y vanguardista, por eso se llevó a cabo en la habitación secreta. Pero el dosier no dice por qué se decidió abandonarlo, por qué pasó a considerarse peligroso.

El silencio invadió otra vez el despacho. Kim miró hacia la ventana y se mordió el labio con aire ausente. Un momento después se giró de nuevo.

—Casi lo olvidaba. Yo también he hecho progresos examinando los pequeños dispositivos que encontramos en la habitación. En fin, progresos modestos.

Logan se incorporó.

—Continúe.

—Bien, teniendo en cuenta los componentes, creo que podrían ser generadores de tonos. O al menos algo parecido.

Logan la miró con atención.

—¿Qué? ¿Y para qué?

Mykolos se encogió de hombros.

—Todavía no he llegado tan lejos.

—¿Qué relación guardan con la Máquina?

—Eso tampoco se lo puedo decir. Lo lamento.

Logan retiró la servilleta que cubría el sándwich.

—No suena muy amenazador.

—Lo sé. Podría estar equivocada. Seguiré trabajando en ello.

Logan cogió la mitad del emparedado.

—Un generador de tonos. —Se disponía a dar un bocado cuando se le ocurrió algo y dejó de nuevo el almuerzo en el plato—. Acabo de acordarme de una cosa. Quería preguntarle si le importaría prestarme algunos CD de Alkan.

—Las mentes brillantes se compenetran. —Rebuscó en su cartera—. Llevo uno encima. —Le tendió el estuche.

Logan miró la cubierta.

—*Grande sonate «Les quatre âges»*, de Charles-Valentin Alkan.

—Una sonata para piano en cuatro movimientos. Es de lo más escalofriante. Era la preferida de Willard.

Logan extrajo el disco, se levantó y entró en el dormitorio, seguido de Kim. Junto a la cama había un reloj despertador con un reproductor de CD incorporado. Introdujo el disco por la ranura de carga y reguló el volumen. Un instante después la habitación se llenó de la misma música que había escuchado en el salón de Strachey: una melodía exuberante y romántica, poseída por un tropel de demonios; repleta de pasajes complejos que danzaban en clave mayor y menor, cruelmente enrevesados y erigidos sobre los arpegios crecientes y el entramado de acordes que con tanta intensidad recordaba. Dio un paso atrás de forma instintiva.

—¿Qué sucede? —le preguntó Kim—. Parece que haya visto un fantasma...

—Es esta —dijo Logan—. La música que llevo tiempo oyendo en mi cabeza.

—¿Qué quiere decir? —quiso saber ella—. No creerá que es por la Máquina, ¿verdad?

Logan se apresuró a apagar la música.

—No. —Regresó al despacho y volvió a sentarse tras el escritorio—. No, no lo creo. ¿Recuerda que le dije que soy empático? La primera vez que escuché esa música fue en el estudio de Strachey. Si debo elaborar una conjetura, creo que, debido a mi sensibilidad, percibí lo que Strachey oía... cuando estaba empezando a trastornarse. —Hizo una pausa—. Pero hay algo más.

—¿El qué?

—La primera vez que la escuché, en el estudio de Strachey, percibí además un olor. Era horrible, como de carne quemada.

—La música de Alkan ejerce efectos inexplicables en las personas. Algunos aseguran oler humo cuando la escuchan.

Logan apenas prestó atención a ese comentario, estaba reflexionando.

—Justo antes de que falleciera, Strachey dijo que lo perseguían unas voces. Voces que sabían a veneno. Y después, el doctor Wilcox, durante el desayuno, gritó algo sobre unas voces que oía dentro su cabeza. Voces que le hacían daño, que eran demasiado afiladas.

—Yo no presencié aquello —repuso Kim—. Gracias a Dios.

—En aquel momento di por hecho que Wilcox decía que las voces le dolían porque eran muy estridentes, demasiado intensas. Pero ahora sospecho que no se refería a «afiladas» en ese sentido. Creo que sentía las voces físicamente.

Kim lo miró con detenimiento.

—Está hablando de la sinestesia..., ¿verdad?

Logan asintió.

—Oler la música. Saborear las voces. Palparlas.

Kim, de pie ante la mesa, consideró esa posibilidad durante un largo instante.

—Será mejor que vuelva al trabajo —musitó después.

—Gracias por el sándwich —respondió Logan.

La miró mientras salía y cerraba la puerta. Volvió a posar la vista sobre el emparedado, que seguía en el plato blanco de porcelana. Pero enseguida regresó a la hoja que contenía los tres párrafos, los breves informes sobre los científicos que participaron en el Proyecto Sin. Transcurrido un instante, levantó la hoja y empezó a releerla con aire meditabundo.

40

La Comunidad de Residencia Asistida Río Taunton ocupaba un edificio de tres plantas de color crema ubicado en Middle Street, en Fall River, Massachusetts. Logan estacionó en el aparcamiento de la parte trasera del edificio e, inclinándose para protegerse del viento aullador, atravesó la entrada principal y realizó una serie de consultas.

—Es aquel de allí —le indicó una enfermera de la segunda planta cinco minutos después—. El que está junto a la ventana.

—Gracias —respondió Logan.

—¿Qué grado de parentesco ha dicho que tienen?

—Lejano —dijo Logan—. Es complicado de explicar.

—Bueno, sea cual sea, es usted muy amable al visitarlo, más aún con la tormenta que se nos viene encima. Sus dos hijos han fallecido, y sus nietos nunca vienen a verlo. Es una lástima, la verdad; la cabeza, por lo menos, sigue teniéndola muy lúcida.

—Gracias de nuevo.

La enfermera señaló con la barbilla la caja de bombones que Logan llevaba en la mano.

—Me temo que no puede comerlos.

—Los dejaré en el puesto de las enfermeras cuando salga.

Atravesó el largo corredor y pasó junto a un grupo de ancianos que estaban viendo la televisión, jugando a las cartas, armando rompecabezas, murmurando o, en algunos casos, mirando al vacío desde su asiento. Se detuvo ante un ventanal de la pared del fondo. Desde allí se veía Kennedy Park y, más allá de las vías del ferrocarril, el camino de acceso a Battleship Cove. Junto al ventanal había una silla de ruedas, ocupada quizá por el hombre más anciano que Logan había visto jamás. Tenía el rostro cetrino y cubierto de arrugas; los nudillos, huesudos y blancos, aferrados a los reposabrazos de la silla, amenazaban con resquebrajar una piel tan fina como el papel de seda. El peso de los años había menguado y retorcido su cuerpo dándole la forma de una coma. Una botella de oxígeno descansaba al pie de su silla de ruedas, con una cánula nasal fijada en su sitio. Pero los deslavados ojos azules que observaban a Logan mientras se acercaba brillaban con la viveza de los de un pájaro.

—¿Doctor Sorrel? —preguntó Logan.

El anciano siguió mirándolo. Después, asintió de un modo casi imperceptible.

—Me llamo Logan.

El anciano bajó la vista hasta la caja de bombones.

—No puedo comerlos—dijo. Su voz sonaba como la hojarasca arrastrándose sobre la grava.

—Lo sé.

Sorrel levantó la vista de nuevo.

—¿Qué quiere?

—¿Puedo? —Logan acercó una silla—. Me gustaría hablar con usted.

—Hable cuanto guste.

Logan se sentó.

—En realidad, me gustaría escuchar lo que tenga que decir.

—¿Sobre qué?

Aunque nadie los oía, Logan bajó un poco la voz.

—Acerca del Proyecto Sin.

El anciano se quedó inmóvil. Los nudillos que circundaban los reposabrazos de la silla de ruedas se tornaron aún más blancos. Poco a poco, apartó la vista de Logan y la extravió lejos. Tardó un rato en responder. Hasta que por fin la punta de una lengüecilla rosada emergió para humedecerle los labios. Carraspeó.

—Se avecina una buena tormenta —dijo.

Logan miró por el ventanal. El huracán Bárbara se aproximaba a la ciudad, un vendaval sacudía frenéticamente los árboles del parque, de los que se desprendían estelas de ramitas y enjambres de hojas verdes bajo un cielo amenazador. Las calles estaban extrañamente desiertas.

—Sí, así es —convino.

—¿A qué decía que había venido? —preguntó el anciano.

—Como le comentaba, me gustaría que me informase sobre el Proyecto Sin.

—No puedo ayudarlo con eso.

—Yo creo que sí, doctor Sorrel.

El anciano giró los ojos sin mover la cabeza, como si buscase a alguien que pudiera socorrerlo.

—No se preocupe —lo tranquilizó Logan, manteniendo la voz baja—. Esta es una visita autorizada de forma oficial.

—Tengo noventa y ocho años. Soy viejo. Me falla la memoria.

—Dudo que se haya olvidado de ese proyecto. Pero permítame refrescarle la memoria de todas maneras. El Proyecto Sinestesia se llevó a cabo en el laboratorio de ideas conocido como Lux, en Newport. Charles Ransom, director de la institución por aquel entonces, lo interrumpió de improviso a mediados de los años treinta. Usted es uno de los científicos que tomaron parte en el estudio, junto con Martin Watkins y Edwin Ramsey. Estos dos últimos han fallecido. Usted es el único que sigue vivo.

La única reacción de Sorrel fue una débil sacudida de cabeza; Logan no logró discernir si era una negación o fruto de la parálisis.

—Quizá... quizá deba decirle que conocemos, puesto que me encuentro aquí a petición de Lux, la existencia de la habitación secreta. He estado allí dentro. He visto el equipo. Y sé por qué la investigación fue interrumpida: se temía que pudiera utilizarse en perjuicio de la humanidad.

La cabeza de Sorrel se sacudió con un espasmo involuntario. Cerró los ojos. Sus párpados eran tan finos que Logan casi podía ver el iris transparentarse.

—Alguien, no sabemos con certeza quién, ha accedido recientemente a la habitación. Sospechamos que intentan reanudar los antiguos experimentos. A juzgar por su modo de proceder, solo puedo deducir que no les interesan tanto los aspectos beneficiosos de la investigación como los perjudiciales. Se han llevado todas las notas del laboratorio, todos los informes. Necesito que usted me explique en qué estaban trabajando.

El anciano permaneció en silencio.

Logan se llevó la mano al bolsillo de la chaqueta, sacó un sobre y extrajo una hoja doblada que le mostró a Sorrel. Era una carta de Olafson, con el emblema oficial de Lux, autorizando a Sorrel a contestar a todas las preguntas de Logan, sin reservas. El anciano deslizó la vista por el texto, las manos afianzadas aún a los reposabrazos de la silla de ruedas. Transcurrido un minuto, giró la cabeza en la dirección opuesta.

—¿Cómo me ha encontrado? —preguntó.

—No ha sido fácil —se limitó a decir Logan.

Se produjo un silencio mientras los labios del anciano se preparaban para hablar.

—Hice un juramento —adujo instantes después.

—También lo hizo Olafson, el actual director. Pero lo ha incumplido por una buena razón.

—Yo lo he respetado —anunció Sorrel, más para sí mismo que para Logan—. Todos estos años, lo he respetado.

Logan se inclinó y se acercó más a él.

—Doctor Sorrel —dijo—. Desde que accedieron a la habitación secreta, han muerto dos personas. Otras se han visto afectadas con mayor o menor gravedad. Algunos sufren sinestesias: saborean voces, huelen la música. Necesito saber en qué estaban trabajando y por qué ese estudio fue interrumpido. Solo usted puede ayudarme. Nadie más.

A medida que Logan se explicaba, el anciano se había quedado inmóvil.

—¿Doctor Sorrel? —preguntó Logan.

No obtuvo respuesta.

—Su ayuda es vital. Decisiva.

Nada.

—¿Doctor Sorrel?

Por fin, el anciano se agitó.

—Dos dieciocho —dijo.

—¿Disculpe?

—Dos dieciocho. El número de mi habitación. —Por primera vez, Sorrel levantó una mano y señaló un pasillo—. Se llega por ahí. Allí podremos hablar.

41

La habitación de Sorrel era bastante amplia, aunque tan espartana como la celda de un monje. Había una cama de hospital con una completa batería de monitores de seguimiento acoplados a la pared; una botella de oxígeno de repuesto; y una ventana desde la que podía verse un cielo que se enturbiaba por momentos. Una mesita de ruedas, coronada por algunas revistas, servía como bandeja. A Logan le sorprendió ver los últimos números de *JAMA*, *The Lancet* y *Nature*, y al parecer muy manoseados.

Logan empujó la silla de ruedas hasta detenerla frente a un sofá pequeño; enseguida, tras correr las cortinas para que el siniestro paisaje no los distrajera, se sentó.

—Muéstreme la carta otra vez —le solicitó Sorrel con un nuevo susurro entrecortado.

Logan atendió la petición.

—Hábleme de esas muertes —pidió Sorrel—. Por favor.

—Uno de los fallecidos era informático y residía en Lux desde hacía mucho tiempo. Le asignaron la tarea de restaurar el ala oeste, que llevaba años clausurada. De la noche a la mañana se volvió violento e irascible, un comportamiento totalmente impropio de él; empezó a gritar y a quejarse de unas voces que oía en su cabeza; mascullaba, de forma apenas inteligible, que se sentía amenazado. No logró soportarlo, y se suicidó.

Sorrel gesticuló como si también a él le doliera.

—¿Y el otro?

—Una descendiente del arquitecto que diseñó Lux.

—¿Y dice que existe una relación entre esas dos muertes?

—No lo sé con seguridad. Sospecho que sí.

—Mencionó que había otras personas afectadas.

Logan asintió.

—Oyen voces. Sienten arrebatos peligrosos. —Tomó aire—. Ven a personas que no están ahí en realidad.

El anciano apartó la mirada por un momento.

—¿Podría acercarme un vaso de agua, por favor?

Logan asintió, se levantó y salió de la habitación para dirigirse al puesto de las enfermeras. A los pocos minutos regresó con un botellín de agua fría, que abrió y colocó en un receptáculo de uno de los reposabrazos de la silla de ruedas. Sorrel levantó el botellín de plástico y dio un largo trago; la mano le temblaba ligeramente y la nuez ascendía y descendía por su cuello escuálido y marchito. Dejó el botellín y se dio unos toquecitos remilgados en los labios con el borde de la bata.

—Me uní tarde al proyecto —dijo—. Poco antes de que lo cancelaran. Era muy joven. Todos lo éramos, en realidad. Pero yo acababa de salir de la Escuela Médica Harvard, lleno de ideas nuevas..., nuevas por aquel entonces, al menos. —Negó con la cabeza—. Me contrataron para que estudiase la existencia de algún método neurológico o basado en otro tipo de tratamiento médico que sirviera para... minimizar los efectos secundarios.

—Entiendo que no obtuvo el éxito esperado —añadió Logan en un tono amable.

El anciano se refugió en un nuevo silencio por unos minutos.

—Hace muchos años de aquello. He cumplido mi promesa, no le he hablado de esto a nadie, pero, por supuesto, siempre me he mantenido al tanto de los avances en biología y psicología. A pesar de los años, me sigue costando... —Hizo una pausa—. Elaborar conjeturas sobre lo que podría o debería haber sucedido con lo que tuvo lugar.

Tal vez el científico fuese muy anciano, pero se conservaba asombrosamente lúcido.

—Basta con que me hable sobre el objetivo del estudio —dijo Logan—. Con sus propias palabras.

Sorrel asintió otra vez y dejó viajar la mirada lejos, como si contemplara un pasado lejano, y, Logan lo entendió entonces, ese era el caso. Guardó silencio, dándole tiempo para recordar. Logan imaginó una sucesión de imágenes en sepia: un grupo de hombres vestidos con traje de sirsaca y sombrero de paja, en medio del jardín frontal de Lux, riendo; los mismos hombres, recluidos en un laboratorio, enfrascados en algún experimento; de nuevo esos hombres, sentados en torno a una mesa, con el semblante grave.

Después de un rato, el anciano se agitó en la silla de ruedas.

—En realidad, todo comenzó de forma accidental. Martin llevaba un tiempo experimentando con los efectos de los sonidos a muy alta frecuencia. Lo que hoy se conoce como «ultrasonidos». —Miró a Logan—. Imagino que no es consciente del impacto que ciertas frecuencias infrasónicas tienen en el cuerpo humano.

—¿Como en el encantamiento de Coventry, por ejemplo?

Sorrel asintió sorprendido.

—Vaya, sí. Eso exactamente.

Ese encantamiento fue un hallazgo de un grupo de investigadores de la Universidad de Coventry, quienes concluyeron que los sonidos de muy baja frecuencia, en torno a los diecinueve hercios, provocaban desasosiego y temor. Un efecto secundario de estos infrasonidos consiste en una insólita vibración ocular que originaba visiones de aspecto sombrío y fantasmal.

—Nuestro trabajo se desarrolló mucho antes de que se observara ese fenómeno, por supuesto. Martin descubrió que determinados sonidos de muy alta frecuencia ejercían efectos bastante específicos sobre los sujetos humanos.

—Con «Martin» supongo que se refiere a Martin Watkins, el físico.

Sorrel volvió a asentir.

—¿Qué frecuencia alcanzaban los ultrasonidos?

—No lo recuerdo con exactitud. Ninguna que pudiera darse jamás de forma natural. Un número que rondaba los 1,5 o los 1,6 megahercios, creo. Martin era quien se ocupaba de esas cosas, no yo. Se trataba de una frecuencia muy precisa, y la presión acústica debía medirse con exactitud para que tuviera lugar el fenómeno.

—¿Qué fenómeno era ese?

—Manifestaciones sensoriales atípicas. Comportamientos desacostumbrados e impredecibles. Incluso, en los casos más extremos, lo que los psicólogos llaman «disociación».

—Eso suena a una especie de esquizofrenia —dijo Logan.

—Exacto. Claro está, «esquizofrenia» era un término de reciente aparición en los años treinta. Muchos seguían empleando la expresión *dementia praecox.* —Sorrel articuló una risita apagada—. ¿Sabe? Hoy en día no entendemos la esquizofrenia mucho mejor que cuando Roosevelt era presidente. Se desconoce su etiología.

—Al menos tiene tratamiento. Fármacos como la clorpromazina o la clozapina.

—Sí. La clorpromazina se empezó a usar primero. —Sorrel pareció perderse de nuevo en sus recuerdos—. La idea fundamental de la investigación proponía que, si determinadas frecuencias ultrasónicas inducían ese tipo de reacciones, si las ondas sonoras influían en el cerebro de un modo específico, por lógica tendría que existir otro tipo de ondas sonoras, quizá armónicas, quizá derivadas, que produjeran el efecto contrario.

En ese instante una pieza fundamental del rompecabezas encajó.

—Claro —dijo Logan—. Si el sonido sirve para desencadenar un comportamiento esquizoide en una persona sana..., ¿por qué no iba a servir para corregir esa disfunción en un cerebro esquizoide?

—Podría resumirse así, joven; ese fue el comienzo de lo que al principio se llamó «Proyecto S». Por motivos obvios, la investigación se mantuvo en secreto; lo último que Lux deseaba era que se corriese la voz de que había encontrado la manera de provocar la esquizofrenia. Aun así, había mucho entusiasmo. Martin y su compañero, Edwin Ramsey, estaban convencidos de que hallarían la manera de curar, o al menos tratar con eficacia, una enfermedad que llevaba desconcertando a la humanidad desde sus mismos orígenes. Lo único que tenían que hacer era invertir el trabajo de Martin.

Mientras hablaba, el brillo de sus ojos se había tornado más intenso. Ahora, sin embargo, volvió a hundirse en la silla de ruedas.

—Lo intentaron todo. Distintas frecuencias y amplitudes. Enmascaramiento sonoro. Interferencias. Se puede decir que inventaron un método revolucionario de aplicar antifases, una técnica para cancelar el ruido. Al final sí que realizaron algunos progresos en su intento por mitigar el comportamiento esquizoide de las personas afectadas, pero nunca lograron evitar los efectos negativos que provocaban en los demás. —Charles cerró los ojos y agachó la cabeza. Un momento después dio un respingo—. ¿He dicho que nunca lo lograron? Quería decir que nunca lo logramos. Me contrataron como último recurso.

—¿Qué solución esperaban de usted? —inquirió Logan.

—Una especie de llave médica. Una respuesta biológica al problema.

—¿Cómo funcionaban exactamente las ondas sonoras?

—¿Exactamente? No sabría decírselo, como tampoco sabría explicarle cómo se desencadena la esquizofrenia. Ese es el principal problema. Créame, he dedicado una buena parte de mi vida a darle vueltas al asunto. A investigar las posibilidades, como afición, por supuesto. —Señaló con la cabeza las revistas que cubrían la bandeja de la mesa—. En resumidas cuentas, las ondas sonoras de alta frecuencia estimulaban, por emplear los términos actuales, los receptores de serotonina que se encuentran en la corteza frontal del cerebro. Quizá actuasen también sobre el borde del núcleo. —Suspiró—. Irónicamente, cuanto más refinaba Martin la maquinaria, los emisores electromagnéticos, los amplificadores, los compresores y el equipo de transmisión, más violentos se tornaban los efectos. Las alucinaciones eran cada vez más extrañas y los comportamientos, más incoherentes. Las sinestesias se convirtieron en un efecto secundario habitual. Poco antes de que todo acabase, de hecho, el estudio pasó a llamarse Proyecto Sinestesia. Confiaban, ya sabe, en que al menos averiguarían algo más acerca de las complejidades de la sinestesia y la esquizofrenia. Pero... —Sorrel se hundió en un nuevo silencio.

—El trabajo quedó cancelado en 1935 —completó Logan. Sorrel asintió.

—A Ransom, el director, le preocupaba cada vez más que un aparato como el nuestro, que provocaba alucinaciones y respuestas impredecibles, pudiera cortocircuitar la mente de forma irreparable. Dicho con mis palabras, no las suyas. Temía que el aparato se emplease para obligar a las personas a ver cosas que no existían, a oír voces que en realidad nadie estaba articulando. A hacer cosas que no querían hacer. La gota que colmó el vaso fue cuando otros científicos que trabajaban en las inmediaciones de nuestro laboratorio empezaron a ver y oír cosas, a actuar de un modo incomprensible. Ransom decía que el proyecto atentaba contra los estatutos. A pesar de todo, creía que encerraba el potencial suficiente para dejarlo aparcado en lugar de abortarlo. Selló el laboratorio y todo cuanto había allí guardado. Equipos, libros, cajas y cajas de archivos... Todo el trabajo.

—¿Cómo se lo tomaron los demás?

—¿Se refiere a Martin y Edwin? Imagíneselo. Fue un revés especialmente duro para Martin. Si bien Edwin concibió buena parte de la tecnología que hizo posible el estudio, Martin fue el primero en incorporarse al proyecto. No tardamos en tomar cada uno un camino distinto. Ninguno quería hablar sobre la investigación; no lo habríamos hecho ni aunque nos lo hubieran permitido. Yo regresé a Massachusetts y encontré trabajo en un hospital de la ciudad. Martin terminó suicidándose.

Un silencio breve se expandió por la habitación. Logan miró las cortinas que tapaban las ventanas.

—Permítame hacerle algunas preguntas más específicas acerca del equipo. Encontramos una serie de aparatosos trajes colgados en un rincón del laboratorio. Supongo que los utilizaban los operadores de la maquinaria para no verse afectados por los efectos negativos.

—Si hubiéramos tenido éxito, esos trajes no habrían hecho falta.

—El aparato principal opera de dos modos: rayo y campo.

—Se pretendía administrar la terapia de dos maneras. La primera consistía en reunir a varios pacientes, a fin de tratarlos en grupo.

—Entiendo. Eso explica los números romanos grabados en el suelo. ¿Esa sería la configuración de campo?

Sorrel asintió.

—¿Y el modo rayo?

—Ese parámetro permitía tratar a los pacientes de forma

individual, a gran distancia. Se enviaba una onda de radio bajo una frecuencia específica a uno de los pequeños dispositivos que fabricamos. Cuando uno de estos dispositivos recibía la señal, emitía a su vez una onda ultrasónica.

—Esos pequeños dispositivos que ha mencionado ¿se guardaban en un cajón oculto de la máquina principal?

—Sí.

—¿Cómo se cargaban?

—Del modo habitual, mediante electricidad. Empleaban tomas de pared, solenoides, válvulas de vacío.

Logan reflexionó por un momento.

—Los indicadores de la cubierta de la Máquina... estaban graduados de uno a diez.

—Exacto.

—¿Qué dosis medicinal solían administrar?

—Por lo general, llegábamos al dos. En ocasiones subíamos hasta el cinco, pero solo en los casos de los psicóticos más rebeldes.

—Esto bajo la configuración de campo, entiendo.

—Correcto.

—¿Qué habría sucedido si la hubieran puesto a la máxima potencia?

Sorrel frunció el ceño.

—¿Disculpe?

—Si la hubieran puesto al diez.

—Ah. Comprendo. —El científico se pasó una mano temblorosa por los labios—. Nunca la forzamos.

Logan titubeó antes de formularle la última pregunta.

—Dentro de pocos años se levantará la cuarentena. Se organizará una pequeña comisión con el propósito de debatir si el Proyecto Sin debería reanudarse, si la tecnología ha avanzado lo suficiente como para que su trabajo no pueda utilizarse jamás en perjuicio de la humanidad. ¿Cree que ese será el caso?

El anciano lo miró por unos instantes. Después, negó con la cabeza.

—Siempre he querido pensar que sí. Durante todos estos años, así lo he deseado. Pero no, no creo que eso llegue a cumplirse nunca. El Proyecto S es una caja de Pandora. Detesto admitirlo, pero hicieron bien en cancelarlo. Y si usted está en lo cierto, joven, si alguien la ha destapado de nuevo... Ha abierto una puerta al infierno.

«Una puerta al infierno.» Logan se levantó.

—Gracias, doctor Sorrel, por su tiempo y su franqueza.

—Buena suerte. —Sorrel levantó una mano marchita a modo de despedida—. Me temo que la va a necesitar.

42

Mientras anochecía y la lluvia fustigaba los gabletes, los pretiles y las agujas de la mansión, un teléfono móvil empezó a sonar en las reducidas dependencias de la sección más lejana de la segunda planta.

Lo descolgaron al tercer tono.

—Hola.

—Abrams —dijo un hombre con acento del norte de Virginia.

—Ya sé quién eres.

—Logan se encuentra en Fall River, Massachusetts.

—¿Qué hace allí?

—Ha ido a un asilo a visitar al último de los tres supervivientes. —La persona de la segunda planta no respondió—. Creemos que lo sabe todo —dijo Abrams.

—Ese carcamal debe de llevar años chocheando. Seguro que Logan no ha oído más que un montón desvaríos.

—La información de la que disponemos sugiere que ese científico decrépito sigue estando bastante cuerdo.

—Aunque eso fuese así, Logan solo descubriría el trasfondo. No sabe nada de mí. De nosotros.

—No tardará en averiguarlo todo. Solo es cuestión de tiempo. Nosotros nos encargaremos de esto.

—¿Como os encargasteis de la arquitecta?

—Sí. Se nos acaba el tiempo. Ya hemos esperado bastante. No podemos permitirnos más retrasos.

—Ya te lo dije, yo me ocuparé de Logan.

—Tuviste tu oportunidad —replicó Abrams—. Ya no está en tus manos.

—No. Las cosas no se hacen así. La gente sospechará...

—¿Con este huracán que se abalanza sobre Newport? Bromeas. Es perfecto. Logan ya está de camino. ¿La gente está abandonando la mansión?

—La evacuación es voluntaria. Pero sí, muchos ya se han marchado.

—Tanto mejor. Una vez que el huracán amaine, el cadáver magullado de Logan aparecerá en la orilla, arrastrado por la corriente. Todos lo sentirán en el alma, pero nadie sospechará nada.

—Es arriesgado matarlo.

—Más arriesgado es dejarlo vivo. Además, no es el único que sabe demasiado. Te sorprendería la de daños colaterales que puede provocar esta tormenta. —Se produjo una breve pausa—. Tú espera. Nosotros nos encargaremos de esto, de una vez por todas.

43

Dos horas después, alrededor de las ocho y media de la tarde, Kim Mykolos se sentaba en la cama con las piernas cruzadas y escribía con laboriosidad en un ordenador portátil. Un golpetazo repentino hizo que levantara la cabeza al instante.

Miró hacia el cuarto de baño que compartía con Leslie Jackson. No había nadie dentro, y la habitación de Leslie, situada al otro lado del baño, estaba vacía y a oscuras; esa tarde se había ido tierra adentro para protegerse del huracán en casa de unos familiares. Kim no tenía ningún pariente a cuya casa pudiera llegar fácilmente en coche, y había declinado la propuesta de un amigo para quedarse con sus padres en Hartford. A pesar del temporal, la inmensa mansión de piedra parecía un lugar tan seguro como cualquier otro... Y, además, había encontrado algo muy interesante.

Otro golpetazo. Esta vez se dio cuenta de que una contraventana de madera había chocado contra un marco contiguo; las cajas de mariposas que había sobre la mesita de noche se habían sacudido con el impacto. A primera hora de la tarde los de mantenimiento habían pasado por allí para cerciorarse de que todas las ventanas estuvieran bien sujetas. Uno de los postigos debía de haberse soltado con el vendaval.

El teléfono que había dejado sobre la almohada empezó a vibrar. Lo cogió y miró el número de la llamada entrante.

—¿Sí?

—Kim. Soy Jeremy.

—¿Dónde está?

—En una estación de servicio, al norte de la Universidad Roger Williams.

—Creía que había regresado hace horas.

—Esa era mi intención. Pero el puente del Sakonnet está cortado y he tenido que dar un rodeo, por Warren y Bristol. Y con este temporal la 103 y la 136 están colapsadas. Supongo que usted no se marcha...

—No. Voy a quedarme aquí.

—En ese caso, podrá hacer algo por mí.

—¿El qué?

—¿Se acuerda de los dos dispositivos pequeños que encontramos, guardados en la Máquina?

—¿Que si me acuerdo? Llevo un siglo estudiando uno de ellos.

—Quiero que los esconda en algún sitio. En algún lugar seguro. Y saque también el que está dentro de la radio del apartamento de Strachey, por favor. Escóndalo también.

—Pero justo ahora estaba... —Titubeó—. Entendido.

—Y después necesitaría que registrara mi dormitorio en busca de un dispositivo como esos otros dos. Muy probablemente estará oculto en la pared que separa mi apartamento del de Wilcox. Quizá detrás de una cómoda o de una estantería. Si encuentra alguno, guárdelo con los demás. Lo haría yo mismo, pero no sé cuándo llegaré, y prefiero no confiarle esto al azar.

—¿Qué está ocurriendo?

—Ya le dije por qué subí a Fall River, a quién esperaba ver. En fin, Sorrel me ha contado muchas cosas acerca del Proyecto Sin. Parece que estaban investigando una forma de tratar la esquizofrenia por medio de ondas sonoras de alta frecuencia.

Mykolos contuvo la respiración. «No me extraña...»

—Lograron reproducir la sintomatología propia de la esquizofrenia en personas normales empleando una frecuencia sonora específica, y confiaban en que una frecuencia distinta ejercería el efecto contrario en esquizofrénicos auténticos. Pero no lo consiguieron. De hecho, las modificaciones que incorporaron al experimento solo sirvieron para agravar los daños. Por tanto, se tomó la decisión de aparcar el proyecto.

—¿Y los dispositivos que me ha pedido que esconda?

—Creo que no iba desencaminada. Son generadores de tonos..., fabricados para emitir las ondas ultrasónicas que el Proyecto Sin estaba estudiando.

—Tiene sentido —dijo Kim—. Porque he seguido analizando la Máquina y todo apunta a que es una especie de amplificador. Un amplificador rudimentario, pero al mismo tiempo muy complejo. —Hizo una pausa para pensar—. En cualquier caso, ¿por qué quiere que los esconda?

—Para que no puedan utilizarse para hacer daño a más personas.

Kim se sobrecogió al deducir a qué se refería Logan.

—¿Quiere decir...?

—Quiero decir que quien encontró la habitación olvidada y reanudó la investigación está utilizando esos dispositivos; primero lo hizo contra Strachey, y ahora sospecho que contra mí.

—Entonces, esa persona, o esas personas ¿volvieron loco a Strachey de forma intencionada?

—Con el objeto de parar las obras del ala oeste.

—En ese caso, ¿por qué no...? Lo siento, pero tengo que preguntárselo: ¿por qué a usted no le hicieron el mismo efecto?

—Yo también me lo he preguntado. Me imagino que tiene que ver con nuestros... «cazafantasmas».

—¿Las cosas estas que llevamos colgadas del cuello?

—Sí. La semiconcha de nautilo es el componente principal. No soy ingeniero acústico, pero apuesto a que el diseño logarítmico de las cámaras de la concha rompe o distorsiona las ondas sonoras, lo que reduce el efecto. Lo atenúa, pero no lo suprime, porque estos últimos días yo también he padecido algunos desequilibrios.

—Y cree que encontraré ese dispositivo en la pared que compartía con Wilcox porque él no contaba con esa... protección.

—Exacto. En lugar de incapacitarme a mí, lo que consiguieron fue mandar a Wilcox a la UCI. —Se produjo un silencio—. Kim, no supe verlo. Estaba convencido de que la Máquina era un invento para detectar o, tal vez, comunicarse con entidades espectrales. Dado mi ámbito de trabajo, supongo que siempre termino haciendo ese tipo de suposiciones.

—Bueno, yo diría que la Máquina es en efecto un invento para comunicarse, aunque no del modo en que usted pensó al principio.

—Toda esa documentación que encontré en los archivos de Lux sobre la «fuerza ecténica»... No cabe duda de que alguien estaba realizando un estudio sobre fenómenos paranormales, pero no eran esos tres. —Otra pausa—. Escuche, será mejor que reanude la marcha. El tráfico parece un poco más fluido y la tormenta está empeorando... No quiero encontrarme la carretera 114 cortada también. Llegaré allí tan pronto como pueda.

—De acuerdo.

—Gracias, Kim. Y, por favor, tenga cuidado. No corra ningún riesgo. —Se oyó un clic cuando Logan cortó la llamada.

Cuando Kim volvió a dejar el teléfono sobre la almohada, oyó otro ruido. Sin embargo, esta vez no le pareció el golpetazo de una contraventana, sino unos pasos procedentes de la habitación de Leslie Jackson.

—¿Leslie? —llamó—. ¿Qué, al final has decidido quedarte?

No obtuvo respuesta.

Con el ceño fruncido, Kim bajó de la cama y fue al centro de la habitación, desde donde se asomó al baño compartido y al otro cuarto.

—¿Leslie? —insistió.

¿Había visto moverse algo, negro contra negro, entre las sombras que se hacinaban en la habitación de Leslie? Si estaba allí, ¿por qué no respondía? ¿Por qué no había encendido la luz?

¿Acaso había habido alguien allí todo ese tiempo, en la penumbra, oyéndola hablar por teléfono?

De pronto, y por primera vez, Kim sintió, comprendió, la magnitud del peligro que Jeremy Logan y ella corrían. Si alguien había resucitado el Proyecto Sin y provocado la muerte de Willard Strachey para proteger su secreto..., ¿qué sucedería si descubría el papel que desempeñaba ella?

«Tenga cuidado», le había recomendado Logan. «No corra ningún riesgo.»

¿Acababa de ver moverse otra vez las sombras? ¿Un frío destello metálico?

De forma instintiva, Kim giró sobre sus talones hacia la puerta. Al hacerlo, tropezó con la alfombra, se golpeó la cabeza con el revestimiento de la pared cercana, se oyó un feo chasquido de hueso contra madera, y su cuerpo se desplomó contra el suelo.

Unos segundos más tarde, un hombre alto y delgado emergió de la penumbra que reinaba en la habitación de Leslie Jackson. Escrutó la escena con mirada inexpresiva. Volvió a guardarse en un bolsillo de su chaqueta de *tweed* la porra pesada que portaba y arrastró el cuerpo de Kim hasta un armario cercano. A continuación, cogió la almohada de la cama, dio unas pasadas con ella para limpiar la sangre y la lanzó también al armario.

—Enseguida vuelvo a por ti —murmuró antes de escurrirse de nuevo hacia las sombras.

44

Media hora más tarde, Logan se adentró con el Lotus Elan en el largo y sinuoso camino que llevaba hacia el aparcamiento de Lux. El cuidado césped quedaba oculto bajo un caos de ramitas, hojas y, curiosamente, algas y espuma de mar llevadas hasta allí por el vendaval desde la orilla, que estaba a medio kilómetro. Tuvo que sortear las pesadas ramas caídas en el camino y vio por lo menos media docena de árboles arrancados de raíz en la foresta que precedía al muro de ladrillo que circundaba los terrenos. El complejo principal de Lux se elevaba contra un cielo oscuro y furibundo, con sus almenas centelleando ominosas bajo el resplandor de lívidos relámpagos.

Pudo resguardarse un poco en el aparcamiento semivacío al abrigo del ala este del edificio, apagó el motor y aguardó unos instantes para recobrar el aliento. Había viajado en tensión todo el trayecto desde Fall River, entre el tráfico, el viento embravecido y el azote de la lluvia, pero los últimos diez minutos habían sido los peores. Cuando viró hacia Ocean Avenue para emprender el último tramo del recorrido, el huracán se impuso con contundencia: implacables latigazos de lluvia y un viento recio y aullador amenazaban con levantar el coche y lanzarlo al mar furioso. En más de una ocasión dio las gracias a los dioses de la automoción porque su Elan tuviera la capota rígida; un techo de lona habría salido volando hacía horas. Además, había llegado a su destino justo a tiempo; el guardia del puesto de control de la entrada principal le dijo que el gobernador acababa de declarar el estado de emergencia y anunciado un toque de queda y que la Guardia Nacional ya se estaba movilizando.

Logan esperó unos instantes más y, tras despegar las manos del volante y tomar una profunda bocanada de aire, asió el tirador y abrió la puerta. Una ululante ráfaga de aire volvió a empujar la puerta contra él, de modo que tuvo que hacer acopio de todas sus fuerzas para abrirla de nuevo. Una vez que recuperó el aliento, se escurrió de la parte trasera del coche mientras el viento cerraba la puerta de golpe. Enseguida, inclinado hacia delante con la cabeza casi a la altura de la cintura, corrió hacia la entrada lateral de la mansión, luchando contra un viento tan impregnado de agua de mar que a punto estuvo de ahogarle.

Cuando alcanzó la puerta, oyó el zumbido de un motor que se batía con el furor del viento. Había una luz detrás de él, se dio la vuelta y vio a Ian Albright, el capataz de infraestructuras, en un voluminoso carro de golf con otros dos hombres sentados detrás de él. El vehículo se detuvo junto a Logan y los tres se apearon, ataviados todos con un chubasquero idéntico.

Albright escrutó a Logan como si viniera de otro planeta.

—¿Doctor Logan? —preguntó—. ¿Acaba de llegar? No me diga que se ha atrevido a salir a la carretera con esta tormenta del demonio.

—Tenía que atender un asunto que no podía esperar. —Logan señaló el carro—. ¿Cuál es su excusa?

—Se han desprendido algunas pizarras del tejado de la cocina y ha empezado a entrar agua a chorros. Tenemos que taparla con una lona impermeable antes de que... —El resto de su explicación quedó sepultado por el repique aplastante de un trueno y por el estruendo de otro árbol derribado—. Bien, ahora que está aquí, será mejor que entre —le recomendó Albright—. El doctor Olafson y el doctor Maynard se han marchado hace horas, y casi todos los demás también. Solo quedamos unos pocos, cuatro gatos de seguridad y de mantenimiento y un par de lumbreras cabezotas que se han negado a irse. Pero la tormenta acaba de pasar a categoría tres, y lo peor está por...

Un súbito alarido del viento hizo que los cuatro se tambalearan y el carro de golf se volcó al instante.

—¡La madre que me parió! —gritó Albright, sobrecogido, mientras intentaba levantarlo a la vez que indicaba por señas a Logan que se pusiera a cubierto.

En el interior, las gruesas paredes de la mansión reducían el bramido del huracán a un lamento grave y constante. Logan se adentró en los pasillos extrañamente desiertos que llevaban a sus dependencias. Salvo por el retumbar incesante del temporal, el edificio parecía sumido en un silencio expectante. Dejó la cartera sobre el escritorio, se sentó y transfirió al portátil las notas que había tomado durante la entrevista con Sorrel, junto con algunas observaciones y preguntas que se le habían ocurrido durante el extenuante regreso. Miró su reloj. Casi las nueve y media. Cerró el portátil y se levantó. Era hora de ir a ver a Kim.

Se disponía a salir del apartamento cuando sonó el teléfono. Lo miró y vio un número de cuatro dígitos en el visor LED. No lo reconoció.

—¿Hola?

La voz del otro lado de la línea sonaba entrecortada.

—¿Doctor Logan? Doctor Logan, ¿es usted?

—Sí. ¿Quién llama?

—Gracias a Dios que no se ha marchado. Soy Laura Benedict. Nos conocimos en mi despacho hace unos días. Quizá no se acuerde de mí.

La joven y un tanto tímida experta en informática cuántica.

—Claro que la recuerdo. Me sorprende que se haya quedado aquí.

—Créame, preferiría haberme marchado. Las habitaciones de hotel que Lux reservó en Pawtucket están ocupadas desde hace horas. Ya no queda ningún sitio adonde ir. —Hizo una pausa—. Pero puesto que no puedo marcharme, hay algo que me gustaría comentarle.

Logan volvió a sentarse detrás del escritorio.

—La escucho.

—Se trata de Roger. —La voz angustiada de Benedict, cada vez más débil, se asemejaba ahora a un susurro—. Roger Carbon.

—¿Qué ocurre con él?

—Sé por qué está usted aquí. Está investigando la muerte de Willard Strachey. Eso me quedó muy claro cuando me entrevistó. Y sospecha... sospecha que no fue realmente un suicidio.

Logan se quedó inmóvil.

—¿Qué le lleva a pensar eso?

—Es difícil mantener algo en secreto en un lugar como Lux. Nadie sabe a ciencia cierta qué sucede, pero corren rumores... —Benedict guardó silencio por unos instantes—. La cuestión es que Carbon ha estado actuando de un modo... inquietante estos últimos días.

—Inquietante.

—Tal vez sea más apropiado decir «sospechoso». A veces lo oigo hablar por teléfono desde el otro lado de la pared. Las cosas que dice..., que sugiere..., me resultan perturbadoras.

—¿Por qué no me ha avisado antes?

—Quería hacerlo. Pero el hecho es que tengo... —Otro

silencio—. En fin, Carbon me da miedo. Ni siquiera me atrevía a llamarlo ahora. Pero hoy no lo he visto por aquí. Es posible que haya salido de la isla, y... y si lo que creo es cierto, no estaría bien que no le dijera nada. Tengo que hablar con usted... Porque sospecho que se encuentra en peligro.

—¿Que yo me encuentro en peligro? —repitió Logan.

—Creo que sí.

—¿Le importaría venir a mi despacho para seguir hablando de esto?

—¡No! —Se apresuró a rehusar la aterrada ingeniera—. No, esta tormenta... Por favor, reunámonos en el sótano. Tengo un laboratorio allí. Estaremos más seguros.

Logan se frotó el mentón. Quería ir a ver a Kim cuanto antes.

«Sospecho que se encuentra en peligro.»

—Por favor, se lo ruego —le suplicó Benedict—. Antes de que me arrepienta.

—De acuerdo. ¿Cómo la encontraré?

—¿Conoce la distribución del sótano?

—No muy bien. Solo he visitado los archivos.

—Con eso basta. Baje por el ascensor o la escalera principal y continúe en la dirección opuesta a los archivos. Lo estaré esperando detrás de la puerta de seguridad.

—Bajaré ahora mismo.

—Gracias, doctor Logan. —Y colgó.

45

Logan, cartera al hombro, llegó al pie de la escalera principal sin ver un alma. Giró hacia la izquierda y se adentró de nuevo en el oscuro pasillo de piedra desnuda en dirección a la reluciente puerta metálica que daba a los laboratorios del sótano. En esta ocasión, no obstante, vio el rostro enjuto y aquilino de Laura Benedict al otro lado de la cristalera de plexiglás perforado de la pesada puerta de acero. Mientras Logan se acercaba, ella introdujo una clave en el teclado numérico acoplado a la pared; al parecer, la puerta estaba cerrada por ambos lados. Con un bip discreto y un clic amortiguado, esta se entreabrió y liberó el suspiro de una cámara presurizada.

Tras mirar deprisa por encima del hombro de Logan para cerciorarse de que estaban a solas, lo dejó entrar y volvió a cerrar. Allí el aire era frío y olía ligeramente a amoníaco.

—Gracias por venir —dijo.

Logan asintió. Una vez más, le asombró la evidente juventud de la ingeniera. Esta lo guió por el pasillo reluciente con los mismos movimientos precisos, casi bruscos, que le llamaron la atención cuando se conocieron. Aquel día le sorprendió el aura de tristeza que Benedict parecía llevar consigo casi como si de una prenda de vestir se tratara. En ese momento, sin embargo, percibía una emoción distinta: preocupación e incluso miedo.

—Podemos hablar en mi laboratorio —anunció mientras caminaban—. No queda lejos. No hay nadie más en la zona restringida; lo he comprobado.

—Creía que en su despacho tenía todos los ordenadores que necesitaba.

Benedict sonrió con languidez.

—Así es. Supongo que podría arreglármelas sin este laboratorio. Pero es un lugar donde puedo estar a solas cuando trabajo en algún asunto especialmente espinoso, o cuando necesito descansar de Roger.

A medida que avanzaban, Logan miraba en todas direcciones con curiosidad. Muchas de las puertas estaban cerradas y lucían un distintivo pintado con aerógrafo, pero algunas estaban abiertas y dejaban entrever distintos laboratorios modernos y sofisticados, repletos de equipos cuya utilidad ni siquiera alcanzaba a imaginar. Al contrario que en el resto de Lux, allí la iluminación era intensa, fluorescente, incluso demasiado directa. El contraste con la madera pulida y el cuero de las plantas superiores, era comparable al de unas instalaciones para una amenaza biológica de nivel cuatro y un club de caballeros londinense.

Siguiendo a Benedict dobló una esquina, después otra y, por último, justo cuando el sótano empezaba a parecer un laberinto de cromo y cristal, la ingeniera se detuvo frente a una puerta abierta en la que ponía BENEDICT. La joven lo instó a entrar en una espaciosa habitación donde había un escritorio de acero rodeado de varias sillas de Herman Miller gris metálico, a juego con la mesa; una pizarra blanca, en la que no había nada escrito; dos ordenadores conectados a un proyector digital, y un armario de servidores de cuchilla similar al que la investigadora tenía en la oficina de arriba.

Benedict cerró la puerta, se sentó en una de las sillas y con un gesto invitó a Logan a hacer lo mismo. Estaba pálida por la angustia.

—De acuerdo —dijo Logan mientras ocupaba la silla indicada y dejaba la cartera en el suelo—. Por favor, cuénteme qué es exactamente lo que sospecha de Roger Carbon, y por qué cree que yo estoy en peligro.

Benedict tragó saliva.

—No sé muy bien por dónde empezar. Para serle sincera, dudo que pueda precisar cuándo comenzó todo. Roger es un hombre muy mordaz, ¿sabe? Siempre está discutiendo con alguien. —Hizo una pausa—. Supongo que esto empezó hace tres meses. Me di cuenta de que, de la noche a la mañana, adoptó una actitud un tanto hermética. Ese comportamiento no era propio de él; por lo general, no le importa que alguien oiga sus conversaciones o sepa lo que hace. Pero un día adoptó la costumbre de cerrar la puerta de su oficina. Al principio solo de vez en cuando, pero después casi siempre. Y cada vez que lo hacía, llamaba por teléfono; yo oía los murmullos desde el despacho contiguo, ya sabe. Más adelante, solo un par de días antes de la muerte de Will Strachey, los dos mantuvieron una discusión acaloradísima en la oficina de Roger.

—¿Strachey y Carbon? ¿De qué hablaron?

—No estoy segura. Creo que sobre el ala oeste. Roger lo propuso para que se hiciera cargo de ese asunto, ya sabe.

—Es algo que siempre me ha extrañado —interpuso Logan—. Si Carbon quería ejecutar la remodelación con prontitud, lo normal habría sido que abogase por alguien con más experiencia.

—A decir verdad, solo entendí algunas palabras sueltas. Will dijo algo como: «Pienso seguir adelante, te guste o no». A lo que Roger contestó: «Por encima de mi cadáver». Debo decirle que jamás había visto a Will Strachey así..., pálido, lívido.

—Continúe —le pidió Logan.

—Más adelante, hace solo unos días, Roger realizó otra de sus llamadas furtivas. Pero esta vez no cerró la puerta del todo. Logré entender algunos fragmentos de la conversación. Algo sobre... un revés temporal. Parecía estar intentando disuadir a alguien de que tomase algún tipo de medidas.

—¿Podría darme algún detalle más sobre esa llamada?

—Lo siento. No escuché con tanta atención. Fue al oír por casualidad esos comentarios y relacionarlos con las otras cosas que me habían llamado la atención, cuando empecé a sentir... temor.

—¿Por qué sospecha que me encuentro en peligro? —inquirió Logan.

—¿No es obvio? Está investigando el fallecimiento de Will. También ha empezado a explorar el ala oeste. Si Roger está implicado de alguna manera en lo ocurrido, su mera presencia aquí supone una amenaza para él.

—Entiendo.

Benedict titubeó.

—Hace tres días, lo vi salir de las dependencias donde usted se aloja.

—¿En serio?

—Pareció sorprenderse al verme. Incluso lo noté nervioso, algo por completo impropio de él. Pero me dijo que se había acordado de algo que usted debía saber y que, dado que no se encontraba en su apartamento, iba a seguir buscándolo. —Benedict lo miró con curiosidad—. ¿Dio con usted?

—No.

—Bien, ¿no se da cuenta? Está claro que corre peligro quedándose aquí.

—Me temo que fuera tampoco estaría precisamente a salvo.

—¿Por el huracán? Puede alojarse en una de las habitaciones que Lux ha reservado en el Hilton de Pawtucket. Quiero decir, aquí podría ocurrir cualquier cosa ahora que no queda nadie en la mansión. Si su vida corre peligro, ¿no le parece que lo mejor sería que se marchara... que se marchara de inmediato?

Logan asintió con aire ausente, como para sí mismo. Vaciló. Después, poco a poco, extendió el brazo sobre la mesa y tomó la mano de Laura Benedict. La ingeniera abrió los ojos en un gesto de sorpresa, pero no hizo ningún intento por retirarla. Logan mantuvo el contacto durante unos diez segundos, y en ese tiempo logró captar diversas emociones: miedo, por supuesto; incertidumbre; duda... y algo más.

Le soltó la mano.

—No lleva mucho tiempo en Lux, ¿verdad, doctora Benedict?

—Poco más de dos años.

—Sí. Y recuerdo que dijo que Will Strachey fue su mentor cuando llegó aquí.

—Era amigable, cordial con los recién llegados. Me hizo la vida muchísimo más fácil.

—Lux me proporcionó un informe detallado sobre usted..., sobre todas las personas a las que he entrevistado, de hecho. Según recuerdo, antes de llegar a Lux, impartió clases en la Universidad Técnica de Providence.

—Sí, así es. Durante unos cuatro años.

—Mecánica cuántica, ¿correcto?

Benedict asintió.

—Informática cuántica, la disciplina en la que trabaja ahora.

Benedict frunció el ceño, incapaz de imaginar adónde conducía ese giro de la conversación.

—Son campos que guardan una relación muy estrecha.

—¿De verdad? No lo sabía. Tengo entendido que se doctoró en ingeniería mecánica. Perdone mi ignorancia. ¿Ese campo también está relacionado con los otros?

Benedict volvió a afirmar con la cabeza.

Logan se reclinó en la silla.

—Usted se crió en Providence, ¿no es así?

—Sí. Al este de College Hill.

—Ah. Ese vecindario queda cerca de un gran laboratorio de investigación... No recuerdo el nombre...

—Ironhand.

—Ironhand. Eso es. Según recuerdo, tiene fama de organización turbia, operan en el terreno pantanoso de la ciencia, e incluso en ocasiones se dedican a investigar armamento para el mejor postor.

—Doctor Logan, ¿por qué me hace todas estas preguntas? ¿No cree que es más importante que usted se...?

—¿Por qué me aconseja que vaya justo ahora al Hilton de Pawtucket?

—¿Por qué...? —La confusión de Benedict se acentuaba por momentos—. Lux reservó todas las habitaciones cuando el huracán pasó a una categoría mayor. Es el lugar más seguro al que puede ir.

—Pero cuando hablamos por teléfono, me dijo que no quedaban habitaciones libres desde hacía horas.

—¿Sí? —Benedict dudó—. No sé, dada su vinculación a Lux, estoy segura de que el hotel tendrá alguna para usted...

Pero Logan la interrumpió de nuevo.

—Doctora Benedict, voy a formularle una pregunta que acaso le parezca extraña. Espero que no le importe. ¿Su apellido de soltera es Watkins?

Laura Benedict se quedó inmóvil.

—¿Disculpe?

—¿Su apellido de soltera es Watkins, por casualidad?

De nuevo, un curioso cúmulo de emociones —asombro, incomprensión, tal vez molestia— afloró en su rostro.

—Por supuesto que no. ¿Por qué me pregunta algo así?

Logan extendió las palmas de las manos.

—Tenía una corazonada.

—Bien, pues era errónea. —Benedict se levantó muy despacio—. Mi apellido de soltera es Ramsey.

46

Durante un largo instante se limitaron a estudiarse el uno al otro. Las luces del techo parpadearon y se atenuaron antes de recuperar su intensidad normal.

—Claro —dijo Logan—. Sorrel me contó que el doctor Ramsey desarrolló la mayor parte de la tecnología que hizo posible el Proyecto Sin.

Laura Benedict insistió en guardar silencio. No cabía duda de que seguía angustiada, aunque ahora su mentón sobresalía en actitud defensiva.

—¿Por qué me ha convencido para que baje aquí con esos rumores alarmantes sobre Carbon, y me ha recomendado que abandone Lux por mi propia seguridad?

—Porque es cierto... Debe marcharse de inmediato. Si se queda, lo matarán. Y yo no quiero eso.

—Como tampoco quería que Strachey muriese.

Con los ojos enrojecidos, Benedict giró la cabeza.

—De modo que lo apreciaba de verdad. Lo lamento. Cuando me dijo que se sentía hundida, no se lo estaba inventando.

La investigadora negó con la cabeza sin mirarlo.

—Exactamente, ¿quién va a matarme?

La ingeniera tardó unos instantes en contestar.

—Creo que ya lo sabe.

—Ironhand —concluyó Logan. Era más una afirmación que una pregunta.

Benedict no dijo nada.

—¿Cómo supo lo del Proyecto Sin? —le preguntó Logan en un tono amable.

La joven se obstinó en su silencio. Tras unos instantes, dio un suspiro y se giró hacia él.

—Por mi abuelo.

—¿El doctor Ramsey? —preguntó Logan, sorprendido.

—Un mes antes de que muriese. Hace casi cuatro años. Mis padres ya habían fallecido. Guardó el secreto toda su vida. Pero terminó por carcomerlo, del mismo modo que el cáncer que lo mató. —A medida que se explicaba, la voz de Benedict se tornó más firme, más segura—. Era su investigación. Decidió que era vital que su única heredera supiese la verdad. El descubrimiento del doctor Martin tuvo lugar por accidente. Mi abuelo fue el principal impulsor del proyecto. No se lo dijo a nadie. Pero dejó ciertos... documentos privados.

Logan asintió para que prosiguiera.

—Esa documentación no era exhaustiva. Pero describía el proyecto y su potencial, y reflejaba la incredulidad y la desilusión que asaltaron a mi abuelo cuando Lux lo interrumpió de improviso. Revelaba también la ubicación del laboratorio donde llevaron a cabo los trabajos. Era una historia extraordinaria, demencial. Pero todo formaba parte del pasado, obviamente. No tenía relación alguna conmigo, yo tenía mi vida. Pero un día... mi marido falleció.

La ingeniera liberó un nuevo suspiro, profundo y entrecortado. Entonces, Logan introdujo la mano en la cartera con naturalidad y, con un movimiento disimulado, encendió la grabadora digital sin hacer el menor ruido.

—Yo también era científica; no me costó conseguir una plaza en Lux. Nadie me relacionó con mi abuelo, y aunque lo hubieran hecho, no habría servido de nada. Me sumergí en una nueva investigación en el área de la informática cuántica. Esperé a que llegase el momento propicio. Al principio no estaba segura de si debía explorar el Proyecto Sin. Al fin y al cabo, mi trabajo me fascinaba. Pero cuanto más tiempo pasaba en Lux, más clara oía la voz de mi abuelo llamándome desde la tumba para que arreglase lo que se torció. Ya no trabajaba nadie en el ala oeste, y su acceso estaba prohibido. Fue entonces cuando decidí... buscar el laboratorio.

—Y cuando encontró los registros, diarios de trabajo, estudios, notas de laboratorio...

—Sí. Todos los documentos eran muy minuciosos.

—Y supongo que así le resultó más fácil reanudar el trabajo que un día quedó aparcado.

Benedict lo escrutó por un momento antes de responderle.

—Las ecuaciones eran muy complejas. Determinadas partes de la maquinaria se habían quedado demasiado obsoletas y era preciso reemplazarlas por piezas modernas. Realizar esos cambios no era lo que se dice barato.

—Dicho de otro modo, necesitaba un mecenas. Y ahí fue cuando Ironhand entró en juego.

—A todo esto, ¿cómo es que conoce Ironhand?

—Le hicieron una visita a la difunta Pamela Flood, la descendiente del arquitecto que diseñó Lux. El nombre que ella recordaba era «Iron Fist». Conozco bastante bien el área de Providence de la que usted procede. No fue difícil atar cabos. —Hizo una pausa—. ¿Qué interés tenían en los cianotipos?

—Querían saber si existía otra forma de acceder a la habitación secreta. No les convenía que alguien se entrometiera en mi labor. —Guardó un breve silencio—. Al principio desempeñaban un papel menor. Financian a multitud de empresas emergentes, con la esperanza de que una de cada veinte les reporte beneficios. La relación que yo mantenía con ellos era de ese tipo. Entendían muy bien la necesidad de proceder con discreción.

—Pero con el tiempo, asumieron más protagonismo.

—Sí —afirmó Benedict de nuevo—. Cuando comenzaron a intuir el verdadero potencial de mi trabajo.

«Mi trabajo.» La respiración de la ingeniera se había acelerado, y se apreciaba cierta agitación en su lenguaje corporal. Logan no estaba seguro de que fuera a seguir mostrándose dialogante mucho más tiempo.

—Aun así, imagino que se enfrentaría a otros impedimentos —supuso—. A la hora de retomar el estudio, me refiero.

—No es algo infrecuente. De hecho, es lo habitual.

—Deje que lo adivine. Algunos colegas de Lux que trabajaban o residían en las inmediaciones del ala oeste empezaron a dar parte de diversos sucesos inusuales. Otros fueron vistos comportándose de un modo desacostumbrado.

Benedict se encogió de hombros.

—Solo era cuestión de ajustar el haz de proximidad, una operación relativamente sencilla.

—Sí. Me consta que la Máquina opera de dos maneras: con un generador de campos y con una señal de transmisión precisa. Aquellas personas debieron de verse afectadas cuando empezó a experimentar con el modo campo.

Benedict, que hasta ese momento mantenía la cabeza girada, se volvió para mirarlo de frente.

—Como le decía, era una cuestión sencilla.

—Pero se enfrentaba a un problema mucho más grave. Lux había decidido restaurar el ala oeste.

La ingeniera lo miró con el ceño fruncido.

En ese instante, Logan comprendió algo.

—Dice que Carbon presionó para que Strachey se hiciera cargo de las obras. Y no mentía, ¿me equivoco? Sin embargo, ha omitido el hecho de que usted persuadió a Carbon para que propusiera a Strachey. ¿Cómo me dijo...? ¿Que con usted Roger se portaba como un «gatito»? Eso no concuerda con el temor que dice sentir por él; debería haberme dado cuenta antes. Usted daba por hecho que Strachey tardaría en ganar soltura; que la remodelación se prolongaría mucho más. Que el laboratorio olvidado, o, mejor dicho, su laboratorio, permanecería oculto. Pero Strachey empezó a desenvolverse con una habilidad que usted no esperaba.

—Estaba realizando los últimos ajustes de la versión portátil de la máquina —justificó Benedict, apartando la mirada una vez más—. Unas modificaciones que hacían innecesaria la unidad de amplificación principal; que me permitirían sacar el aparato de Lux y llevarlo a los laboratorios de Ironhand.

—De modo que solo necesitaba unos días más... Días que debería haber ganado gracias a la muerte de Strachey.

—¡No tenía por qué morir! —exclamó la ingeniera, impulsando la silla hacia atrás. Sus ojos se inundaron de lágrimas.

—Una doble ironía, puesto que Lux me pidió que viniera para investigar las circunstancias de su fallecimiento, pero lo que descubrí fue la habitación y eso le impedía finalizar su trabajo.

Benedict no dijo nada.

—Así que quiso detenerme, del mismo modo que lo detuvo a él. Solo que esta vez no le funcionó... No como pretendía, al menos. Imagino que se pregunta por qué motivo.

Benedict lo miró, aferrada aún a su silencio.

—¿Y qué me dice de Pamela Flood? ¿Ella sí tenía por qué morir? Así es cómo operan sus amigos de Ironhand. ¿Eso no le dice nada sobre ellos? Y, en cualquier caso, ¿cómo se enteraron de lo de Pam? ¿Me pincharon el teléfono?

Al ver que Benedict se limitaba a negar con la cabeza, Logan apoyó una mano en la mesa y acomodó la otra encima.

—Hábleme entonces acerca de la investigación —la instó—. ¿Ha conseguido lo que sus antepasados no lograron, desarrollar un tratamiento libre de riesgos para la esquizofrenia, sin que exista la posibilidad de que se le dé un mal uso?

Benedict decidió responder.

—Lo intenté. Pero pronto me di cuenta de que lo que era verdad en los años treinta es aún más cierto hoy. El resto se lo puede imaginar.

—No le entiendo.

—Ah, por favor, no se haga el tonto, doctor Logan. Al fin y al cabo, ya ha hablado con Sorrel.

Logan asintió despacio. De modo que la ingeniera estaba al tanto de su visita a Fall River, un viaje que había realizado ese mismo día.

—Dicho de otro modo —expuso Logan de nuevo—, el problema, lejos de ser más sencillo, se ha vuelto aún más complejo con la evolución de la tecnología. De manera que usted ha decidido obviar los efectos beneficiosos para concentrarse en el perfeccionamiento de los dañinos. Es decir, transformarlo en un arma.

—Simple, pero correcto.

—Interesante. —Logan hizo una pausa para reflexionar—. Si se abandonó el propósito de utilizar las ondas sonoras para curar la esquizofrenia, y toda la atención se centró en los efectos que esas ondas ejercen de forma natural, intensificándolos, sin duda las reacciones provocadas serían en extremo desagradables.

—Alucinaciones. Paracusia. Delirios. Y eso es solo el principio.

—El principio ¿de qué? —preguntó Logan.

—De los ajustes que estoy realizando.

—¿Qué ajustes, exactamente?

Benedict asió el respaldo de la silla y se inclinó hacia él.

—¿Sabe? En cierto modo es un alivio hablar de esto con

alguien que lo entiende..., tal vez, incluso, que sabe valorarlo. A la gente de Ironhand le interesa sobre todo el resultado final. Pues bien, he conseguido dos cosas en concreto: ampliar los efectos apreciables del rayo y multiplicar su funcionalidad.

Logan aguardó, a la escucha.

—A mi abuelo y los demás, por supuesto, no les interesaba agravar los efectos esquizoides —continuó Benedict—. A mí tampoco, cuando empecé... Hasta que comprendí que los llamados efectos negativos eran los únicos que el aparato producía de forma eficaz. Al principio, las ondas sonoras solo influían en determinados receptores de serotonina 5-HT_{2A}, situados en la corteza frontal.

Logan asintió. Así se lo había indicado Sorrel.

—Pero yo logré generar no solo una onda, sino una serie armónica que, además de producir efectos adicionales en el cerebro, mejora la influencia de la onda portadora inicial.

—El intervalo del diablo —murmuró Logan.

La ingeniera lo miró.

—¿Disculpe?

—La quinta disminuida. Sol bemol, por ejemplo, sobre do. Un intervalo singular entre dos notas que quedó prohibido en la música religiosa durante el Renacimiento debido a su supuesta influencia diabólica.

—¿En serio? De todas maneras, esta onda sinérgica, de dos pulsos hipersónicos, amplía en gran medida el espectro de receptores de serotonina que, en esencia, se sobrecargan. Este efecto puede mantenerse durante mucho tiempo después de detener la onda; he observado anomalías serotoninérgicas que se prologan hasta ocho e incluso doce horas. En teoría, con un pulso inicial lo bastante intenso podrían conseguirse resultados de carácter permanente.

«Permanente.» Un escalofrío estremeció de súbito a Logan.

—¿En qué sujetos ha observado esas anomalías?

Benedict se tomó unos segundos.

—Animales de laboratorio.

—Y también en Strachey. Y quizá en otros sujetos humanos, voluntarios o no... ¿en Ironhand? —Al ver que no iba a responder, Logan añadió—: ¿Qué clase de anomalías?

—Ya he citado algunas. —Tomó aire—. Distorsión de la percepción, por ejemplo.

—Como en el caso de la sinestesia.

Benedict asintió.

—Todo tipo de falsos estímulos sensoriales. Vista, oído o gusto aguzados y combinados con diversos factores alucinatorios. Visualización eidética. Muerte mística. Interpretación alterada del tiempo. Modificaciones catastróficas de la cognición. Disociación completa de la realidad...

—¡Dios santo! —exclamó Logan para interrumpir la enumeración de horrores—. Está hablando no solo de una psicosis propiamente dicha, ¡sino del peor viaje de ácido jamás concebido!

—Hace años los científicos creían que el LSD y la esquizofrenia estaban relacionados de alguna manera —comentó Benedict encogiéndose de hombros—. En la habitación se guardaban además algunos archivos sobre unas pruebas iniciales con derivados de la ergotamina, llevadas a cabo varios años antes de que el LSD fuese sintetizado a partir de la ergotamina, claro está. Pero mi intervalo hipersónico es muchísimo más limpio.

—Más limpio. —Logan negó con la cabeza, incapaz de aplacar el asco que oprimía su voz.

A medida que se explicaba, la voz de Benedict, en cambio, se volvió más firme y el brillo de sus ojos más intenso; saltaba a la vista que se sentía orgullosa de su proeza.

—Por supuesto, más limpio —insistió Benedict—. ¿No es eso lo que queremos: armas limpias y eficaces? Esta es el arma más limpia que existe.

—Laura, ¿cómo...? —Logan se interrumpió, desconcertado por un momento—. ¿No se da cuenta del gran error que está cometiendo?

—¿Error? Estoy ayudando a mi país.

—¿Cómo, exactamente?

—Proporcionándole una nueva forma de defenderse. Fíjese en lo que las noticias nos cuentan a diario. Nos atacan, y no solo por uno, sino por muchos frentes. Y quizá nosotros insistamos en jugar limpio, pero nuestros enemigos no. Ya no. Por eso, sin esta tecnología, vamos a perder la guerra.

—¿No le parece que ya tenemos armas de sobra? Y este... este artefacto suyo es cruel. Es inconcebible. Hacer perder el juicio a una persona, e incluso a todo un ejército, o sumirlos en un viaje de ácido sin fin... Laura, si las armas químicas se ilegalizaron fue por alguna razón. Imagine que esta arma llegara a utilizarse en combate. ¿Cuánto tiempo cree que tardaría en filtrarse la tecnología en la que se basa y en utilizarse el mismo tipo de artillería diabólica contra nuestros hombres y mujeres?

Logan guardó silencio. Durante unos instantes no hicieron otra cosa que estudiarse mutuamente. Una vez más, las luces del sótano parpadearon por un momento antes de recuperarse. Tras esto, Benedict giró sobre sus talones, abrió la puerta del laboratorio y empezó a alejarse por el pasillo. Logan se levantó de un salto, apagó la grabadora, la guardó en la cartera y salió tras la ingeniera.

—Escuche —le dijo mientras recorrían los sucesivos pasadizos—. Lo entiendo. Se niega a reconocerlo. Es perfectamente humano. Al principio, usted creía, de forma muy comprensible, que su abuelo resultó agraviado. Y un arma con tanto potencial como esta... En fin, podría resultar muy valiosa. Podría reportar mucho dinero.

—Por supuesto que podría reportar mucho dinero —convino Benedict deteniéndose para mirarlo—. Mi abuelo era un hombre brillante. Ideó esta tecnología prácticamente sin ayuda, para que después lo marginaran, para que su gran creación terminara escondida bajo la alfombra. Nunca le reconocieron sus méritos. Deberían reconocérselos. Compensarlo. Mi familia debería haber sido compensada. —Se dio media vuelta y continuó caminando por el pasillo—. Este es mi legado legítimo —sentenció mirando hacia atrás de soslayo—. Mi herencia.

—¿Qué es lo que quiere heredar, Laura? —le preguntó Logan—. ¿Ruina, locura, muerte? Escuche, estoy seguro de que no ha dedicado mucho tiempo a pensar adónde podría llevar todo esto; al daño que esta investigación ocasionaría si cayera en las manos equivocadas. Tiene razón, su abuelo y, por extensión, usted han conseguido algo formidable. Pero si dedicara un instante a analizarlo desde fuera, a ver la realidad ética de la situación, comprendería que esto no aporta ninguna solución.

Al fondo apareció la plancha metálica de la puerta de seguridad. Mientras Logan hablaba, Benedict aminoró el paso y al poco se detuvo.

—Estaba equivocada —dijo a media voz, sin volver la vista atrás.

Guardó silencio, meciendo levemente su pequeño cuerpo. Un momento después siguió adelante.

—Sí —dijo Logan cuando llegaron a la puerta, que ella desbloqueó con un rápido tamborileo de sus dedos sobre el teclado numérico—. Pero, Laura, teniendo en cuenta lo que le sucedió a su abuelo, lo entiendo. Lo que les ocurrió a él y a los demás fue espantoso... vergonzoso. Y, aun así, Lux hizo bien al interrumpir su trabajo. ¿Entiende ahora por qué no puede seguir adelante con esto? ¿Por qué esta investigación debe terminar? ¿Por qué no ha de revelarle estos secretos a Ironhand?

Benedict cruzó la puerta.

—Me refería —aclaró mientras introducía un código en el teclado desde el otro lado— a que me he equivocado con usted.

Antes de que Logan tuviera ocasión de reaccionar, la puerta de seguridad se cerró de golpe, confinándolo.

—Ha sido un error intentar salvarlo —dijo ella a través del conducto de ventilación—. Estaban en lo cierto desde el principio.

Logan asió la puerta e intentó forzarla, pero era imposible moverla. Observó cómo Benedict levantaba un teléfono de pared y marcaba un número.

—¿Dónde estás? —preguntó por el micrófono—. ¿En la biblioteca de la primera planta? Estoy prácticamente debajo de ti, en la puerta que da a los laboratorios restringidos. Logan está dentro. —Una pausa—. Sí. Bajad ahora. Os espero en la escalera, os daré la clave de acceso. Haced lo que tengáis que hacer, pero no quiero saber nada.

Colgó el auricular. Miró a Logan y le dirigió una sonrisa afligida.

—Lamento que tuviera que terminar así, doctor Logan. Parecía una buena persona. Quería darle la oportunidad de huir. Pero ahora comprendo que eso no habría servido de nada. —Bajó la voz—. La de ellos, por desgracia, es la única solución.

Dio media vuelta y se alejó con paso enérgico por el pasillo, hacia la escalera principal.

47

Durante un momento, Logan se quedó mirando por la ventana de plexiglás cómo Benedict se alejaba. No daba crédito. Segundos después, con un movimiento repentino, producto más del instinto que de la razón, giró sobre sus talones y echó a correr por el frío pasillo revestido de acero tan rápido como le permitían los pies.

Instantes más tarde se detuvo en medio del pasadizo. Corriendo a ciegas nunca saldría de allí. Más despacio ahora, siguió adelante, girando los pomos de las puertas a medida que pasaba frente a ellas, abriendo las que se encontraban desbloqueadas y encendiendo las luces para que pareciese que podía haber alguien dentro. El tiempo corría en su contra; tenía que ganar todo el que pudiera.

En cuanto llegó a la T que formaban los pasillos en la intersección del fondo, oyó el bip débil de la puerta de seguridad al ser desbloqueada.

Logan se agazapó tras la esquina, con la respiración acelerada. Bajo el resplandor implacable de la iluminación del pasillo, se sentía como una rata atrapada en un laberinto. Oyó murmullos a lo lejos y los chasquidos de una radio.

Respiró hondo, se apretó contra la pared y se aventuró a echar una ojeada rápida al otro lado del recodo. A unos treinta metros pasillo adelante, vio a tres hombres. Caminaban despacio, asomándose por las puertas abiertas mientras avanzaban. Los tres llevaban una radio en una mano y algo que a Logan le pareció una Taser en la otra. Uno de ellos vestía una chaqueta de *tweed*. A cada paso que daba, la chaqueta se retiraba hacia atrás y dejaba al descubierto una pistola destellante.

Logan se ocultó de nuevo. «Tres hombres.»

Con todo el sigilo que pudo, se alejó por el nuevo pasillo, abriendo las puertas y encendiendo las luces siempre que podía, hasta que se escondió detrás de otra esquina. Se encontraba cerca del laboratorio de Benedict. Más adelante, a la derecha, había un laboratorio con el identificativo KARISHMA, cuya puerta estaba entornada. Se deslizó adentro y miró alrededor con urgencia. Parecía ser una especie de laboratorio de química, equipado con estaciones de trabajo, cristalería ordenada en rejillas de madera, espectrómetros de masas, cromatógrafos de gases y otros instrumentos cuyo uso apenas intuía. Había también algunas pizarras blancas, una mesa de reuniones y varias sillas Aeron, iguales que las del despacho de Laura Benedict.

Tras cerrar y bloquear la puerta, miró alrededor de nuevo, memorizando la distribución del laboratorio. Apagó las luces y se retiró con cuidado a un rincón del fondo, donde se agachó entre dos estanterías metálicas.

No podía seguir corriendo como un zorro que huía de los sabuesos. Tenía que planear su siguiente paso con detenimiento.

«Tres hombres.» Vigilantes de seguridad de Ironhand, tal vez, o, por lo menos, matones a sueldo. Eran los tipos, estaba seguro de ello, que habían quemado viva a Pam Flood en su propia casa. Sin duda, también eran los mismos que viajaban en el imponente todoterreno que intentó arrojarlo al mar; ya no consideraba en absoluto la posibilidad de que aquel suceso hubiese sido un mero accidente. Esos hombres habían ido allí a matarlo.

Pero, entonces, ¿por qué iban armados con una Taser? ¿Levantarían menos sospechas si su cadáver no aparecía hecho un colador? Se obligó a no seguir pensando en eso.

En la oscuridad, Logan se descolgó la cartera del hombro con sigilo y empezó a revolver dentro en busca de algo que pudiera servirle. Su mano se cerró sobre una linterna pequeña pero de gran potencia; se la guardó en un bolsillo de la chaqueta. El teléfono móvil fue a parar a un bolsillo del pantalón. En otro introdujo la grabadora digital que contenía la confesión involuntaria de Benedict. Una navaja suiza que concentraba media decena de brazos que nunca había utilizado ocupó otro bolsillo. El resto de los objetos que llevaba en el macuto (cámaras, libretas, sensores de campos electromagnéticos, monitores TriField...) no parecían ser de utilidad en ese momento. Tenía una pistola, pero la había dejado en una caja fuerte para armas de su casa, en Stony Creek; por desgracia, había dado por hecho que no necesitaría llevarla encima en un prestigioso laboratorio de ideas.

Por mera costumbre, volvió a colgarse del hombro derecho la cartera medio vacía. En ese instante se quedó petrificado: por la ventana de cristal serigrafiado de la puerta del laboratorio vio una sombra que se acercaba. Un momento después apareció uno de los tres hombres. Vestía una gabardina y una gorra hasta las orejas. Logan lo vio detenerse frente a la entrada del laboratorio de química, sacar una radio y hablar por ella en voz baja. Tras escuchar la respuesta recibida, guardó la radio. Con la Taser en ristre, intentó abrir la puerta del escondite de Logan, pero al encontrársela cerrada, siguió peinando el pasillo.

Logan soltó el aire lentamente. El trío debía de haberse dividido al llegar a la esquina que formaban los corredores.

Permaneció agazapado en la oscuridad, pensando. En algún lugar tenía que haber una salida de emergencia. Repasó mentalmente la primera vez que había recorrido esos pasadizos con Laura Benedict, hacía solo veinte minutos, pero no recordaba haber visto ninguna puerta por la que escapar.

«El teléfono móvil.» Podía llamar a la policía. Mejor aún, podía llamar a los vigilantes de seguridad de Lux; tenía su número guardado en el móvil y tal vez se encontrasen todavía en la mansión.

Sacó el teléfono del bolsillo, pero al llamar, el mensaje SIN SERVICIO apareció en la pantalla. El sótano estaba a demasiada profundidad y las paredes eran demasiado gruesas como para disponer de cobertura.

Sin embargo, Benedict lo había llamado desde allí. No cabía duda de que cada laboratorio contaba con un teléfono conectado por cable a una línea fija. Podía utilizar el de ese laboratorio.

Se puso en pie, sacó la linterna del bolsillo y formó una visera sobre ella con la mano para ocultar el haz de luz que deslizó por el laboratorio. Allí, a la derecha de la puerta, sobre una mesa pequeña, había un teléfono con multitud de botones.

Aguardó un momento para cerciorarse de que no había nadie en el pasillo. Enseguida, con movimientos pausados, guiándose por el rectángulo de luz que proyectaba la ventana de la puerta, se acercó al teléfono y estiró la mano hacia él.

Al mover el brazo derecho, empujó con el codo un ancho vaso de precipitado, vacío, que había sobre un soporte de madera. Se oyó el crujido en las tablillas viejas; el vaso de precipitado se tambaleó, y en cuestión de segundos, antes de que pudiera reaccionar, el soporte se partió en dos pedazos y el vaso se estrelló contra el suelo con un estallido atronador.

«Maldición.» Por un momento, Logan se quedó inmóvil. Después, tan rápido como pudo, abrió la puerta, la bloqueó por dentro, volvió a cerrarla y salió disparado por el pasillo en busca de otro laboratorio. Ya había encendido las luces de esa sección y no se atrevía a apagarlas otra vez. La habitación estaba terriblemente vacía —no había más que unas estanterías y un ordenador, aunque al menos no vio ninguna pieza de cristal—, de modo que decidió esconderse bajo la mesa del centro.

Segundos más tarde oyó los pasos de alguien que se acercaba corriendo. Era el hombre que había estado allí unos momentos antes. Desde la posición estratégica que le proporcionaba la cobertura de la mesa, vio los pies del matón pararse frente a la puerta. Comenzaron a pivotar en todas direcciones. Logan no se atrevía ni a respirar.

Se oyó el crepitar de una radio.

—Control a Variable Uno, informa de la situación —restalló una voz.

—Variable Uno —indicó el hombre detenido en el pasillo—. Me encuentro cerca del origen del ruido.

—¿Algo?

—Negativo.

—Sigue buscando. No debe de andar lejos. Y dispara solo como último recurso.

—Recibido.

En respuesta, se oyó un clic metálico. Durante un momento angustioso, el perseguidor se quedó en el pasillo, esperando, a la escucha. Al cabo de unos segundos, lenta y sigilosamente, continuó avanzando por el corredor, de regreso a la T donde se cruzaban los pasillos.

Logan aguardó: un minuto, dos minutos, cinco. No se atrevía a seguir esperando un instante más; tarde o temprano, el hombre volvería, acaso con los otros dos.

Salió de debajo de la mesa y se escurrió sin hacer el menor ruido hasta la puerta, donde volvió a pararse, a la escucha. Se arriesgó a asomarse al pasillo, donde no había nadie. Se deslizó afuera, pasó frente al laboratorio de Benedict, vacío, y siguió adelante hasta que llegó a otra intersección de pasillos. Esta también se encontraba despejada. Pero él se puso aún más nervioso: si todos esos pasadizos estaban interconectados, las probabilidades de coincidir con alguno de sus perseguidores, tanto de frente como de espaldas, aumentaban ahora de forma significativa.

Se lanzó hacia la izquierda y trotó con ligereza pasillo adelante, abriendo las puertas y encendiendo las luces a medida que lo recorría. Al llegar al siguiente recodo, se asomó con cautela al otro lado, también vacío, y reanudó la carrera.

Allí estaba: a unos veinte metros de distancia, el pasadizo finalizaba en otra puerta de acero. Sobre ella brillaba un letrero rojo que indicaba SALIDA.

Ganando toda la velocidad que pudo y sin seguir molestándose en amortiguar sus pasos, Logan esprintó hacia la puerta. En cuanto llegó a ella, oyó un ruido a sus espaldas. Se descolgó la cartera del hombro y la arrojó por la puerta abierta de un laboratorio contiguo en una maniobra de distracción; el ruido fue tremendo, pero era demasiado tarde: al mirar de soslayo hacia atrás, vio al hombre de la gabardina en la esquina del pasillo, hablando a gritos por la radio y echando a correr hacia él.

Logan abrió la puerta del final del pasillo —además del letrero de SALIDA, estaba señalizada con el identificativo BRONSTEIN—, pasó aprisa al otro lado, la cerró y bloqueó y miró en derredor con apremio. Esa habitación era sin lugar a dudas una suerte de laboratorio de física, a juzgar por las mesas repletas de espectroscopios, estroboscopios digitales, microquemadores y algo que parecía, extrañamente, una descomunal maza de tambor puesta de pie, cercada por una red de alambre.

Al fondo del laboratorio había otra puerta. Esta también estaba coronada por un letrero rojo de SALIDA.

A su espalda, Logan oyó moverse el pomo de la puerta,

forzada por su perseguidor desde fuera. Siguió un golpetazo contundente.

Sorteando las mesas de trabajo y las estanterías de los instrumentos, atravesó corriendo la habitación y abrió la puerta del otro extremo. Al otro lado se extendía un pasillo corto, con las paredes desnudas salvo por una amplia rejilla de ventilación acoplada cerca del suelo. Al final había otra puerta de acero.

Junto a ella, en la pared, vio un teclado de seguridad.

Echó a correr y comprobó si se podía abrir sin necesidad de introducir ningún código, pero no. Estaba firmemente bloqueada.

Dio un paso atrás, y después otro, casi perplejo por la mala suerte que había tenido. Miró con el rabillo del ojo al otro lado del laboratorio de física, por el cristal de la puerta que había cerrado. Pudo ver al hombre de la gabardina embistiéndola una y otra vez. En lugar de una Taser, llevaba en la mano un arma automática. Un silenciador complementaba el cañón.

Logan permaneció allí, inmóvil, mientras las embestidas se sucedían. El trío se había reunido de nuevo y podía oír el tumulto de sus voces atropelladas. Pero a él ya no le era posible seguir avanzando.

No había salida. Estaba atrapado.

48

Logan se quedó delante de la puerta abierta e inspeccionó el laboratorio. Al otro extremo, a través del vidrio, podía ver a los tres matones forzando la puerta. En cuestión de segundos cumplirían su propósito.

Las luces del techo parpadearon, se recuperaron y volvieron a parpadear; la tormenta debía de estar azotando la mansión con todas sus fuerzas. Una vez que se estabilizaron, siguió explorando el laboratorio con desesperación. Allí estaba el teléfono: fijado a la pared... al fondo de la sala, cerca de la puerta bloqueada. Cerca de los hombres que intentaban entrar.

¿Lograría alcanzarlo a tiempo?

Incapaz de moverse, vio que uno de los hombres sacaba una pistola y apuntaba a la cerradura. El ruido del disparo sonó como una explosión precisa y amortiguada.

Al mismo tiempo, los ojos de Logan se detuvieron en el extraño aparato en el que se había fijado antes: la descomunal maza de tambor. La examinó más de cerca mientras estallaba un segundo disparo. Era una esfera metálica encajada en el extremo superior de una correa de plástico roja, banda que guardaba cierta semejanza con los cables planos de un ordenador, y que se unía por la base a lo que parecía ser un electrodo con forma de peine. El aparato se hallaba rodeado por una rejilla de alambre.

Le resultaba familiar. Ya había visto algo parecido en alguna otra ocasión.

Se oyó un tercer disparo. Con el gemido de un rebote, parte de la cerradura de la puerta saltó al interior de la habitación, abriendo un pequeño orificio dentado.

Logan puso todo su empeño en ignorar el estruendo mientras estudiaba el aparato. ¿Dónde lo había visto?

Y entonces lo recordó. Fue durante una sesión de reclutamiento de novatos organizada por las fraternidades de Yale, antes de que esa práctica quedara prohibida. Un club de Ingeniería Eléctrica hizo una demostración con un artefacto igual que ese: la esfera metálica despedía chispas en todas direcciones mientras el público gritaba, chillaba y terminaba con el pelo de punta.

«Un generador de Van de Graaff. Así era como lo llamaban.» Y la malla de alambre tenía exactamente el mismo aspecto que la jaula de Faraday con la que había teorizado Kim Mykolos cuando hablaron de las viseras de los trajes de la habitación olvidada. ¿Cómo la describió? «Un compartimento hecho de malla conductiva que asegura que el voltaje eléctrico permanezca constante a ambos lados.»

Un cuarto disparo. Este consiguió reventar lo que quedaba del cerrojo, cuyos fragmentos se esparcieron raudos por el suelo.

Logan se devanó los sesos, maldiciendo el tiempo que había desperdiciado dormitando durante el curso de física del doctor Wallace. La rejilla que rodeaba el generador de Van de Graaff, actuaba como elemento de protección. Si encendía el generador y retiraba la rejilla, el dispositivo originaría una acumulación súbita de electrones...

Corrió hacia la mesa de trabajo. Tras empujar a un lado la malla circundante, comprobó que el aparato se cargaba por medio de dos finos cables blancos y un conmutador de palanca acoplado en la base. Los cables concluían en un enchufe normal, que cogió e introdujo en una toma incorporada en el extremo de la mesa de trabajo. No sucedió nada. Movió la palanca del conmutador. Debía de ser un mecanismo de seguridad, puesto que de inmediato el generador cobró vida y empezó a zumbar y vibrar. Logan se apartó y se agachó junto a la entrada para protegerse. En ese momento, la puerta del otro extremo del laboratorio se abrió con violencia.

Cuando los tres perseguidores irrumpieron en la sala, el generador de Van de Graaff se volvió loco; libre de la rejilla, comenzó a proyectar en todas direcciones una araña de rayos tormentosos que rebotaban en las sillas, mesas y estanterías metálicas, desde donde formaban lenguas azules y amarillas que reptaban paredes arriba en impulsos descontrolados y espásticos.

Los matones se detuvieron, atónitos ante la formidable exhibición de electricidad que se desbordaba de la esfera metálica en un centenar de cuerdas dentadas. Segundos después, uno de ellos, el de la gabardina, dio un paso adelante con cautela. Al instante, como una serpiente que se abalanzara sobre su presa, un agitado y danzarín arco eléctrico brotó del generador para envolverlo casi por completo. El atacante se sacudió por un segundo bajo la corriente y se desplomó en el suelo, aturdido.

Logan se apartó un poco más, hasta que salió del laboratorio y al pasillo corto. La maniobra había funcionado como esperaba: con el generador encendido, el flujo constante de electrones que originaba saltaría hacia todo tipo de material conductor, como, por ejemplo, un cuerpo humano.

—Gracias, doctor Wallace —murmuró. «Uno fuera, quedan dos...»

De pronto, sin que se oyera el menor chasquido, las luces se apagaron.

Durante unos momentos, Logan no movió un solo músculo, ignorando lo que ocurría. No tardó en deducirlo: la tormenta había cortado el suministro eléctrico de la mansión.

Tanteando frenéticamente a su alrededor en medio de una negrura opaca y palpándose a sí mismo, encontró primero la linterna y después la navaja. Cabía una pequeña posibilidad de que, aprovechando la oscuridad, pudiera acercarse al trío, arrebatarles una pistola y...

Las luces rojas de emergencia se encendieron. Luego, parpadeando primero y cada vez con mayor estabilidad, las luces principales resucitaron.

¿Se habría restaurado el suministro por completo tan pronto? Pero, no, las luces permanecían un tanto atenuadas e indecisas. El generador de repuesto de Lux debía de haberse activado.

Procedente del otro extremo del laboratorio, oyó el gruñido de alguien que intentaba ponerse de pie.

Logan se asomó por el marco de la puerta para mirar el generador de Van de Graaff. Estaba apagado, inerte. Para activarlo de nuevo, debía emplear el interruptor de palanca. Intentar acercarse al conmutador otra vez y exponerse a una lluvia de balas habría sido una locura.

Se dio la vuelta y miró hacia el fondo del pasillo corto. Reparó en la amplia rejilla de ventilación.

Tal vez, solo tal vez...

Corrió hacia la rejilla y se arrodilló ante ella mientras sacaba la hoja de la navaja y la deslizaba a lo largo del borde más próximo, haciendo acopio de todas sus fuerzas para desencajarla de la pared. El filo de la rejilla cedió unos milímetros; después, medio dedo más.

Oyó voces tras el recodo, cada vez más cercanas. Llevó la navaja a otro borde de la placa y lo desprendió también con la hoja.

Con un leve clic, la hoja se partió a la altura de la base.

«¡Maldita sea, lo que me faltaba!» Se guardó en un bolsillo la navaja rota, asió la rejilla aflojada y tiró de ella con un gruñido. Con el pop, pop, pop de los tornillos al salir de la pared, la placa se soltó y Logan la lanzó al otro extremo del pasillo. Detrás de la esquina se oyeron los pasos de los perseguidores a la carrera.

Bajo la luz mortecina del pasadizo, vio que un conducto de ventilación por aire forzado se extendía al otro lado de un orificio rectangular que la rejilla cubría. El acero inoxidable del conducto parecía fino pero seguro, y el hueco ofrecía la anchura suficiente para permitirle el paso. El tubo avanzaba en línea recta durante un metro y a continuación se torcía hacia arriba, hacia la primera planta.

A cuatro patas, Logan gateó por la estrecha cámara improvisada mientras la piel de acero que lo envolvía oscilaba y se balanceaba peligrosamente. Tan solo necesitaba llegar a la primera planta, se dijo a sí mismo, para poder...

Se oyó el crujido repentino de una plancha de metal al desgarrarse, el chasquido de unos remaches que se saltaron, y entonces el conducto cedió y Logan empezó a caer en una negrura insondable.

49

Cayó a plomo a través de la oscuridad. Y casi antes de darse cuenta impactó contra una superficie de una dureza pétrea. Una luz blanca estalló en su cabeza y perdió el conocimiento.

Volvió en sí poco a poco, trabajosamente, como un nadador que lucha por ascender a la superficie. Pareció tardar una eternidad. Uno tras otro, recuperó todos los sentidos. Lo primero que notó fue dolor: la espalda, la rodilla derecha y la cabeza le palpitaban, cada una con una cadencia distinta y desagradable. Lo siguiente fue la vista. Podía atisbar una mancha luminosa —no, dos manchas de luz— en medio de la negrura que lo rodeaba.

Después, el oído. Comenzó a oír susurros, las voces de distintas personas que hablaban desde algún lugar situado por encima de él, cerca de las luces.

Pestañeó una vez, después otra, e intentó levantarse. Una puñalada de dolor le atravesó la rodilla, y tuvo que morderse el labio para ahogar un grito.

Cuando logró enfocar la vista, comprendió que las manchas de luz eran en realidad los haces de unas linternas. Viajaban de aquí para allá, proyectados desde lo que quedaba del conducto de ventilación.

Se dio cuenta de que, en contra de lo que creía, no debía

de haber estado inconsciente más de unos pocos segundos. Los matones se encontraban todavía en el pasillo de arriba, agachados ante la boca del conducto de ventilación, buscándolo. Había caído a una especie de subsótano.

Intentó incorporarse una vez más y en ese momento cobró conciencia de que se hallaba rodeado de un palmo de agua fría y salobre. Debía de ser agua subterránea, supuso, que provenía del terreno inundado que rodeaba los cimientos de la mansión; el resultado del aguacero torrencial. Por fin logró sentarse.

Aguardó, respirando con pesadez, a que el dolor remitiese y terminara de despertarse. Los haces de las linternas continuaban danzando en todas direcciones, pero al parecer había caído en una pequeña cámara ciega cuyas paredes lo escudaban de las luces.

De nuevo unos susurros. Instantes después, uno de los matones, cuyas gafas centelleaban bajo el resplandor de las linternas, empezó a reptar con cautela por el conducto desgarrado. Al ver que el tubo cedía de inmediato, se tendió boca abajo para distribuir el peso por la base del conducto. El acero protestó y, agarrándose a las esquinas rotas del tubo, consiguió deslizarse por el hueco hasta que se colgó del borde inferior. La luz de una linterna se reflejó en sus gafas. Unos segundos más y saltaría al suelo del subsótano.

Logan comprendió que debía salir de allí. Tan sigilosamente como pudo y apoyándose en la cantería de la cámara ciega, se puso de pie. La cabeza le palpitaba y la cámara daba vueltas a su alrededor, pero se apoyó con fuerza contra la pared.

Esperó un momento a que el mareo y las punzadas de dolor pasasen. No se atrevía a encender la linterna, y eso suponiendo que no se le hubiera roto con el impacto de la caída, pero el segundo de los perseguidores ya se estaba agachando para meterse por el conducto de ventilación, e iluminaba el descenso de su compañero con la linterna; en ese instante, el leve resplandor del haz reflejado permitió a Logan ver el lugar. Se hallaba en lo que parecía una catacumba: paredes de cantería y mampostería antiguas; techos bajos, interrumpidos a intervalos por arcos románicos; pilares gruesos (las columnas salomónicas con forma de espiral que podían encontrarse repartidas por toda la mansión) en medio de la penumbra. Había telarañas por todas partes, y se oía el grito apagado de los roedores. El aire estancado hedía a moho y humedad. Daba la impresión de que nadie había entrado allí desde hacía siglos.

El chapoteo débil que oyó a unos cuatro metros de él lo alertó de que el primero de los perseguidores había saltado al subsótano. Cuando el matón se giró para ayudar al otro a que bajase, Logan, abriéndose camino a tientas sin despegarse de la pared húmeda, se alejó tan rápida y silenciosamente como pudo.

A medida que vadeaba el agua gélida, los reflejos de los haces de las linternas que danzaban a sus espaldas se tornaron más tenues, pero aun así podía ver que el subsótano daba paso a una madriguera de cámaras separadas. Más adelante y a la derecha se abría un agujero negro que apestaba como el aliento de un osario; sin embargo, se dirigió hacia él en busca de un dudoso cobijo, sin forzar la rodilla derecha y deslizando una mano por la pared de piedra para apoyarse.

Un segundo chapoteo —otro perseguidor acababa de escurrirse hasta el subsótano— obligó a Logan a cojear más rápido. Al agacharse detrás de un arco y doblar un recodo, de nuevo se sumió en una negrura hermética. Se dijo que debería probar a encender la linterna. La buscó a tientas, detenido en aquel rincón opaco y húmedo, la sacó y, tras formar una visera a la vez que cruzaba los dedos, la encendió.

Nada.

Renegó y la sacudió con rabia. Ahora sí, la lámpara emitió un haz débil que reveló un túnel ramificado más adelante.

Los susurros a su espalda comenzaron a oírse más fuerte. Después de memorizar el entorno, Logan apagó la luz y siguió adelante a ciegas. Un paso, dos... y el pie se le enganchó en algo que le hizo caer con estrépito al agua.

Se levantó enseguida con un intenso dolor en la rodilla. Oyó gritos tras él; las franjas luminosas proyectadas por los haces de varias linternas lamieron la cantería de arriba abajo; los perseguidores empezaron a chapotear en su dirección. Logan inició la huida sin importarle el ruido que pudiera hacer. Con una mano extendida ante él y encendiendo momentáneamente la linterna cada pocos segundos para ver qué tenía delante, avanzó al trote, tambaleante, a través de un abrumador dédalo de pasadizos, almacenes y bóvedas de techo bajo. Los perseguidores, que parecían haberse separado, descubrieron su posición e intercambiaron una serie de gritos; se oyeron más chapoteos, se produjeron algunos destellos y sonaron los breves suspiros de los disparos amortiguados, seguidos del ruido de las balas al rebotar en las piedras. Los matones disparaban a ciegas en la oscuridad; aun así, los proyectiles pasaban gimiendo demasiado cerca de él.

De súbito, un dolor afilado le estalló en la pierna, justo encima de la rodilla herida. Articuló un gruñido instintivo, se giró y se apartó cojeando para protegerse de los posibles nuevos disparos. Permaneció inmóvil en la oscuridad, respirando entre jadeos, a la espera. Oyó voces de nuevo, primero más altas, después cada vez más débiles, como si sus perseguidores se alejasen en otra dirección. Después, silencio. Por el momento, al menos, parecían haberle perdido el rastro en esa madriguera que era el subsótano.

Pero no antes de rozarle, o algo peor, con una bala.

Logan orientó el haz de la linterna hacia abajo para inspeccionar la herida. El proyectil le había arañado el lado exterior del muslo, y había abierto un agujero en el pantalón por el que empezaba a brotar la sangre. Con el agua negra arremolinándose en torno a sus tobillos, sabía que los matones no podrían seguir el rastro de sangre, pero aun así sabía que tenía que hacerse un torniquete antes de quedarse sin fuerzas. Se quitó la chaqueta, arrancó una de las mangas de su camisa de algodón y se envolvió la pierna herida con ella, atándola con firmeza. Se puso la chaqueta de nuevo y continuó avanzando, un poco más despacio ahora a causa de la doble herida de la pierna.

Se topó con lo que parecía haber sido una bodega. A ambos lados se levantaban sendas series de estanterías de madera ennegrecidas por el tiempo, con los estantes perforados en una sucesión de semicírculos. Todas estaban vacías. Una multitud de telarañas gruesas pendía de ellas cual lianas.

Más allá de la bodega se abría un pasadizo de piedra con almacenes vacíos a ambos lados, los cuales debieron emplearse en su día, a juzgar por la disposición de los estantes, a modo de despensas y alacenas. Al final del pasadizo, un arco bajo daba paso a una cámara tan espaciosa que el débil haz de la linterna de Logan no alcanzaba la pared del fondo. Se trataba sin duda de la cocina original de la mansión; una batería de hornos bordeaba uno de los lados y, acoplada a otra pared, había una enorme chimenea dentro de la cual una olla sopera de hierro colado colgaba de una cadena oxidada sobre un trípode.

Logan se detuvo un momento, a la escucha. Ya no oía el chapoteo de los matones tras él.

Continuó caminando penosamente por el agua helada que le llegaba hasta los tobillos. Una amplia mesa de roble ocupaba el centro de la cámara, cubierta de artículos desusados desde hacía décadas: pesadas cuchillas de cocinero, mazos para ablandar la carne, un revoltijo de cucharas de madera. Logan cogió un cuchillo de filetear, se lo guardó con cuidado en la cintura de los pantalones y siguió adelante.

Por fin llegó a la pared del fondo. Albergaba la esperanza de encontrar una salida o una escalera que llevase hasta el sótano, pero no encontró nada salvo un espacioso armario metálico de aspecto extraño empotrado en la pared. Pivotó sobre sí mismo, despacio, moviendo la linterna en todas direcciones, pero estaba claro que la única salida de la cocina era el pasadizo por donde había entrado. Se sintió desmoralizado.

Tras completar el giro, volvió a detener el haz sobre el armario empotrado que tenía ante sí. Cuando lo examinó con la linterna, observó que no parecía un armario normal. Al asir el pomo y tirar de él, vio lo qué era en realidad: la puerta de un montaplatos.

Dirigió el haz al interior. La linterna alumbró un armazón de madera con forma de caja (de aproximadamente unos noventa centímetros de ancho por ciento veinte de alto), que colgaba dentro de un hueco de ladrillo que semejaba el humero de una inmensa chimenea. Varias bandejas vacías, cubiertas por una densa capa de polvo, se amontonaban en el suelo del montaplatos; Logan las sacó sin hacer ruido y las dejó en el suelo encharcado.

Una cuerda gruesa colgaba frente a la caja, entre el armazón de madera y el enladrillado del humero. La cogió con una mano y tiró de ella.

No sucedió nada.

Sujetando la linterna con los dientes, asió la cuerda con las dos manos y tiró con más fuerza. Esta vez el compartimento de madera se elevó un poco.

Miró hacia atrás de soslayo. Oyó voces de nuevo, más cercanas ahora.

Volvió a examinar el montaplatos. Cabía por los pelos. Pero, si se metía en la caja, ¿lograría ejercer la fuerza suficiente para ascender por el hueco?

El techo del montaplatos tenía una trampilla. Logan examinó el torniquete y comprobó que la herida no sangraba en exceso. Colándose en el reducido compartimento, con su pierna herida protestando por el dolor, abrió la trampilla y miró hacia arriba, iluminándose con la linterna para orientarse. Comprobó que el hueco tenía unos ocho metros de altura; el techo era de ladrillo y tenía una roldana alrededor de la cual se aseguraba la cuerda.

«Ocho metros.» Según sus cálculos, el ascenso lo llevaría hasta la primera planta.

Con las voces cada vez más próximas, Logan cerró la puerta del montaplatos, aislándose dentro del hueco. Estiró los brazos hacia arriba y se abrió paso por la trampilla del techo. Sentado de piernas cruzadas sobre la caja, y castigado por el dolor de la rodilla lesionada y la herida de bala, cerró la puertecita antes de que la sangre empezase a gotear en el suelo del compartimento.

Las voces se extinguieron.

Tiró con cautela de la gruesa cuerda. Después de varias décadas de uso, presentaba una textura irregular y resbaladiza. Se miró las palmas de las manos con repugnancia. Nunca conseguiría escalar ocho metros por esa cuerda grasienta, y menos aún con la pierna herida.

Quizá existiera otro modo. Con la linterna sujeta entre los pies y orientada hacia el techo, asió la cuerda de nuevo con ambas manos, tan arriba como le permitieron los brazos. Tiró con todas sus fuerzas.

Procedente del extremo superior se oyó el quejido débil de la roldana al acusar su peso. A continuación, poco a poco, el montaplatos inició el ascenso.

Tirar; asegurar la cuerda; tomarse un momento para recobrar las fuerzas; y volver a tirar. Recorrió un metro y medio, después tres, y el montaplatos subía por el hueco de ladrillo, chirriando y crujiendo débilmente. Se detuvo para recobrar el aliento. Sentía calambres en los músculos de los brazos y la espalda a causa del esfuerzo desacostumbrado, y las manos se le empezaban a despellejar por el roce contra la cuerda tosca.

Siguió tirando hasta que divisó, unos tres metros más arriba, cerca del extremo superior del hueco, la puerta desde donde los platos procedentes de la cocina se sacaban para ser servidos a los comensales. Cuando al fin llegó a la altura de la puerta, enrolló la cuerda en torno a un gancho acoplado en el techo del montaplatos y este quedó inmovilizado. Soltó la cuerda y suspiró de puro alivio.

Sin hacer el menor ruido, se colocó de rodillas y empujó la puerta. Se oyó un traqueteo débil al otro lado que le hizo detenerse de inmediato. Había algo delante de la puerta. Ignoraba el qué, pero no podía permitirse el lujo de volcarlo. Tendría que intentar apartarlo deslizándolo muy, muy despacio.

Con sumo cuidado, empujó la base de la puerta. El obstáculo seguía traqueteando al otro lado, pero por la resistencia que ejercía, Logan supo que comenzaba a desplazarse. Después de un largo y angustioso momento presionando con fuerza la pequeña puerta, esta cedió lo bastante como para que Logan pudiera colarse por la abertura.

Al otro lado la oscuridad se perpetuaba. Introdujo la cabeza y los hombros por el hueco, salió del montaplatos y consiguió ponerse de pie a duras penas. Encontró a tientas la puerta del montacargas, la cerró y colocó el obstáculo (una especie de vitrina, según adivinó por el tacto) contra la pared. Acto seguido, con la mano de nuevo a modo de visera, encendió la linterna.

El lugar le resultaba familiar; había entrado allí una vez, años atrás, pensando que era un aseo de caballeros. En realidad era una pequeña galería ubicada en el extremo del pasillo principal que comunicaba con el comedor; en la actualidad la utilizaban los camareros para guardar la mantelería. Logan se limpió la grasa y la mugre de las manos. Supuso, a juzgar por su desagradable escalada, que en la época de Edward Delaveaux esa sería la despensa donde los mayordomos y las doncellas recibían y organizaban los platos enviados desde la cocina.

Se acercó despacio a la puerta del pequeño cuarto, la abrió un poco y se asomó al otro lado. Más allá de un corto pasillo secundario y de la lujosa alfombra que cubría el pasillo principal, se encontraba la entrada del comedor, y algunos metros más allá, la elevada escalera que conducía a la segunda planta.

Debía subir a ver a Kim. Si a él lo perseguían, era muy posible que ella también se hallase en peligro. Salió al pasillo y se encaminó hacia la escalera.

Casi de inmediato, desanduvo sus pasos. Uno de los tres matones, el que vestía chaqueta de *tweed*, se encontraba en ese mismo pasillo, a escasos metros de él. Estaba de espaldas a Logan, comunicándose por radio; según parecía, las gruesas paredes de la mansión de Lux no afectaban tanto a la cobertura de las radios como a la de los teléfonos móviles.

Logan llevó la mirada desde el perseguidor hasta la escalera y de nuevo hasta aquel. Aunque lograse pasar, no sabía si habría alguien más esperándolo arriba. Tenía que idear otra manera de llegar hasta Kim.

Miró a su alrededor presa de una incertidumbre angustiosa. ¿Adónde ir ahora? «¿Adónde...?»

No había terminado de hacerse la pregunta cuando reparó en otra puerta. Se encontraba al otro extremo del pasillo secundario y, bajo la luz indirecta, sus pequeños paneles de vidrio quedaban reducidos a meros rectángulos negros.

Era una salida de emergencia que daba al exterior.

No se lo pensó dos veces. Se apartó del pasillo principal y se dirigió hacia la puerta, comprobó que no estuviera conectada a ninguna alarma, la abrió con todo el sigilo del que fue capaz y salió al encuentro de la tormenta aulladora.

50

Pese a que ya se había enfrentado al huracán durante su viaje de regreso a Lux, su furia elemental y redoblada lo cogió por sorpresa. El viento lo empujó contra la pared de piedra de la fachada de la mansión, inflándole la chaqueta hasta separársela de los hombros y amenazando con robarle cuanto llevara en los bolsillos. En cuestión de segundos estaba calado hasta la médula.

Se obligó a retroceder hasta la salida y miró con cuidado al otro lado de la jamba por los pequeños vidrios incorporados en la puerta. El pasillo corto estaba vacío; no había ningún hombre armado. Había logrado escabullirse del edificio sin alertar a nadie.

Apoyó la espalda contra la pared. ¿Y ahora qué?

Miró más allá del césped grisáceo, hacia el océano. Las olas rompían contra las rocas con una ira que nunca antes había presenciado; la espuma y el rocío del mar se elevaban coléricos para mezclarse con las inclementes cortinas de lluvia, fundiéndose de una forma tan completa que resultaba imposible distinguir dónde terminaba la ola y comenzaba el diluvio. Cegado por los latigazos del agua, que le impactaban directamente contra los ojos, dio media vuelta y se protegió la cara con las manos.

Miró a la izquierda. Apenas podía distinguir la inmensa mole del ala este, erigida como una fortaleza inexpugnable ante la tempestad, con algunas luces tenues encendidas en sus tres plantas. Podía abrirse paso hasta el límite del ala, rodearla con cautela hasta llegar al aparcamiento y...

Y después ¿qué? ¿No estaría su coche vigilado también? No se lo pareció cuando regresó a Lux (de lo contrario habría actuado con más precaución al reunirse con Laura Benedict en su laboratorio), pero eso no quería decir que no lo tuvieran vigilado. Estos tipos eran profesionales, y no estaban allí solo para informar. Ya no.

Aunque consiguiese llegar hasta el coche, y escapar de la mansión, ¿qué haría después? ¿Qué ocurriría con Kim? Durante la huida por la madriguera de laboratorios subterráneos de acero reluciente y mientras vadeaba las lóbregas cámaras y grutas del antiguo subsótano, no dejó de maldecirse por no haber pensado antes en la seguridad de la informática. En lugar de pedirle que pusiera los dispositivos de transmisión a buen recaudo, debería haberle ordenado que se marchase a algún sitio, a cualquier otro lugar, que se escondiera.

Por otro lado, pensó, Kim era una joven muy perspicaz. Al ver a esos hombres sospechosos, habría atado cabos y habría huido a alguna parte.

No obstante, esta idea perdió solidez cuando le vino otra a la mente: también Pamela Flood era una mujer inteligente.

Hizo un esfuerzo por no darle más vueltas a eso. Había otro aspecto que debía considerar: la propia Máquina. Si se marchaba sin más, nada impediría a Laura Benedict y a sus compinches de Ironhand desmontar el equipo y escabullirse con él al amparo de la tormenta. Al fin y al cabo, no quedaba prácticamente nadie en Lux. Era cierto que la ingeniera le había dicho que aún necesitaría unos días más para modificar el invento a fin de hacerlo transportable, pero después de los últimos acontecimientos ese obstáculo no bastaría para detenerla. Ese mismo día se llevaría cuanto pudiese y desaparecería.

Allí de pie, bajo la negra sombra de la vasta fachada, recordó lo que le dijo a Benedict en el laboratorio: «Ese artefacto suyo es cruel. Es inconcebible. Si las armas químicas se ilegalizaron fue por alguna razón. Imagine que esta arma llegara a utilizarse en combate. ¿Cuánto tiempo cree que tardaría en filtrarse la tecnología en la que se basa y en utilizarse el mismo tipo de artillería diabólica contra nuestros hombres y mujeres?».

Había que destruir la Máquina. Laura todavía la necesitaba para completar su trabajo, ella misma lo había dicho. Pero ¿qué podía hacer él? No llevaba ningún arma y se enfrentaba a toda una patrulla de asesinos adiestrados. Sin abandonar aún el cobijo que le proporcionaba la pared sur de la mansión, se palpó los bolsillos, aunque sabía que no le serviría de nada. Una linterna. Un cuchillo de cocina. Una grabadora digital. Un teléfono móvil...

Al poner la mano sobre este último, brotó en su cabeza el germen de un plan. Según lo maduraba, su corazón empezó a acelerarse de nuevo. Inspiró una vez profundamente, y después otra vez, mirando a su alrededor para cerciorarse de que no hubiese moros en la costa. Pero solo estaban él y la tormenta ululante.

Se separó de la protección de la pared y se entregó a la furia de los elementos. Se colocó de espaldas al ala este y comenzó a caminar hacia delante con dificultad. El huracán soplaba con una fuerza brutal, intentando obligarle a dar media vuelta, a regresar, a cejar en su empeño. Avanzó paso a paso, luchando contra la contundencia abrumadora de la naturaleza. Según porfiaba en su propósito, el bramido de la tormenta cobró intensidad, como si estuviera indignada ante su atrevimiento. La herida de la pierna y la contusión de la cabeza palpitaban y protestaban a causa del esfuerzo. Recorridos los primeros metros, dio un traspié que le hizo caer de bruces contra la hierba empapada. El césped estaba tan encharcado que, por un momento demencial, tuvo la impresión de encontrarse tendido en la orilla de un lago. Le habría resultado fácil, muy fácil, limitarse a cerrar los ojos y perder el conocimiento. Sin embargo, se obligó a levantarse de nuevo, pero el huracán quiso derribarlo de inmediato una vez más. El aullido del viento espectral insistía en lacerarle los oídos. De forma inexplicable, la violencia de la tempestad seguía aumentando a cada instante que pasaba.

Logan comprendió que no ganaría la batalla contra los elementos. La tormenta consumiría las escasas fuerzas que le quedaban antes de llegar a su destino, unas fuerzas que necesitaría para lo que vendría después.

Se alejó de las fauces del temporal y regresó junto a la fachada de la mansión. El edificio parecía erigirse hacia el infinito, con sus prominentes almenas y gabletes invisibles bajo la noche iracunda. Pero allí, bajo el alero, la tormenta se apaciguaba un tanto. No demasiado, pero lo suficiente como para permitirle seguir adelante.

Un paso, otro, otro más. No tardó en perder la noción del tiempo y, aturdido por el agotamiento, ni siquiera se hacía una ligera idea de la distancia que había recorrido. La única forma que tenía de orientarse, de saber que de verdad estaba avanzando, era deslizando la mano derecha por la cantería de la mansión.

En ese momento, justo ante él, algo pareció brotar de la oscuridad, negro sobre negro. Al principio, más que tocarlo, lo percibió. Después, al ir a dar otro paso trabajoso, se encontró de frente con ello. Incapaz de ver debido a la lluvia que el viento arrastraba, extendió los brazos ante sí, tanteando el camino para determinar qué era lo que le impedía seguir adelante.

Había llegado a una nueva pared de piedra, más alta de lo que era capaz de estimar y perpendicular a la que había venido siguiendo, oscura, apagada y desnuda, proyectada hacia su izquierda hasta perderse en la lejanía.

El ala oeste.

Tras girar noventa grados hacia el sur e inclinándose contra el nuevo apoyo, Logan continuó caminando hasta que dio con lo que buscaba: una pequeña ventana, baja, casi a la altura de las rodillas. Se echó al suelo, ignorando el dolor de la pierna, asió el bastidor con los dedos entumecidos e intentó tirar de él hacia arriba.

Tenía el pestillo echado.

Respirando como podía y expulsando entre toses el agua que la lluvia insistía en meterle en la boca, los ojos y los oídos, se quitó la chaqueta, la apretó contra el cristal y lo golpeó, primero con los puños y después con el pie izquierdo. A la tercera sacudida, la ventana cedió.

Se protegió la mano con la chaqueta y retiró los fragmentos de cristal restantes con cuidado. Se coló por la ventana y esta vez tuvo cuidado de caer de pie.

Se sacudió las esquirlas de cristal adheridas a la chaqueta. Al echar un vistazo con ayuda de la linterna, comprobó que se encontraba en un almacén pequeño que, según parecía, habían utilizado los obreros encargados de la remodelación. Había caballetes de madera; cubos de pintura apilados; cajas llenas de tubos de masilla; y lonas impermeables plegadas y cubiertas de salpicaduras y brochazos de todos los colores, al más puro estilo pollockiano.

El haz de la linterna se posó sobre una puerta abierta al otro extremo del cuarto. Desplegaría una de las lonas, taparía la ventana con ella, saldría y cerraría la puerta; así amortiguaría el estruendo de la tormenta y ocultaría el hecho de que había accedido al ala.

En el instante en que cogió la lona que coronaba el montón, titubeó. «No», dijo para sus adentros. Primero debía encargarse de otro asunto.

51

Dejó la linterna a un lado y se metió la mano en el bolsillo de los pantalones empapados para buscar el teléfono. Lo encontró, sacudió las gotas de agua de la carcasa y apretó la tecla de activación.

Bajo el teclado numérico se encendieron varias franjas de una débil luz ambarina, una buena señal.

Examinó el torniquete del muslo derecho. Estaba tan empapado como todo lo que llevaba encima, pero parecía haber detenido la hemorragia.

Levantó el teléfono y marcó el número de Kim Mykolos. No obtuvo respuesta. Realizó un segundo intento, con el mismo resultado.

Ahí parado en la oscuridad, con el móvil en la mano, calculó su siguiente jugada. Después de unos instantes, levantó el teléfono de nuevo y tecleó otro número de memoria: la extensión interna que apareció en su teléfono cuando Laura Benedict lo había llamado a su apartamento hacía alrededor de una hora.

Sonaron varios tonos antes de que atendieran la llamada.

—¿Hola? —respondió una voz tensa al otro lado de la línea.

—Hola, Laura —la saludó Logan. Se acercó un poco más

a la ventana rota para asegurarse de que se oyera la tormenta de fondo.

—¿Quién es?

—¿Quién cree que soy? —Logan respiraba de forma entrecortada, procurando imprimir un tono delirante y desesperado a su voz.

—¿Doctor Logan? —Benedict parecía estupefacta, consternada, incrédula.

—El mismo que viste y calza. ¿Quiere salir a jugar? El agua está muy buena.

Siguió un silencio.

—¿Qué ha sucedido? —preguntó la ingeniera.

—¿Que qué ha sucedido? Sus muchachos me llevaron a cazar gamusinos. Me costó mucho, y tuve que correr lo mío, pero conseguí darles esquinazo.

—¿Dónde está ahora?

Logan articuló una risita procurando que no sonase demasiado estridente.

—Estoy fuera del ala este, cerca del aparcamiento.

—¿El aparcamiento? —repitió la ingeniera, alarmada.

—Ah, no se preocupe. No voy a marcharme a ninguna parte. Bueno, eso no es cierto del todo... Sí que voy a ir a un sitio.

Silencio.

—¿A que no adivina adónde, doctora Benedict?

El silencio se prolongó.

—¿No? Entonces se lo diré yo. ¿Por qué no? Tal vez me atrape, pero para entonces ya será demasiado tarde.

—Demasiado tarde... —repitió Benedict.

—Intenté que entrase en razón. Pero usted se negó. Incluso envió a una panda de mercenarios para liquidarme. De modo que lo haré yo mismo.

Una pausa breve.

—Hacer ¿qué? ¿Matarse?

Logan articuló una risita lúgubre.

—Destruir la habitación olvidada.

—Doctor Logan... Jeremy...

—Usted misma dijo que su obra seguía incompleta. De manera que voy a cerciorarme de que jamás consiga terminarla. Pienso incendiar la maldita habitación, y toda el ala si es necesario, del mismo modo que sus mercenarios quemaron a Pamela Flood. Después buscaré las notas, los diarios e informes de trabajo antiguos... Seguro que siguen guardados por aquí, quizá en su laboratorio, o tal vez en sus dependencias. Y también los calcinaré.

—Jeremy, escúcheme...

—¡No, escúcheme usted! —gritó Logan sobre el bramar de la tormenta—. Esa aberración no debe existir. ¿Me ha oído? Voy a asegurarme de que su arma no vea nunca la luz del día, ¡aunque sea lo último que haga!

Cortó la llamada.

Se guardó el móvil en el bolsillo, cogió la lona de nuevo y la encajó en la ventana rota. Empuñó la linterna, salió del cuarto y cerró la puerta. El estruendo del temporal se amortiguó al instante.

Casi todos los miembros de la facultad y la plantilla habían abandonado la mansión durante las horas previas al huracán. El ala, con toda seguridad, estaría desierta por completo.

Laura Benedict creía que se encontraba fuera del ala este. Eso significaba que por lo menos el tiempo, por una vez, estaba de su parte.

Aun así, primero debía dar con el camino de regreso a la zona que más conocía. Y, con tiempo o sin él, tendría que apresurarse: Benedict estaría de nuevo al teléfono, reuniendo a sus matones e indicándoles adónde debían ir a continuación. Al menos, así le darían un respiro a Kim, pensó. Era un riesgo calculado.

Se sacudió el agua de los zapatos y estrujó los pantalones

312

para desprenderse del exceso de humedad. Orientó la linterna al frente y se encaminó pasillo adelante, hacia el norte, donde quedaba la entrada al ala oeste. Reparó en que, teniendo en cuenta la altura de la ventana por la que había entrado, debía de encontrarse un piso por debajo de la planta principal. El pasillo, de paredes de escayola desnuda, torcía a la izquierda y luego otra vez a la izquierda. Logan ignoró el dolor de la pierna y la cabeza e intentó determinar su posición lo mejor que pudo confiando en sus estimaciones. ¿Se hallaba cerca del portal que daba paso al edificio principal? ¿O se había perdido en el laberinto de pasadizos estrechos y habitaciones que se sucedían en el resto del ala?

Más adelante el corredor desembocaba en una escalera metálica circular, cuyos peldaños triangulares estaban cubiertos por una gruesa capa de polvo que mostraba un rastro de huellas de botas. Logan orientó la linterna escaleras arriba y comenzó a subir con cuidado, un escalón tras otro, arrastrando tras de sí la pierna herida. Llegó a un pasillo secundario que no reconoció, atestado de vigas, listones y escombros apilados tras la demolición. Se detuvo aquí un momento para exprimir la sangre y el agua del vendaje improvisado y volver a ponérselo sobre el disparo que le había cruzado el muslo. Después siguió adelante.

Avanzó por el angosto pasillo, deslizando la luz de la linterna por las paredes y el techo, hasta que salió a una zona más amplia. La reconoció de inmediato; a su izquierda quedaba la escalera que subía a la segunda planta y el revoltijo de habitaciones interconectadas que se extendía más allá. A lo lejos divisó la mole oscura del menhir más cercano, centinela silente y lúgubre de aquel lugar fantasmal donde solo habitaba el eco.

Apagó la linterna por un momento y permaneció inmóvil en la oscuridad, a la escucha. Todo estaba en silencio, salvo por el rugir de la tormenta que asediaba la mansión. Era demasiado pronto para que los esbirros de Benedict se le echaran encima, pero no tardarían en llegar. Debía darse prisa.

Subió por la escalera, sin dejar de mirar atrás para cerciorarse de que no iba dejando ningún rastro de sangre ni agua, y sorteó las oficinas derrumbadas, los montones de yeso desprendido y las paredes semiderruidas, siguiendo el camino de memoria, hasta que atisbó el sombrío pasadizo lateral A de Strachey. Se adentró en él, enfocando la linterna hacia el frente, y avanzó hasta que vio el letrero que indicaba ZONA PELIGROSA y la cortina de lona que colgaba por detrás.

Volvió a detenerse unos instantes para echar una ojeada y escuchar. Dejó atrás el letrero, se agachó para pasar por el orificio que había abierto en la cortina de lona (¿de verdad no hacía siquiera dos semanas de aquello?) y entró en la habitación olvidada.

Sabía que el laboratorio disponía de suministro eléctrico, pero no pulsó el interruptor de la luz. En su lugar, recurrió de nuevo a la linterna para orientarse: la Máquina; sus múltiples controles; los pesados trajes con aspecto de armadura que había colgados al fondo. Reparó en que el extraño aparato que servía como ascensor se encontraba en la tercera planta, con la base a ras del techo.

Bien.

Sobre el silencio tenso y expectante del ala oeste, empezó a percibir ahora el murmullo lejano de unas voces.

Deprisa, se giró hacia los trajes metálicos. Recordó las largas horas que había pasado allí y se recriminó a sí mismo no haberse probado nunca aquellas protecciones para familiarizarse con su manejo.

Acarició con el haz de la linterna los trajes voluminosos y escogió uno que le pareció de su talla. Apoyó la linterna en un estante cercano, soltó el traje de su gancho y lo bajó.

Le sorprendió lo mucho que pesaba. Parecía estar fabricado en una única pieza, y por un instante angustioso le fue imposible determinar cómo debía ponérselo. Después vio una serie de enganches y ojetes (casi planos e invisibles si no se buscaban a conciencia) que se extendían en una larga línea desde debajo de la axila derecha hasta la cadera. Tan rápido como pudo, moviendo con torpeza los dedos fríos y húmedos, desabrochó los cierres. La ligadura estaba acolchada y reforzada por dentro con fieltro y cuero. Se sacó de la cintura el cuchillo que había cogido en la cocina antigua y lo dejó caer al suelo. Abrió el traje, se descalzó y, levantando la pierna herida con sumo cuidado, empezó a introducirse en él.

La armadura le quedaba muy ceñida y las fundas que servían de zapatos le apretaban los pies, pero no tenía tiempo para buscar una protección más cómoda. Pasó los brazos por las mangas metálicas y metió los dedos en las flexibles aletas de metal con aspecto de acordeón que incluían los guantes. Gracias a Dios, estas al menos se le ajustaban bien.

Dejó el casco colgado del cuello, se colocó el fieltro protector y empezó a abrocharse tan rápidamente como pudo los enganches y ojetes que cerraban el traje. Con los dedos dentro de los pesados guantes, le resultó aún más difícil que desabrochar los cierres.

Las voces cobraron fuerza. Aún no se oían con claridad, pero entre ellas distinguió la de una mujer. Esta era la que sonaba más imponente, como si estuviera dando órdenes.

«Por supuesto.» Benedict conocía el camino mucho mejor que él. Querría llevar allí a sus matones para anticipar su llegada y tenderle una emboscada.

Una vez que se abrochó el último ojete, Logan dio un paso adelante. Era difícil caminar con aquello y necesitó dar varios pasos para recuperar el equilibrio. Cuando recogió la linterna y enfocó la Máquina, encontró los interruptores principales incorporados en el flanco de la cubierta central. Se inclinó con rigidez sobre ellos y agarró el conmutador de alimentación; lo movió a la posición de encendido, esperó unos segundos y pulsó el interruptor de carga.

De un modo inapreciable, casi por debajo del umbral de lo audible, como si se tratara más de una sensación que de un sonido, la Máquina comenzó a vibrar.

Logan oyó ahora unos pasos procedentes del techo. Tal como esperaba, Benedict les indicaría a los mercenarios que accediesen a través del ascensor rotatorio accionado por el peso, el método que sin duda ella había empleado siempre para entrar en la habitación secreta. Las voces llegaban ahora con más intensidad, hasta el punto que incluso oía su conversación.

—Cerrad las puertas de contención —ordenó la voz amortiguada de la ingeniera—. Después dadle al torno del otro lado, ese de ahí, una vuelta en el sentido de las agujas del reloj. Con una basta.

—¿Tú no vienes? —preguntó uno de los matones, cuya voz Logan reconoció, era uno de los hombres que lo habían perseguido.

—Yo esperaré aquí.

Más pasos atropellados; un golpetazo hueco; después, un chirrido indefinible.

Logan se situó tras el panel frontal de la Máquina, donde se congregaban los mandos operativos. Se agachó para que les costase más descubrirlo. Sabía que el ascensor detendría su rotación al llegar a un punto que quedaba justo delante de la Máquina, y que las puertas se abrirían frente a él.

Cogió el casco, se cubrió la cabeza con él y le dio una vuelta para encajarlo bien.

Al instante, el laboratorio, que ya estaba a oscuras, se enlutó aún más. El zumbido imperceptible de la Máquina y los ruidos procedentes de la planta superior se atenuaron hasta extinguirse casi por completo. Debajo de la visera había un pequeño orificio de ventilación, revestido de fieltro. A través de la malla metálica de la cubierta apenas si podía distinguir los indicativos del panel de control que tenía ante él. El resto del laboratorio se había desdibujado del todo.

Salvo por una cosa: cerca del techo, el círculo decorativo que rodeaba la base del ascensor había empezado a descender, rotando suave y silenciosamente hacia la habitación. Y desde detrás de las superficies curvas de las puertas camufladas brotaba el resplandor áureo de un enjambre de linternas.

52

Logan miró los mandos, devanándose los sesos, y recordó la explicación de Kim: «Rayo y campo. Local y global. Un modo local, muy específico y orientado con precisión. Y un modo más amplio, general».

Este último era el que tendría que emplear: el controlador de campo. Proyectaría un arco amplio hacia la parte delantera de la habitación, donde estaban los números grabados en el suelo. Donde en unos instantes se iba a posar el ascensor.

«Creo que he estudiado estos controles lo suficiente como para poder demostrar mi teoría», le había dicho Kim. Pero ¿prestó él la atención necesaria para repetir en ese momento lo que ella hizo entonces?

El ascensor se encontraba a mitad del camino. Podía oír las voces amortiguadas procedentes del interior y ver, a través de la placa del casco, el reflejo de las linternas al otro lado. Los mercenarios no se molestaban en guardar silencio. Por lo que ellos sabían, él todavía estaba en el exterior, avanzando bajo la tormenta hacia el ala oeste.

Agachado detrás de la Máquina, Logan se cercioró de que el interruptor maestro indicase el modo campo y recorrió con los ojos la hilera de controles, pestañeando para luchar contra la oscuridad y la placa protectora a fin de distinguir las etiquetas. Ahí estaba; reconoció el primero que había usado Kim: una palanca con el distintivo MOTIVADOR.

La empujó con la mano hasta la posición de encendido.

El ascensor alcanzó el suelo de la habitación con un topetazo discreto. Más murmullos procedentes del interior. En la planta superior, donde Laura Benedict aguardaba, todo estaba en silencio.

Logan examinó los mandos y dio con la siguiente palanca: ACOPLAR.

Mientras las puertas curvas del ascensor se abrían, la activó.

Los haces de luz de las linternas iluminaron el laboratorio, y Logan se agazapó un poco más tras la cobertura voluminosa de la Máquina. Al asomarse por encima de la cubierta superior, vio aparecer tres siluetas que reconoció: el hombre de gafas, el primero que saltó al subsótano tras él; el de la gabardina; y, sobre todo, el matón de rostro aguileño y mirada feroz que vestía la chaqueta de *tweed*. Todos llevaban una linterna en la mano izquierda y un arma en la derecha.

Miró el panel de control. Justo por encima de los mandos que acababa de mover, había un selector rotativo con una escala rotulada de 0 a 10. Al lado se incluía un vúmetro, cuya aguja analógica descansaba en el extremo izquierdo.

Recordó el proceso que había seguido Kim y estiró la mano para llevar el mando a la posición del 1.

El zumbido de la Máquina se intensificó levemente. Como si se hubieran percatado de algo, oyó a los hombres hablar entre ellos, en voz baja, confusos.

Logan comprendió que solo contaba con unos segundos para hacer su trabajo. Si los mercenarios lo descubrían antes, lo acribillarían a balazos sin titubear.

Giró el mando hasta el 2. La aguja del vúmetro cobró vida poco a poco, temblando adelante y atrás a medida que recorría las indicaciones del extremo izquierdo.

El trío se quedó mudo. Uno de los matones empezó a decir algo, alarmado, pero otro lo mandó callar al instante, sin duda el cabecilla, el tipo que vestía de *tweed*.

Logan sabía que cuando Kim y él realizaron una prueba rápida con la Máquina, esta estaba configurada en modo rayo, preparada para emitir un pulso ultrasónico sobre un sujeto específico. Aun así, llegó a sentir los efectos de la proyección. Ahora, con la Máquina configurada en modo campo, lista para actuar sobre toda la sección que tenía delante de él, apenas acertaba a intuir lo que los perseguidores estaban empezando a experimentar.

Había llegado el momento.

Respiró hondo.

—He tomado el control de la Máquina —anunció por el orificio para proyectar la voz en la visera—. En este momento la estoy dirigiendo hacia vosotros.

Se produjo una exclamación de sorpresa, seguida del crepitar metálico de unas armas.

—Joder —murmuró uno de ellos—. Ten mucho cuidado con lo que tocas aquí.

—Ya sabéis de lo que es capaz —dijo Logan—. La usaré con vosotros si es necesario.

Otro murmullo. Oyó unos pasos que se acercaban a él con sigilo.

En respuesta, rotó el mando hasta el 3. La Máquina empezó a cantar, un ronroneo de bajo profundo procedente de sus entrañas, y uno de los matones jadeó.

—Apartaos —les advirtió Logan—. Es la última vez que os aviso.

Se produjo un estallido entre los haces de las linternas que tenía ante él, y una bala voló siseando junto a su oído. En respuesta, llevó el mando hasta el 4 y después hasta el 5.

Se oyó un grito, un aullido de dolor.

Logan se atrevió a asomarse por encima de la Máquina.

Uno de los perseguidores, el de la gabardina, estaba doblado hacia delante, con las manos en los oídos y la boca abierta en una mueca de tormento. Junto a él, el de las gafas forcejeaba con su arma, como intentando desencasquillarla. Y a su lado, el mercenario de rostro aguileño y chaqueta de *tweed* apuntaba el arma directamente a Logan.

Se agachó detrás de la Máquina cuando oyó que un nuevo proyectil pasaba a escasos milímetros sobre su cabeza. Estiró el cuello con dificultad a causa del aparatoso traje, deslizó una mano enguantada... y movió el mando hasta el 7.

El aullido de dolor resurgió, más angustioso ahora: un grito agónico. Cuando Logan se apoyó sobre la Máquina, tuvo la impresión de que esta vibraba como si estuviera viva, de que se sacudía y se agitaba, e inundaba la habitación con su presencia.

Se aventuró a mirar al frente de nuevo. El de la gabardina continuaba en la misma postura, doblado hacia delante, incapacitado. Sin embargo, el de las gafas había logrado desatascar su arma y empezaba a levantarla contra él, intentando estabilizarla. Ignoraba los hilos de sangre que manaban de su nariz y sus oídos y se enjugaba las lágrimas con el dorso de la mano. Por su parte, el matón que vestía de *tweed* no solo mantenía su arma estable, sino que ahora avanzaba hacia él.

Logan se agachó de nuevo, con la respiración acelerada. Sabía que solo disponía de un par de segundos para reaccionar; si no lo hacía, estaba muerto.

Elevó la vista hasta los mandos. El selector rotativo estaba configurado en el 7 y el vúmetro se agitaba enloquecido a lo largo de su ruta semicircular. Logan recordó la conversación que había mantenido con Sorrel: «Nunca la forzamos».

Mascullando una maldición, levantó el brazo y llevó el mando hasta el 10.

De inmediato ocurrieron varias cosas. La canción gutural de la Máquina se transformó en un rugido repentino que parecía indicar que estaba a punto de desencajarse de sus anclajes. La aguja del vúmetro topó al instante con el extremo derecho. Los lamentos angustiosos se convirtieron primero en gritos, después en gañidos y, por último, en una suerte de alaridos guturales y primitivos. Se produjo una explosión tremenda, seguida del estrépito de algo pesado que cayó a plomo al suelo.

De nuevo, Logan se atrevió a asomarse y a echar otro vistazo por encima de la Máquina.

El tipo que estaba doblado hacia delante, con las manos en los oídos, se encontraba de rodillas, con la nariz y la boca manando sangre. El de las gafas giraba sobre sí mismo mientras profería lamentos espeluznantes, casi al ritmo de la canción de la Máquina. Goterones de sangre brotaban de todos los orificios de su cabeza mientras daba vueltas —por las fosas nasales, por los oídos, por la boca—, elaborando una máscara escalofriante que destellaba en círculos carmesíes, como si estuviera sometida a alguna clase de fuerza centrífuga, al tiempo que salía despedida en todas direcciones. El de la chaqueta de *tweed* se había tropezado con una mesa de trabajo y caminaba dando pasos secos y bruscos, como un autómata. Logan lo vio chocar contra una pared, como si se hubiera quedado ciego, dar media vuelta con dificultad y caminar en otra dirección.

Todos se habían olvidado de las armas, tiradas en el suelo del laboratorio.

Con extrema cautela, sin apartar la vista de los tres hombres, Logan se situó poco a poco frente a la Máquina. Recogió las pistolas y se refugió de nuevo tras el panel de control. Muy despacio, volvió a girar el mando en sentido opuesto, primero hasta el 5, después hasta el 2 y, por último, hasta el 0.

El zumbido de la Máquina, el espantoso temblor animal,

remitió de forma paulatina. Aun así, los incomprensibles ruidos guturales del hombre de la gabardina persistieron.

Al cabo de varios intentos, Logan consiguió levantarse del todo. Con cuidado, se desacopló la visera del casco, se desabrochó los cierres del traje y se lo quitó torpemente. Con una pistola en la mano y las otras dos sujetas en la pretina del pantalón, estiró el brazo para encender las luces y se situó al frente.

Miró a los tres hombres, fuera de combate por el momento. Después dio media vuelta, pasó por debajo de la lona y caminó unos metros por el pasillo atestado de escombros hasta que dio con lo que buscaba: un nicho en la pared que contenía un extintor y un hacha para casos de incendio. Se guardó también la tercera pistola en la cintura y cogió el hacha; la sopesó una vez, dos veces. A continuación, volvió a colarse bajo la lona.

Dos de los hombres seguían igual que cuando salió. El de las gafas había dejado de dar vueltas sobre sí mismo y se había caído al suelo. El líder, el que vestía de *tweed*, continuaba arrastrando los pies como un robot, tropezando con los obstáculos, girando y cambiando de dirección, una y otra vez. Todos ellos sangraban por la nariz, los oídos y, lo que resultaba aún más aterrador, también por los ojos.

Logan los observó durante unos segundos. Luego, se giró hacia la Máquina. Se inclinó hacia delante y pulsó los interruptores que cortaban el suministro eléctrico. Se irguió de nuevo y apretó las manos en torno al hacha. Permaneció inmóvil unos instantes. Y entonces, con un gruñido de esfuerzo, descargó el hacha sobre la Máquina. Se oyó un chirrido, una suerte de lamento, cuando la hoja se hundió en el metal. La extrajo, la alzó y volvió a descargarla, reventando los paneles frontales y los mecanismos de control. La siguiente tanda de hachazos despedazó los intrigantes dispositivos futuristas de las cubiertas laterales, el generador de campo y la bobina captadora rotatoria. Arremetió contra ella una y otra vez, como si la incertidumbre, el miedo y el sufrimiento experimentados a lo largo de las dos últimas semanas se hubieran concentrado en ese acometimiento compulsivo, en esa necesidad acuciante de enterrar la hoja, cada vez más mellada, en los costados metálicos de ese invento infernal, mientras los trozos grandes y pequeños de metal, vidrio y baquelita salían despedidos en todas direcciones. Por último, agotado y respirando entre jadeos rápidos, bajó el hacha y miró a sus atacantes.

El hombre de la gabardina se encontraba ahora derribado en el suelo, inmóvil, salvo por los espasmos ocasionales que lo sacudían; un charco de sangre se extendía alrededor de su cabeza. El de las gafas se había aovillado en un rincón, con el rostro transfigurado en una careta de sangre. Agitaba las manos ante sí, como si pretendiera librarse de unos atacantes invisibles, mientras producía una especie de gorgoteo, acaso empeñado en gritar con una garganta cuya laringe había quedado ocluida. Y el cabecilla, el tipo de rostro aguileño, estaba sentado en el suelo de mala manera, como si hubiera caído a plomo, arrancándose mechones de pelo, lenta y metódicamente. Logan vio cómo se quedaba observando una de las matas, un sangriento colgajo de cuero cabelludo adherido todavía a las raíces, le daba la vuelta con curiosidad, y se la introducía en la boca.

A continuación, Logan dio un paso adelante, con cautela, y se situó debajo del ascensor. Al quedarse vacío, el aparato había retornado al techo en silencio dando vueltas, para permanecer en el almacén abandonado de la tercera planta hasta que alguien lo accionase de nuevo.

Procedente de arriba, oyó, o creyó oír, un sollozo amortiguado.

Miró el disco decorativo que camuflaba la base del ascensor. Se aclaró la garganta.

—¿Doctora Benedict? —llamó—. Ya puede bajar.

Epílogo

La luz del sol entraba por los ventanales de la oficina del director. Al otro lado de las vidrieras emplomadas, el césped, de un verde imposible, descendía suavemente hacia la orilla rocosa al encuentro con el Atlántico, que ese día se mantenía en una llamativa calma, como arrepentido por el furioso histrionismo que había exhibido tan recientemente. Gente con cortavientos o cazadoras ligeras paseaba a solas o en parejas por los caminos del jardín, bastante desarreglados, y una pintora había colocado su caballete casi en la orilla del mar. Aquí y allá, los jardineros y los operarios de mantenimiento recogían ramas y escombros y reparaban los daños ocasionados por el huracán Bárbara. Pese a la luminosidad del día y la apacibilidad del paisaje, algo en la limpidez del cielo añil y en el modo instintivo en que la gente se inclinaba hacia delante para protegerse de las ocasionales ráfagas de viento delataba la inminencia del invierno.

Jeremy Logan cruzó la alfombra del despacho, procurando no cargar demasiado peso en la pierna derecha, y ocupó una silla frente al escritorio de Olafson.

El director, que estaba hablando por teléfono, colgó y señaló con la barbilla.

—¿Qué tal la pierna?

—Mejor, gracias.

Por un momento, permanecieron en silencio. Se habían dicho, y hecho, tantas cosas durante los últimos días que ahora las palabras parecían casi superfluas.

—¿Ya tienes listo el equipaje? —le preguntó Olafson.

—Está todo en el Lotus.

—En ese caso, no me queda nada más que darte las gracias. —Olafson titubeó—. Dicho así, suena un tanto frío. No es esa mi intención. Jeremy, no exagero cuando te digo que has salvado a Lux de sí mismo y al mundo de un grave peligro.

—«Salvado al mundo» —repitió Logan, saboreando las palabras a medida que las pronunciaba—. Me gusta cómo suena. Siendo así, quizá no tengas inconveniente en que duplique mis honorarios.

Olafson sonrió.

—Me temo que algo así sería en extremo recusable.

Un nuevo silencio se instaló en la oficina al tiempo que Olafson adoptaba un semblante serio.

—Cuesta creerlo, ¿sabes? Cuando regresé después del huracán y te vi salir cojeando del ala oeste, con Laura Benedict acurrucada bajo el brazo..., parecía una escena de pesadilla.

—¿Cómo se encuentra? —preguntó Logan.

—Responde a los estímulos. Los médicos lo asocian a una conmoción nerviosa extrema. Pronostican una recuperación completa, aunque podría llevar de seis a ocho meses. Lo que no recuperará nunca, sin embargo, es la memoria a corto plazo.

—De modo que recibió una dosis considerable de ultrasonidos —dijo Logan—. Qué lástima.

—Era inevitable. En cualquier caso, la sesión informativa concluyó hace tiempo, y no hay necesidad de repetirla. Hiciste lo que debías.

—Supongo. Aun así, quizá la pérdida de memoria sea lo

mejor que podía pasarle, dadas las circunstancias. —Logan había estado mirando por las ventanas, sin fijarse en nada en concreto. Ahora se giró de nuevo hacia el director—. ¿Qué hay de los otros tres, los de Ironhand?

Con el gesto ensombrecido, Olafson bajó los ojos a un papel que tenía en el escritorio.

—Nada bueno. Uno padece «psicosis aguda, un proceso de paranoia homicida extrema, delirios y manía ingobernable». Otro se encuentra en un estado que los evaluadores del pabellón psiquiátrico del hospital de Newport no habían visto nunca antes. No hay ningún caso análogo en la quinta edición del Manual Diagnóstico y Estadístico de Trastornos Mentales. Uno de los doctores lo describió —leyó parte del texto que tenía ante sí— «como si el potencial de acción de los receptores de serotonina estuviera siempre en modo de transmisión». Dicho de otro modo, el cerebro de ese hombre está anegado de señales sensoriales, multiplicadas de una forma brutal, distorsionada e inevitable, y demasiado abrumadoras y violentas como para poder ser procesadas. No tienen ni idea de cómo tratarlo, salvo mantenerlo, por el momento, en un coma inducido por fármacos.

—¿Pronóstico a largo plazo?

—Prefieren no adelantarlo. Pero, si leemos entre líneas, diría que su estado, salvo que se obre un milagro, es irreversible.

Logan sopesó esta posibilidad por un momento.

—¿Y el tercero?

—«Trastorno catatónico severo, acompañado de estupor y rigidez.» Los médicos tampoco se explican este caso, porque las tomografías computarizadas no muestran daños en el sistema límbico, los ganglios basales ni la corteza frontal, los cuales suelen explicar la esquizofrenia catatónica.

Logan dio un suspiró profundo. Poco a poco, deslizó la mirada de nuevo hacia las ventanas.

—Las vicisitudes de la guerra, Jeremy —resumió Olafson en voz baja—. Esos tipos eran unos canallas. Ellos provocaron, directa o indirectamente, la muerte de Will Strachey.

—Y la de Pam Flood —añadió Logan en un tono grave.

—Sí. De no ser por ti, miles, tal vez decenas de miles de personas, podrían haber sufrido dentro de poco un destino similar.

—Lo sé. —Transcurridos unos instantes, Logan se volvió de nuevo hacia el director—. ¿Y qué hay de eso? ¿Se ha neutralizado la amenaza?

—Una vez que pasó la tormenta, elegí a varios hombres de confianza para que, bajo las indicaciones de Albright, vaciaran la habitación. También desmontaron la máquina, aunque tú ya habías hecho un buen trabajo con eso, y se llevaron las piezas para destruirlas en los hornos de una fundición de Wakefield.

—¿Qué puedes decirme del trabajo de Benedict?

—De nuevo con la ayuda de Albright, el personal de seguridad llevó a cabo una interceptación. Limpiamos su oficina, su laboratorio del sótano y sus dependencias privadas. Lo quemamos todo. Con la colaboración de las autoridades locales, vaciamos también la casa que había heredado en Providence; en realidad, fue allí donde encontramos la mayoría de las notas y los archivos.

—¿Las autoridades locales? —repitió Logan.

—No hay muchas ciudades grandes de la costa de Nueva Inglaterra que no le deban por lo menos un favor a Lux. —Olafson guardó silencio por un momento—. También hemos tomado la precaución de destruir todos los documentos relacionados con el Proyecto Sin que guardábamos en nuestros archivos. Y no me refiero solo a los papeles que había en mi caja fuerte, sino a los registros iniciales que dieron lugar al proyecto a finales de los años veinte. Hasta la última ficha, por indirecta o remota que fuese la relación que guardaba con el estudio. —Miró a Logan—. Espero que te parezca bien.

—No sabes cuánto. Pero ¿qué ocurrirá con Ironhand?

El rostro de Olafson se nubló de nuevo.

—Nos encontramos en una fase de conversaciones discretas con los federales. Hemos destruido todas las pruebas que hemos conseguido y hemos hecho cuanto estaba en nuestra mano para formar una burbuja protectora alrededor de todo lo que Benedict podría haber logrado. —Hizo una pausa—. ¿Qué opinas?

—Creo que, si Benedict hubiera reunido el material suficiente para continuar su trabajo fuera del campus, por ejemplo, en los laboratorios de Ironhand, no habría actuado con tanta desesperación; no se habría deshecho de Strachey; no habría intentado matarme; ni habría hecho todo lo posible por ganar tiempo con el fin de miniaturizar el arma y sacarla de las instalaciones. —Negó con la cabeza despacio—. No, si habéis destruido todo el equipo y quemado todos los documentos, Ironhand no dispondrá de información suficiente para reanudar el trabajo de Benedict.

—No sin ayuda, tal vez —especificó Olafson—. Pero eso no les impedirá intentarlo. Mentiría si dijera que se darán por vencidos sin más.

El comentario flotó en el ambiente por unos instantes. Después, Logan se levantó. Olafson hizo lo mismo.

—¿Te acompaño hasta el coche? —se ofreció el director.

—Gracias, pero debo atender un último asunto antes de marcharme.

—En ese caso, te diré adiós. —Olafson le estrechó la mano con calidez—. Nunca podremos saldar la deuda que tenemos contigo. Si alguna vez puedo hacer algo personalmente, como director de Lux, cuenta conmigo.

Logan meditó por un instante.

—Sí que podrías hacer una cosa.

—Tú dirás.

—Si algún día regreso aquí para ocuparme de otro proyecto de investigación inconcluso, asegúrate de que Roger Carbon se tome un año sabático bien lejos de Lux.

Olafson sonrió.

—Dalo por hecho.

Al salir de la oficina del director, Logan recorrió poco a poco los elegantes pasillos y las suntuosas escaleras. Durante los tres días transcurridos desde la tormenta, el laboratorio de ideas había regresado a la normalidad; los científicos conversaban en voz baja mientras paseaban, y los clientes, con los ojos como platos, esperaban a ser recibidos rodeados del esplendor eduardiano de la biblioteca principal. Al llegar a la altura del comedor (el tintineo de las vajillas de plata y de la porcelana al otro lado de las puertas cerradas indicaba que pronto se serviría el almuerzo) tomó un pasillo secundario, cruzó una puerta de doble hoja y salió al jardín de atrás.

El resplandor del sol y la inconfundible gelidez soterrada del aire lo asaltaron en el acto. Dejó atrás a los pequeños grupos de científicos que habían salido a pasear, a los técnicos y a la pintora afanada en su cuadro, y continuó hasta el largo racimo de escollos dispersos que delimitaban la marea alta, distribuidos a lo largo de la costa como si algún gigante los hubiera dejado caer al azar. Kim Mykolos estaba sentada en una de las rocas más grandes, con las manos en los bolsillos de una gabardina gris y la mirada fija en el mar. Una fea magulladura amarillenta que había empezado a difuminarse destacaba en su sien.

—Hola —la saludó Logan mientras se sentaba junto a ella.

—Hola.

—Dicen que la brisa marina es muy buena para los convalecientes.

—No es a la brisa marina a quien debo darle las gracias, doctor Logan. Sino a usted.

—Por favor... Jeremy.

—Jeremy, entonces.

—¿Por qué deberías darme las gracias?

—Acudiste en mi auxilio. Llamaste a Urgencias. Prácticamente me llevaste al hospital tú mismo.

—En todo caso debería ser yo quien se disculpase por haberte implicado en todo esto.

—Es lo más emocionante que me ha ocurrido en muchos años. —De improviso, el tono festivo de Mykolos se extinguió—. En serio, Jeremy. Después de lo que le pasó a Will Strachey..., en fin, necesitaba entenderlo, encajar las piezas. Y eso es lo que me has dado. Ojalá pudiera hacer algo por ti a cambio.

—Sí que puedes. ¿Los has traído?

Kim asintió. Sacó las manos de los bolsillos. En cada una tenía dos piezas envueltas en papel de seda.

Logan tomó las de su palma izquierda. Eran los pequeños dispositivos transmisores que habían encontrado ocultos a los lados de la Máquina, en la radio de Strachey y detrás de una estantería del despacho de Logan.

—Te has acordado. Gracias.

Mykolos lo miró.

—¿Está todo bien? Quiero decir, ¿se ha deshecho Lux de toda esa basura?

—Parece ser que sí.

—En ese caso, solo queda una cosa por hacer.

Como si se hubieran puesto de acuerdo, se levantaron a la vez. Logan retiró el papel de seda, lo arrugó y se lo metió en el bolsillo, levantó los dispositivos y los arrojó, primero uno y después otro, al mar. Kim hizo lo mismo.

Permanecieron en silencio unos instantes, observando, mientras el mar los engullía con avidez, las pequeñas salpicaduras arrastradas de inmediato por las rompientes cremosas, unas detrás de otra, y de otra más, hasta que incluso el recuerdo de las piezas hundidas hubo desaparecido.

Finalmente Logan empezó a recitar casi entre dientes:

Ay, espíritu del amor,
cuán voraz y ansioso eres,
pues imitas al mar en tu apetito
y nada que en ti entre,
sea cual fuere su talla y su valía,
conserva su estatura; y aun pierde precio
en un mero minuto.

Permanecieron en silencio un rato más, contemplando el mar azul.

—Entonces, todo ha terminado —murmuró Kim.

—Acompáñame hasta el coche —pidió Logan.

Cinco minutos más tarde se encontraban en el aparcamiento a la sombra del ala este. Cuando el viento agitó las solapas de la camisa de Kim, Logan vio el cordón del atrapafantasmas que llevaba debajo.

—Puedo quitártelo, si quieres —se ofreció.

Mykolos negó con la cabeza.

—Me he acostumbrado a llevarlo puesto.

Hubo un silencio.

—¿Qué harás ahora? —le preguntó Logan.

—Supongo que lo que te comenté cuando nos conocimos. Terminaré el trabajo de Strachey, aseguraré su legado. Después retomaré mi proyecto sobre diseño de software estratégico. Perry Maynard, el subdirector, dice que se trata de una disciplina que encaja a la perfección con los planes de futuro de Lux.

—Bien, cuando fundes la próxima Oracle, no dejes de venderme unas cuantas acciones —bromeó Logan.

Se dieron un abrazo.

—Gracias otra vez, Kim —dijo—. Por todo.

Mykolos sonrió con tristeza.

—Cuídate.

Cuando Logan arrancó el Lotus Elan y salió del aparcamiento, vio que un sedán último modelo de color negro abandonaba su plaza y lo seguía por el largo camino de grava. A medida que recorría las tortuosas calles del centro de Newport, despacio y sumido en sus pensamientos, reparó en que este se mantenía detrás de él a una distancia prudencial.

—No sé, Kit —le dijo con voz queda al espíritu de su difunta esposa, a la que cariñosamente imaginaba sentada junto a él—. ¿Crees que nos seguirán hasta New Haven?

Kit tuvo la delicadeza de no responderle.

—Espero que estos agentes de Ironhand no se tomen la vigilancia demasiado en serio —prosiguió Logan—. Tengo que preparar una clase sobre los gremios de mercaderes de la Siena medieval, y este tipo de compañía podría aguarme la fiesta.

Y así, puso rumbo al puente de Claiborne Pell y Connecticut, de regreso a casa.

El papel utilizado para la impresión de este libro
ha sido fabricado a partir de madera
procedente de bosques y plantaciones
gestionados con los más altos estándares ambientales,
garantizando una explotación de los recursos
sostenible con el medio ambiente
y beneficiosa para las personas.
Por este motivo, Greenpeace acredita que
este libro cumple los requisitos ambientales y sociales
necesarios para ser considerado
un libro «amigo de los bosques».
El proyecto «Libros amigos de los bosques» promueve
la conservación y el uso sostenible de los bosques,
en especial de los Bosques Primarios,
los últimos bosques vírgenes del planeta.

Papel certificado por el Forest Stewardship Council®